Goldmann SCIENCE FICTION
Band 0200

Theodore Sturgeon. Prognose: positiv

Von Theodore Sturgeon
sind außerdem im Wilhelm Goldmann Verlag erschienen:

Der Gott des Mikrokosmos. 0195
Die lebenden Steine. 0187
Licht von den Sternen. 0192
Venus plus X. 0181
Das Geheimnis von Xanadu, Band I. 0188
Tausend Schiffe am Himmel, Band II. 0189

THEODORE STURGEON

Prognose: positiv

THE JOYOUS INVASION

Science Fiction-Erzählungen

WILHELM GOLDMANN VERLAG
MÜNCHEN

Made in Germany · I · 1112

Umschlag: F. Jürgen Rogner. Satz und Druck: Presse-Druck Augsburg.
SF 0200 · ze/pap
ISBN 3-442-23200-7

Inhalt

Prognose: positiv

Überall im Kontinuum, so wie wir es kennen – und noch viel mehr, so wie wir es nicht kennen – gibt es Kulturen, die fliegen, und Kulturen, die schwimmen; gibt es Bor-Leute und Fluor-Gesellschaften, Kupfer-Koprophagen und grob gesprochen – körperlose Lebensformen, im Raum einander umschwimmend und -wirbelnd wie ebenso viele metaphysische Sediment-Teilchen. Und manche bilden Super-Wesenheiten, wie ein Bienenstock oder ein Schleimpilz, damit sie im Plural leben, um singulär zu werden, ja, einige haben noch stärker singuläre Vorstellungen von Pluralität.

Nun haben, ohne Rücksicht darauf, wie oder wo eine organisierte Kultur intelligenter Wesen zusammengesetzt ist, gleichgültig, woraus sie besteht, oder wie sie lebt, alle Kulturen eines gemeinsam, und es ist die auffälligste aller Eigenschaften. Es gibt natürlich dafür ebenso viele Namen, wie es Kulturen gibt, aber bei allen wirkt sie auf dieselbe Weise – genauso wie das Innenohr funktioniert – zusammen mit seinen dazugehörigen Synapsen – wenn ein Mensch auf den Rollschuh vom Sprößling tritt. Er denkt nicht darüber nach, wie weit die Wand entfernt ist, ein paar Kabel oder die Ehefrau, oder in welcher Richtung: er packt zu, und meist klappt es – exakt und ohne lange Analyse. Genauso paßt sich ein Individuum reflexartig an, wenn es in seiner sozio-kulturellen Matrix ins Ungleichgewicht gerät: es erlebt die Reflexe, etwas, das so umfassend ist wie der legendäre Ablauf seiner ganzen Vergangenheit bei einem Ertrinkenden, in einem einzigen illuminierten Augenblick, in dem der Geist sich sozusagen im rechten Winkel zur Zeit bewegt und hoch und weit zu seiner Schau fliegt.

Und das gilt auch für jede Kultur im ganzen Kosmos, wo sie auch sei. Etwas derart Naheliegendes und Notwendiges wird selten untersucht, aber einmal geschah es, durch eine Kultur, die diesen Superreflex ›Synapse Beta Sechzehn‹ nannte.

Was der Rechner ausspuckte, überraschte sie. Man rechnete schließlich mit einer Antwort.

Menschliche Augen hätten das Gerät nie als das erkannt, was es war. Sein Datenspeicher war eine Atomwolke, in der jedes einzelne Teilchen vom anderen durch eine sich selbst erhaltende Energiehülle isoliert war. Feine Unterschiede in den Kernen, den Wahrscheinlichkeitsschalen und in inneren Spannungsverhältnissen waren die Kodierung, und man gebrauchte Felder von nahezu unendlicher Variabilität, um die Partikel in den gewünschten Kombinationen hervorzurufen. Diese wurden auf eine Weise, die sich mit irdischer Mathematik nicht beschreiben läßt, kanalisiert, durch ein uns noch unbekanntes Prinzip ermittelt und in Sprache übertragen – oder, genauer, in etwas, das dem, was wir als Sprache verstehen, analog ist. Da dies so weit entfernt geschah, zeitlich, räumlich und kulturell, sind richtige Bezeichnungen kaum möglich; es genügt, festzustellen, daß es in diesem speziellen Fall Ergebnisse zeitigte, die überraschend waren. Man faßte sie in einem Bericht zusammen, dessen Kern so lautete:

Prognose positiv, oder Prognose negativ, je nach Vorhandensein oder Fehlen von Synapse Beta Sechzehn.

Der dazugehörige Katalog führte die fragliche Synapse auf unter ›unerkennbar außer durch Prüfung an Ort und Stelle‹. Man sandte deshalb eine Expedition aus.

Dies alles mag reichlich abgelegen erscheinen, bis einem klar wird, daß die Prognose für jene jugendliche und gefährliche Anhäufung brodelnder Hefe gestellt wurde, die man ›menschliche Kultur‹ nannte, und daß die Verwendung des Ausdrucks ›Prognose negativ‹ das absolute Ende bedeutete, *finis*, Zero, das endgültige Aus.

Man muß begreifen, daß die Besitzer des Rechners, das Personal der Expedition zur Erde, nicht Wächter am Himmel und Richter unseres Schicksals waren. Mitten unter uns lebt, hier und jetzt, ein Mann, der sich damit beschäftigt, die Gewichtszunahme von Amöben zwischen Entstehung und Verschmelzung zu erforschen. Es gibt einen Mann, der, nachdem er bei Katzen Neurosen hervorgerufen hat, sie zu Studienzwecken in Alkoholiker verwandelt. Jemand hat endlich die Frage geklärt, wieviel Wasser ein Kamel aufnehmen und speichern kann. Leute dieser Art sind unverdächtig, das Schicksal von Amöben, Katzen, Kamelen und Kulturen beeinflussen zu wollen; es gibt einfach bestimmte Dinge, die sie wissen wollen. Das ist unabhängig davon, wie ungewöhnlich, kompliziert oder scharfsinnig ihre Methoden sein mögen. Also – erschien hier eine Expedition, um sich zu informieren.

Auszug aus (Berichtsbuch)*, (Band) Eins der Forschungsexpedition: Schlußfolgerung . . . um das Augenscheinliche zu wiederholen, (wir) sind lange genug auf der Erde gewesen und mehr als lange genug, um alles und jedes entdeckt zu haben, was (wir) irgendwo über irgendeine (vernünftige – berechenbare – lesbare) Kultur wissen (wollten). Diese hier ist jedoch überhaupt nicht zu (verstehen – erklären). Auf den ersten Blick war (man) versucht, sofort zu schließen, daß sie die Synapse besitzt, weil bislang keine bekannte Kultur ohne sie so weit fortgeschritten war, ergo . . . Und dann prüften (wir) mit (unseren) (Instrumenten) nach (!!!) (Unser) (Apparat) und unser (Ding) lieferten (uns) absolut negative Meßergebnisse, so daß (wir) ein hochempfindliches (Schniefie) in Betrieb nahmen und Ergebnisse erzielten, die reinem Unsinn nahekamen: die Synapse ist willkürlich unter der Bevölkerung verstreut, hier nicht vorhanden oder schlummernd, dort in kurzer, voller Aktivität auf (unerhört) hoher Ebene. (Ich) glaubte, (Smith) würde (seinen) (Verstand) verlieren, und was (mich selbst) angeht, so hatte (ich) allein schon bei der bloßen Vorstellung einen lähmenden Anfall von (   ). Mehr zu (unserem) eigenen Schutz, als zur Förderung der Expedition übergaben (wir) alle Daten (unserem) (Schiffs)-(Computer) und erhielten, was noch ärgerer Unsinn zu sein schien: die Schlußfolgerung, daß diese Art die Synapse zwar besitzt, sie aber im Grunde gar nicht gebraucht.

Wie kann eine Art die Synapse Beta Sechzehn besitzen und sie nicht anwenden? Unsinn, Unsinn, Unsinn!

* Anmerkung des Übersetzers: Trotz der anerkannten Tatsache, daß der Übersetzer ein Fachmann für außerirdische Sprache, Kultur, Philosophie, und die Theorie und Konstruktion von xenologischen Geräten ist, wird hier um Nachsicht des Lesers gebeten. Auf Einzelheiten dieser Maschinen und der Natur und Methoden der Verständigung unter den Wesen einzugehen, die sie betreiben, wäre so, als wollte man die Geschichte eines jungen Liebenden schreiben, der auf dem Weg zu seiner Geliebten ist, die Stufen zu ihrem Haus hinaufspringt, läutet – und dann innehält, um exakte Einzelheiten über die Stromkreise, Verkabelung und Trockenzellen mitzuteilen. Es dürfte verständlicher und ökonomischer sein, freie und übliche Übersetzungen zu verwenden und sie durch Klammern anzuzeigen, um den Bericht auf das vorliegende Thema zu beschränken. Außerdem schmeichelt es der Bescheidenheit des Übersetzers, mit seiner (Allwissenheit) so sparsam umzugehen.

(Unsere) Daten sind so vieldeutig und widersprüchlich, daß (wir) uns nur auf eine mikrokosmische Analyse verlegen und (uns) davon leiten lassen können. (Wir) werden deshalb eine Gruppe von Probanden unter (Labor-)Bedingungen isolieren, auch wenn das heißt, daß (wir) einen (miesen) (primitiven) (batterie-)betriebenen (Knafter) verwenden müssen. (Wir) setzen auch (unseren) neuen (Knifter) ein. (Wir) haben genug von diesem (unheimlichen, unangenehmen) Gefühl, vor einem (Entschuldigung für unanständigen Ausdruck) Paradox zu stehen.

1

Die Stadt war alt genug, um Slums zu besitzen, groß genug, um nicht mehr in eine ›gute‹ oder ›schlechte‹ Gegend getrennt werden zu können. Sie war von solcher Art, daß eine Pension, ohne aufzufallen, so verschiedene Sprossen auf der gesellschaftlichen Leiter enthalten konnte wie eine junge verwitwete Nachtklub-Hostess und ihren dreijährigen Sohn, einen sehr tüchtigen Berufsberater, einen jungen Anwaltsgehilfen, die Bibliothekarin der Oberschule und eine theaterbesessene junge Dame aus einer sehr kleinen Kleinstadt. Es hieß, Sam Bittelman, der dem Namen nach Besitzer und Leiter der Pension war, hätte Ingenieur werden können, und Schiffsbauer dazu, aber tatsächlich hatte er es nie über den Werkmeister hinausgebracht. Ob das Versagen oder Erfolg darstellte, ist fraglich; man wende sich an einen Stabsbootsmann oder Hauptfeldwebel, die sich nicht für die Offizierslaufbahn interessieren, und an den Direktor der Lokalbank, und bediene sich aus ihren Argumenten. Sam war vermutlich nie auf den Gedanken gekommen, die Frage zu untersuchen. Er hatte andere Dinge, die ihn belustigten. Tolerant, wißbegierig, sehr lebendig, war der alte Sam anscheinend niemals irgendwo ausgeschieden als bei der Werft an der Ostküste.

Er seinerseits stand im Besitz und unter Leitung seiner Frau, die jedermann ›Bitty‹ nannte, und die das strengste Gesicht und die ätzendste Zunge ihr eigen nannte, die man je bei einem eingeschriebenen Mitglied der Gesellschaft der offenen Arme für kranke Kätzchen und rührende Geschichten gefunden hatte. Gemeinsam sorgten sie für ihre Mieter auf jene besondere Weise, die nur in Pensionen möglich ist, wo es einen großen Eßtisch und für jeden seinen gedeckten Platz gibt. Solche Häuser sind weniger als eine Familie, oder mehr, wenn man seine Freiheit schätzt. Sie sind mehr als ein Hotel, oder weniger, wenn man Formalität vorzieht. Für Mary Haunt, die behauptete, zweiundzwanzig zu sein, und log, war das Haus eine der am leichtesten zu vergessende und bald vergessene Stufe nach oben; für Robin war es das Zuhause und mehr; es war die Welt und das Universum, eine Umwelt, so allgegenwärtig, unbemerkt und unbezweifelt wie das Wasser um einen Fisch; aber später würde Robin natürlich anders empfinden. Er war erst drei. Der einzige andere Mieter der Bittelmans, der das, was die einmalige Bittelman-Art war, atmete wie Luft, war Phil Halvorsen, ein nachdenklicher junger Mann aus dem Gebiet der Berufsberatung, der über Nahrung und Behausung nur nachdachte, wenn sie ihn störten, und sie waren, da die Bittelmans es ihm sehr behaglich machten, praktisch unsichtbar. Reta Schmidt schätzte die Bittelmans aus einer Reihe von Gründen, vor allem deshalb, weil ihre Dollars bei ihnen sehr weit reichten, denn Miss Schmidts Arbeitgeber war eine Schulbehörde. Mr. Anthony O'Banion gestattete sich eine echte Bewunderung in diesen Bereichen von fast nichts. So blieb Sue Martin die einzige dort, die sie gleich von Anfang an annähernd so respektierte und bewunderte, wie sie es verdienten. Sue war Robins verwitwete Mutter und arbeitete in einem Nachtklub als Hostess und gelegentliche Unterhalterin. Früher war es ihr sowohl besser wie schlechter gegangen. Sie hätte dafür sorgen können, daß es ihr besser ging, aber nur so, daß es für Robin schlechter gewesen wäre. Die Bittelmans waren für sie ein Geschenk des Himmels. Robin betete sie an, und das einzige, was sie für ihn nicht tun wollten, war, ihn zu verziehen. Die Bittelmans waren zur Stelle, um ihm morgens das Frühstück zu geben, ihn anzuziehen, wenn er hinausging zum Spielen, über ihn zu wachen und dafür zu sorgen, daß er lustig und zufrieden war, bis Sue um elf Uhr aufstand. Der Rest des Tages war für Sue und Robin gemeinsam bestimmt, bis hin zu seiner Schlafenszeit, wenn sie ihn zu Bett brachte und ihm vorlas, bis er einschlief. Und wenn sie um neun Uhr zur Arbeit ging, waren die Bittelmans da, zuverlässig und gewiß bereit, mit allem fertig zu werden, von der Blase bis zu einem Brand. Sie waren wie Versicherungen und Feuerlöscher, kaum je gebraucht, aber beruhigend durch ihr Vorhandensein. Und so hielt sie sie wert ... aber Sue Martin war überhaupt anders als die meisten Leute. Robin auch; aber wenn man von Dreijährigen spricht, ist das ja eine Binsenwahrheit.

So sah die Bevölkerung von Bittelmans Pension aus, und wenn sie zu viele zu sein scheinen, zu verschieden, um sie gleich auseinanderhalten zu können, möge man Geduld haben und bedenken, daß es jedem von ihnen nicht anders ging, als er die anderen kennenlernte.

2

Eine Pfandleihe ist ein trostloser Ort.

Eine Pfandleihe im Regen. Eine geschlossene Pfandleihe im Regen, an einem Sonntag.

Phil Halvorsen protestierte nicht. Er hatte eine Vorliebe für Harmonie, und die Atmosphäre paßte ihm jetzt gut, zu seinen Gedanken, seinen Gefühlen. Ein Sonnenstrahl wäre eine Zudringlichkeit gewesen. Ein Blumengeschäft hätte nicht soviel beitragen können. Andere Leute wären in diesem Augenblick unerträglich gewesen.

Er preßte die Stirn an den nassen schwarzen Stahl des einbruchsicheren Gitters und inventarisierte beiläufig den Inhalt des Schaufensters und seine Gedanken dazu. Wie das Fenster und sein Inhalt, und die dunklen Nischen dahinter, waren seine Gedanken vielfältig, durcheinandergewürfelt, in dem Fegefeuer der Nutzlosigkeit gefangen, wo die Dinge nicht tot sind, sondern nur fertig mit dem, was sie gewesen, ohne Gedanken an das, was und wann mit ihnen geschehen wird. Seine Gedanken waren Ferngläser ohne Linsen, Kameras ohne Filme, stumme Gitarren und nichtaufgezogene Uhren.

Er stellte fest, daß ihm die Gitarren besser gefielen als die beiden schmutzigen Geigen, die im Fenster hingen. Er fragte sich beinahe, warum das so war, ließ die Frage fast in Lethargie untergehen, seufzte endlich und ging der Sache nach, weil er wußte, daß sie ihm sonst keine Ruhe lassen würde, und das konnte er nicht gebrauchen. Er sah sich die Instrumente an, das eine, das andere, analysierend und vergleichend. Sie hatten vieles gemeinsam und einige bedeutsame Unterschiede. Er fragte sich, warum er unwillkürlich die Gitarren den Violinen vorzog. Dann erkannte er den Grund plötzlich. Alle Geigen besitzen am Ende des Halses eine Schnecke – *alle.* Bei manchen Gitarren gibt es Schnecken, bei anderen nicht; die Wahl ist offenbar freigestellt. Nicht so bei den Geigen, obwohl die Schnecke keine Funktion erfüllt. Halvorsen nickte ein wenig und erlaubte seinen Gedanken, vom Thema abzuschweifen. Es war nicht wichtig – nicht an sich; wichtig war nur, das zu klären. Seine ursprüngliche, intuitive Vorliebe für Gitarren gegenüber Violinen war auch nicht von Bedeutung; daß er das Funktionelle gegenüber dem rein Traditionellen bevorzugte, war dies und nicht mehr – eine Vorliebe.

Er stand regungslos da, während der dünne Regen in den Kragen drang, und seine Augen suchten nicht, sahen aber. Ferngläser mit Perlmutt; Ferngläser ohne. Eine Uhr mit Glasrubinen auf dem Zifferblatt. Karten, billige Kämme, billige Brieftaschen, billige Füllfederhalter. Ein elektrisches Bügeleisen mit ausgefranstem Kabel. Ein Gestell mit getragenen Kleidungsstücken.

Waffen.

Wieder spürte er die vage Unzufriedenheit, setzte ihr ein gewisses Maß an lethargischem Widerstand entgegen, und als sie sich trotzdem durchsetzte, gab er ihr geduldig nach. Er betrachtete die Handfeuerwaffen. Was störte ihn daran?

Ein Revolver hatte einen Perlmuttgriff und Schnörkel am Lauf, aber das war es nicht. Er blickte die Reihe entlang und befaßte sich mit einer 38er Pistole, so funktionell, wie ein Artifakt nur sein konnte – klein, quadratisch, hier geriffelt, dort poliert, der Sicherungshebel genau dort, wo er hingehörte. Und nach wie vor verspürte er die schwache Mißbilligung, die Unzufriedenheit, die Kritik darstellte. Er umfaßte mit dem Blick alle Waffen und fühlte sie genauso stark. Genauso gering.

Es war also die Kategorie. Es hatte mit allen diesen Waffen zu tun, oder mit allen Waffen überhaupt. Er schaute wieder hin, und wieder, und fand in diesem Bereich keinen Ansatzpunkt für das Bohren seines Verstandes, also drehte er das Problem um und betrachtete es wieder: wie würde eine Waffe aussehen, wenn sie diese seine anspruchsvolle Intuition befriedigen sollte?

Es kam ihm blitzartig, und er glaubte es kaum: ein dünnes Gebilde aus gerolltem Blech mit einem einfachen Schlagbolzen an einem Teil, klappbar und gefedert wie der mechanische Teil einer Mausefalle. Kein Griff, kein Visier. Auch kein Abzug; nur eine einfache Sperre, und – was war das? – und ein Stück Schnur. Er stellte sich vor, wie es auf einem Drahtgestell auf einer polierten Oberfläche stand, den dünnen Lauf in einem Winkel von etwa 45 Grad aufwärts gerichtet, wie eine Spielzeugkanone. Kaliber etwa 38. Was ihm am stärksten auffiel, war das Gefühl der Zerbrechlichkeit, Leichtigkeit der ganzen Konstruktion. Konstruktion! Wozu sollte ein solches Ding konstruiert werden?

Er blickte wieder auf die versetzten Waffen. Zu den Dingen, die sie gemeinsam hatten, gehörte das Massivsein. Die Verschlüsse waren aus Stahlguß, die Mündungen dickwandig, wahrscheinlich alle mit gezogenen Läufen; die Teile getempert, gehärtet, gewalzt, konstruiert und gebaut, um wiederholte Explosionen einzuschließen und zu lenken, wiederholte innere Attacken durch heißes, schnellendes Metall.

Es war, als flackere eine kleine, rote Signallampe bei dem Begriff ›wiederholt‹. War es das, daß alle diese Waffen für wiederholten Gebrauch konstruiert waren? War er damit unzufrieden? Warum?

Er rief das Bild einer einschüssigen Duellpistole herauf, die er einmal in Händen gehabt hatte: langer Lauf, Vorderlader, mit einer Pulverpfanne für das Aufschütten und einem Feuersteinsplitter am Schlagbolzen. Zu seiner Überraschung flackerte das kleine rote Licht noch immer; auch das war eine Konstruktion, die ihm nicht behagte, irgendwo im Bereich ›wiederholt‹.

Selbst eine einschüssige Pistole war dazu gebaut, immer wieder verwendet zu werden; das mußte es sein. Für ihn erfüllte eine Waffe ihre wahre Funktion also nur dann, wenn sie dafür gebaut war, ein einziges Mal verwendet zu werden. *Genug* ist das Kriterium optimaler Konstruktion, und in diesem Fall war ein einziges Mal genug.

Halvorsen schnaubte zornig. Er mochte es nicht, wenn ihn rationale Mittel zu einer deutlich irrationalen Schlußfolgerung führten.

Er ging seine Überlegungen noch einmal durch und suchte nach der einen Wegkreuzung, wo er die falsche Abzweigung gewählt haben mußte.

Es gab sie nicht.

An diesem Punkt wurde seine gemächliche, beinahe selbstgespeiste Neugier von einem wildglühenden Wissensdrang verdrängt. Die Logik loderte in Halvorsen wie in anderen Menschen die Wut, und für das Irrationale brachte er keine Duldsamkeit auf. Er griff sie als persönliche Entwürdigung an und gab nicht nach, bis er sie im Stoff seines Begreifens eingewickelt und festgebunden hatte.

Er stellte sich die ›Waffe‹ seiner zufriedengestellten Phantasie vor, mit ihrem Mausefallen-Zündmechanismus, ihrer Schnur, ihrer nahezu unbrauchbaren Zerbrechlichkeit, und dachte einen Augenblick daran, wie Polizei, Rinderzüchter, Offiziere mit einem derart lächerlichen Gegenstand umgehen würden. Aber das Bild verschwamm, und er schüttelte den Kopf; die von solchen Leuten gewöhnlich verwendeten Waffen befriedigten sein Funktionsgefühl völlig. Er versetzte sich hypothetisch in das Bewußtsein eines solchen Mannes und betrachtete seine Waffe – *eine* Waffe – irgendeine Waffe voll Befriedigung. Nein, es schien etwas Persönliches zu sein, anders als die Unzufriedenheit, die jeder – wenn es ihm wichtig wäre – angesichts der außergewöhnlichen Tatsache empfinden sollte, daß Autos nur dort stromlinienförmig sind, wo man es sieht, und von einer Wärmemaschine angetrieben werden, die ohne Kühlsystem nicht funktionieren kann.

Was ist an meiner Mausefallenwaffe so besonders? fragte er sich und richtete den Blick wieder nach innen, um sie zu betrachten. Da war sie, auf einer polierten Oberfläche – Tischplatte, wie? – mit der albernen Schnur, die nach vorn zu ihm führte, die Mündung aufwärts gerichtet, unverfroren ihre dürftige Konstruktion zeigend.

Warum konnte er sehen, wie dünn das Metall dieser Mündung war?

Weil sie genau auf seine Nasenwurzel zielte.

Triff eine Feststellung, Halvorsen, und prüfe sie. Feststellung: Andere Waffen befriedigen andere Menschen, weil man sie immer und immer wieder verwenden kann. Diese Waffe befriedigt mich, weil sie einmal losgeht, und einmal ist genug.

Prüfung: Eine Duellpistole kann man nur einmal abschießen; aber sie kann wieder geladen und verwendet werden. Warum diese Waffe nicht? Antwort: Weil jemand, der eine Duellpistole benützt, damit rechnet, sie wieder gebrauchen zu können. Wer sie im Gebrauch sieht, rechnet damit, daß sie wieder verwendet wird, weil die Welt weitergeht.

Nachdem Halvorsens Mausefallenpistole losgegangen war, würde die Welt nicht weitergehen. Nicht für Halvorsen – was natürlich dasselbe ist. ›Ich bin Kern und Mittelpunkt des Universums‹ ist für jeden eine gültige Aussage.

Also neuerlich feststellen und schließen: Die optimale Waffenkonstruktion ist jene, welche, nachdem sie Halvorsen zwischen die Augen getroffen hat, nicht mehr zu existieren braucht. Da ›optimal‹ die Bedeutung von ›erwünschter Leistung‹ mit sich führt, kann man fairerweise sagen, daß Halvorsen in sich eine Vorliebe entdeckte, erschossen zu werden. Genauer, zu sterben. Verbesserung: tot zu sein – mit Vergnügen.

Halvorsen empfand zunächst solches Vergnügen daran, sein Problem gelöst zu haben, daß er es versäumte, die Lösung zu betrachten, und als er es tat, machte sie ihn weit mehr frösteln, als es der nieselnde Regen konnte.

Weshalb sollte er tot sein wollen?

Er blickte auf die Waffen in der Pfandleihe und sah sie wie zum erstenmal, jede einzelne sehr wirklich und wahrhaft bedrohlich. Er schauderte, klammerte sich einen Augenblick an den nassen schwarzen Stahl des Gitters und wandte sich dann abrupt ab.

In seinem ganzen gedankenvollen – gedanken*erfüllten* – Leben hatte er etwas Derartiges noch nie in Betracht gezogen. Vielleicht deshalb, weil er eher ein mehr rezeptiver als nach außen gewandter Mensch war. Was er sammelte, verwendete er auf seine Außenwelt – seine Arbeit – statt für sich selbst. Er brauchte die Erklärungen und Entschuldigungen, die Interpretationen und die Gehör verlangenden Forderungen der nach außen gewandten Person nicht, also hatte er es nicht nötig, sich der Selbsterforschung und der komplizierten Semantik der Ich-Übertragung zu überlassen. Er war vielmehr eine Durchgangsstelle für die Fakten, die er fand, nahm Wissen und Erfahrung von *hier* und speicherte sie praktisch unberührt, bis sie *dort* angewendet werden konnten.

Er ging langsam heimwärts, in einem Zustand, der Betäubung gewesen wäre, ohne den wirbelnden, staunenden Kern, der diese Eröffnung drehte und wendete und von allen Seiten prüfte. Warum sollte er tot sein wollen?

Philip Halvorsen liebte das Leben. Korrektur: Er genoß das Leben. Frage: Warum die Korrektur? Für später merken. Er war Berufsberater und angestellt bei einer Sozialhilfeorganisation. Er bekam bezahlt, was ihm nach seiner Beurteilung zustand, und dank den Bittelmans lebte er davon ein wenig besser, als es sonst vielleicht möglich gewesen wäre. Er arbeitete ohnehin nicht des Geldes wegen; seine Arbeit war eine Denkungsart, eine Lebensweise. Er fand sie anregend, fesselnd, zutiefst befriedigend. Jeder Klient war eine Herausforderung, jede Vermittlung ein Sieg über einen oder mehrere der Feinde, von denen die Menschheit geplagt ist – Ungewißheit, Minderwertigkeit, Blindheit und Ignoranz. Jedesmal, wenn er von seinem Schreibtisch aufsah und einen neuen Antragsteller in sein kleines Zimmer treten sah, empfand er eine seltsame, stumme Erregung. Es war ein Druck, eine Macht, so, als drehe man den Hauptschalter eines Computers; er saß da, alle Relais offen, alle Schaltungen frei, und wartete auf die Antworten zu den ersten beiden Fragen: »Was machen Sie jetzt?« und »Was wollen Sie tun?« Nur das; es genügte, um dieses undefinierbare Gefühl der Befriedigung oder Unzufriedenheit in ihm auszulösen. Und genauso, wie er ihre Quelle beim Thema Waffen aufgespürt hatte, analysierte er auch seine Klienten. Das flackernde Licht signalisierte das Falsche, falsche Verwendung, Versagen, falsche Bewertung – alle die Makel der Konstruktion, die falschen Ziele, die Enttäuschungen und Wunden derjenigen, die sich fragen, ob sie den richtigen Beruf gewählt haben – dieses Licht brannte, während er jeden Fall bearbeitete, und erlosch erst, wenn er eine Lösung gefunden hatte. Einoder zweimal hatte er sich in einer Laune gewünscht, sein eingebildetes Signallicht möge für den einen Klienten ein Schild ›Jockei‹ aufleuchten lassen, für den anderen ›Froschzüchter‹, aber so entgegenkommend war es nicht. Es machte ihn nur aufmerksam, wenn er etwas falsch gemacht hatte. Es richtig zu machen, erforderte mühsame und gründliche Arbeit, aber er leistete sie gern. Und wenn er endlich zufrieden war, stellte er häufig fest, daß seine Arbeit erst begonnen hatte: einem Bankangestellten mit zweihundert Dollar in der Woche klarzumachen, daß sein richtiger Platz im Frachtgewerbe ist, mit zweijähriger Anlernzeit als Fünfzigjähriger, erweist sich zunächst als undankbare Aufgabe. Aber Halvorsen verstand es, ruhig zu bleiben und zu warten, und er war ein wahrer Meister in der Kunst geworden, einen Klienten sich bekämpfen, sich besiegen, sich wieder aufbauen zu lassen, und sich endlich selbst davon zu überzeugen, daß der Berufsberater recht hatte. Und Halvorsen gefiel das alles, von der Herausforderung bis zur Vollendung. Warum, warum sollte es in ihm einen Wunsch geben, das aufhören zu lassen, der Welt ein Ende zu setzen, in der es alle diese aufregenden Probleme gab? Und über ihr Ende froh zu sein?

Was würde er einem Klienten raten, einem Fremden, wenn dieser Fremde mit einem solchen Wunsch herausplatzen würde?

Nun, er würde nichts raten. Es kam darauf an. Er würde es einfach mit allem anderen über den Klienten zusammenfassen – Alter, Ausbildung, Temperament, Familienstand, Intelligenzquotient und allem übrigen, und den Todeswunsch zusammen mit all den anderen Faktoren ins Gewicht fallen lassen. Er würde ihn aber zu der Schlußfolgerung disponieren, daß der Mann in irgendeinem Bereich völlig fehl am Platz war: in einer Ehe, einer Familiensituation, einer gesellschaftlichen Bärenfalle ... oder in seinem Beruf. In seinem Beruf. Hatte er, Halvorsen, Richter und Schlichter von Berufen – hatte er den falschen Beruf?

Er schlurfte im Regen dahin, in sich zusammengekauert, um einer viel tiefer dringenden Kälte zu entkommen als diesem nässenden Nebel. Er war so uncharakteristisch mit sich selbst beschäftigt, daß er drei Schritte auf trockenem Pflaster gemacht hatte, bevor er es bemerkte. Er blieb stehen und orientierte sich.

Er stand unter dem Vordach des kleinsten und billigsten der vier Filmtheater in der Stadt. Es war geschlossen und dunkel, wie es die Lokalvorschriften am Sonntag verlangten, aber tote Glühbirnen und verschlossene Türen milderten das Grelle der Dekorationen nicht. Über dem Haupteingang befanden sich zwei Gruppen hoher Lettern, eine für jeden Film des Doppelprogramms. ›Sünde und Geld‹, schrie die eine, und die andere plärrte zurück ›Sklaven der Höllenblume‹. Darunter eine dritte Leuchtschrift, die als zusätzliche Attraktion anbot ›Liebesriten im Südseeparadies‹. Vom Gehsteig ganz links bis zum Vordach, quer hinüber, auf der anderen Seite hinunter, zog sich ein Bogengang von aus Pappe ausgeschnittenen Frauen, welk und naß, unnatürlich proportioniert, in unsinnigen Posen, mit Fetzen von Bändern und Stoff, Locken und Schatten, die auf ihren unfaßbaren Körpern eine Art hinweisendes Versteckspiel trieben. Über der Kasse stand die strenge Ermahnung ›Nur für Erwachsene!!!‹, und die Stützsäulen im Spiegelfoyer waren mit Standfotos markanter Szenen aus den Filmen beklebt: Eine Frau mit nacktem Rücken, gefesselt, an einem hohen Ast hängend, im Begriff, ausgepeitscht zu werden; ein Mann mit Pistole vor einer dekorativen weiblichen Leiche, deren Kopf nach hinten über eine Bettkante hing, so daß ihr sorgfältig geordnetes Haar sich über den Boden breitete, und ein paar schmutzige Bilder der Südseelasterhöhle, deren Insassen an strategischen Stellen in zornigem und beiläufigem Gehorsam irgendeiner Lokalvorschrift gegenüber überstempelt waren.

Im besten Fall ließ diese Art von Darbietung Phil Halvorsen kalt. Im schlimmsten Fall hätte er – bis zu diesem Augenblick – milden Ekel verspürt, gemildert durch genug Belustigung über die Latrinenprimitivität, um sie erträglich zu machen – und vergessen zu können. Aber im Augenblick war alles ein wenig schlimmer als das Schlimmste bisher. Es war, als habe ihn seine vorherige unangenehme Offenbarung auf irgendeine undurchsichtige Weise zermürbt, an einer völlig unerwarteten Stelle in seinem Panzer einen Riß hervorgerufen. Die Schaustellung traf ihn wie ein Hitzestoß. Er blinzelte, trat einen Schritt zurück, hob halb die Hände und kniff die Augen zusammen. Hinter den Lidern schoß das Bild seiner lächerlichen einschüssigen Kanone empor. Er glaubte, aus der rauchenden Mündung ein Geschoß hervortreten sehen zu können, wie die Spitze einer heißen, schwarzen Zunge. Er schauderte vor dem Millisekunden-Alptraum zurück und öffnete die Augen, nur um eine zweite und noch heftigere Reaktion von der Kinofassade zu erleben.

Mein Gott, was ist los mit mir? schrie er lautlos. Er hieb zweimal mit den Fäusten auf seine Stirn, dann senkte er den Kopf und rannte die Straße hinauf, die Steigung. Sein fotografisches Auge hatte das Plakat im Innern des Foyers erfaßt, und während er lief, las ein Teil von ihm kalt den Text:

Sehen Sie (in blutigem Rot) die Großstadtorgien
Sehen Sie die Verlockung einer Halbwüchsigen
Sehen Sie Lust im Taumel
Sehen Sie die unzensierten Riten eines Inselkultes
Sehen Sie ... *Sehen Sie* ... Da war noch mehr. Er stöhnte im Laufen.

Und dann dachte er, bei den Bittelmans sind Leute, es ist hell, es ist warm, es ist beinahe wie zu Hause.

Er begann auf etwas zuzulaufen, statt davon.

3

Die Küche der Bittelmans war für O'Banion ein vager Bereich ›hinter der Treppe‹, und für Halvorsen ein funktioneller Teil der Pension; für Miss Schmidt war sie verbotenes Gebiet, das deswegen noch kein besonderes Interesse erregte – fast die ganze Welt war für Miss Schmidt verbotenes Gebiet. In ihr war Sue Martin so zufrieden wie überall, und unter den Qualen von Mary Haunt war die Küche eine eigene Hölle. Aber in Robins Welt war sie ein Mittelpunkt, noch mehr als das Schlafzimmer, das er mit seiner Mutter teilte, mehr als sein Kinderbett. Er aß in der Küche, spielte dort, wenn es regnete oder besonders kalt war. Wenn er ins Freie ging, dann durch die Küchentür, und die Küche war für ihn ein Ort, zu dem man mit einem zerschundenen Knie, leerem Magen, in plötzlich hochflutender Einsamkeit oder mit der wilden, rasenden Leidenschaft eines Dreijährigen zurückkam.

Die phantasievollste Freundin war natürlich Bitty, die, ohne je ihre Barschheit aufzugeben, genau wußte, wann ein Bonbon oder eine Geschichte fällig war – gewöhnlich über einen kleinen Jungen mit einer wunderschönen Mutter – oder ein Klaps auf das Gesäß. Sam war auch ein Freund, meist als etwas, das man erklettern konnte, um sich geborgen zu fühlen. In letzter Zeit hatte O'Banion sich einen besonderen Platz erworben, und Robin hatte schon immer ein begrenztes Maß von Miss Schmidts verlegener Passivität geschätzt; sie war eine wunderbare Zuhörerin. Halvorsen behandelte er mit fröhlichem Respekt, und Mary Haunt so, als existiere sie nicht. Es gab auch noch andere Leute, jeder, der aß und eine Stellung und sonst irgendwo im Haus ein Zimmer hatte. Es gab die Küchenmaschine und die Waschmaschine – in Robins ökonomischer Sprache ›Waschine‹ – den elektrischen Quirl und die Kaffeemaschine; kurz, alles, was einen Motor besaß. (Das Vorhandensein oder Fehlen eines Motors in Kaffeefiltermaschinen ist nur für Leute mit Vorurteilen strittig.) Für ihn waren sie alle lebendig, ansprechbar und zur Antwort fähig, und er unterhielt sich mit ihnen allen. Er zeigte ihnen seine Spielsachen und erzählte ihnen die Neuigkeiten, er sagte zu ihnen Lebwohl und Guten Morgen, hallo, was gibt's, und Alles Gute zum Geburtstag.

Und außer all diesen Leuten gab es noch Boff und Googie, die, wenngleich keineswegs auf die Küche beschränkt, oft dort waren.

Sie waren nicht da an diesem düsteren Sonntag, während der Himmel weinte und Halvorsen draußen mit seinen persönlichen Teufeln kämpfte. »Mitster, Boff un' Googie sind fortgefahren«, teilte Robin der Küchenmaschine mit. Ihr Name, Mitster, war in seinem Wortschatz mit ›Mister‹ identisch und eine klare Verbindung zwischen der Maschine und den Männern, von denen er sprechen hörte, und ein weiterer Beweis für die lebendige Persönlichkeit, die er ihr zuteilte. Er kippte den Mixbecher nach hinten und drehte den Schalter, und die Maschine begann leise zu summen. Bitty verwahrte die Rührstäbe in einer hohen Schublade, an die er nicht herankonnte, und ließ ihn mit der dadurch harmlosen Maschine nach Herzenslust spielen. »So's richtig, Mitster!« krähte er. »Iß deine Hortion. He, Waschine!« rief er der Waschmaschine zu. »Mitster ißt alles auf, ich geb' ihm ein Bombom, er ist bra-av.« Er drehte am Regler, und die Maschine heulte gehorsam auf. Er drehte den Teller, schaltete den Motor ab, lauschte dem Klicken der Kugellager im Drehteller, brachte ihn zum Stehen und schaltete den Motor wieder ein. Auf den Anstoß eines sechsten Sinnes hin drehte er sich plötzlich um und sah O'Banion an der Tür stehen. »Gu'n Morgen, Tonio«, rief er strahlend. »Gehst du jetz' zum Picknick?«

»Heute nicht, es regnet«, sagte O'Banion, »und außerdem ist jetzt Nachmittag.« Er trat an den Tisch. »Was treibst du denn da, junger Mann?«

»Mitster ißt seine Hortion.«

»Schläft deine Mutter?«

»Jo.«

O'Banion stand da und verfolgte, wie hingegeben das Kind mit der Maschine spielte. Du kleiner Halunke, dachte er, wie hast du das bloß gemacht?

Die Frage war alles, was er über die seltsam lohnende Freundschaft ausdrücken konnte, die zwischen ihm und Robin blühte. Er hatte in seinem ganzen Leben noch kein Kind gemocht – auch für keines Abneigung empfunden. Er war vorher noch nie einem ausgeliefert gewesen; er hatte nur eine ältere Schwester gehabt und sich seit seiner Kindheit nie mit anderen als Altersgenossen abgegeben.

Robin hatte ihn eines Tages allein erwischt und seinen Namen wissen wollen. ›Tony O'Banion‹, hatte er widerwillig geknurrt.

›Tonio?‹

›Tony O'Banion‹, hatte er klar und deutlich verbessert.

›Tonio‹, hatte Robin entschieden gesagt, und von da an war es dabei geblieben. Und zu seiner Überraschung gefiel das O'Banion. Als dann jemand am Stadtrand einen sogenannten Kinder-Jahrmarkt aufgebaut hatte, eine Art Miniatur-Vergnügungspark, ertappte er sich dabei, daß er jedesmal, wenn er ihn sah, an Robin dachte, und jedesmal, wenn er Robin sah, an den Jahrmarkt, bis er eines warmen Sonntags sich selbst und alle anderen Betroffenen verblüffte, als er Sue Martin fragte, ob er mit dem Jungen hingehen könne. Sie hatte ihn einen Augenblick lang ernsthaft angesehen und gesagt: »Warum?«

»Ich denke mir, daß es ihm vielleicht gefällt.«

»Na, danke«, hatte sie herzlich gesagt, »das finde ich wunderbar.« Und so waren er und Robin hingegangen.

Und sie waren wieder hingegangen, mehrmals, meist am Sonntag, wenn Sue Martin sich das einemal in der Woche nachmittags hinlegte, aber auch ein paarmal unter der Woche, wenn O'Banion dort draußen zu tun hatte und das Kind auf dem Weg vom Büro günstig abholen und auf dem Rückweg wieder zurückbringen konnte. Und dann, einfach zur Abwechslung, ein Picknick, Robins allererstes, am Ufer eines Bachs, wo sie glitzeräugige Froschkinder und huschende Elritzen und ein gräßliches Miniatur-Ungeheuer beobachtet hatten, das er später als Libellennymphe identifizierte, und Robin hatte so viele Fragen gestellt, daß er am nächsten Tag in eine Buchhandlung gegangen war und ein Vogelbuch und einen Wildpflanzenführer gekauft hatte.

Gelegentlich fragte er sich *warum?* Was hatte er davon? Und empfand die Antworten entweder als beunruhigend oder als schwer faßbar. Vielleicht lag es an der Entspannung: Zum erstenmal konnte er Umgang mit einem menschlichen Wesen haben, ohne die vorsichtige und wachsame Aufmerksamkeit den Fragen gegenüber ›Wo sind Sie zur Schule gegangen?‹ und ›Wer ist Ihre Familie?‹ Vielleicht war es die Wärme der Freundschaft in einem Gesicht von dieser beunruhigenden Ähnlichkeit mit jenem, das noch immer ab und zu vor seinen Augen erschien und sich zwischen die Arbeit schob, und das so unbewegt und beherrscht war, wenn er ihm in Fleisch begegnete.

Und da war der Sonntag gewesen, an dem Sue Martin, nachdem sie ihre Erlaubnis für einen dieser Ausflüge gegeben, plötzlich gesagt hatte: ›Ich habe heute nachmittag nicht viel zu tun. Sind diese Ausflüge nur für Männer?‹

›Ja‹, hatte er auf der Stelle gesagt, ›das sind sie.‹ Er hatte es ihr mitgeteilt. Aber – es war ihm nicht wie ein Sieg vorgekommen, und sie hatte nicht unterlegen gewirkt, als sie achselzuckend und mit einem Lächeln erwiderte: ›Sagen Sie mir Bescheid, wann Sie auf gemischt umsteigen.‹ Danach unterband sie auch die Picknicks nicht, was ihm lieb gewesen wäre, weil er ihr dann hätte grollen können. Und wenn er sie bitten würde, mitzukommen, und sie würde ablehnen... den Gedanken konnte er nicht ertragen. Manchmal glaubte er, das ganze Bemühen, dem Kind eine Freude zu machen, solle nur dazu dienen, die Mutter zu beeindrucken; er hatte Mary Haunt einmal zu Miss Schmidt etwas derartiges sagen hören und sechs Stunden lang dem Ganzen abgeschworen, bis Robin ihn fragte, wohin sie jetzt gehen wollten. Solange es einfach war, eine Sache zwischen ihm und dem Kind, bedurfte es keiner Entschuldigungen oder Erklärungen. Sobald er das Thema in irgendeinen Zusammenhang brachte, wurde er verwirrt und unsicher. Er vermied deshalb Analysen und fragte sich verwundert und akademisch, kleiner Halunke, wie hast du das gemacht, während er Robins lebhafte Unterhaltung mit der Küchenmaschine verfolgte.

Er zerzauste Robins Haare und ging zum Herd, wo er die Kaffeemaschine hochhob. Sie war fast voll, und er zündete das Gas an.

»Was machst du, Tonio? Kaffee?«

»Ja, Bub.«

»Okay«, sagte Robin, als erteile er die Erlaubnis. »Boff trinkt keinen Kaffee, Tonio«, vertraute er ihm an. »O nein.«

»Tut er nicht, was?« O'Banion schaute sich um und nach oben. »Ist Boff hier?«

»Nein«, sagte Robin. »Ist nicht da.«

»Wo ist er denn hingegangen? Fort mit den Bittelmans?«

»Jo.« Die Kaffeemaschine surrte, und Robin sagte: »Hallo, Kaffeemaschine.«

Halvorsen kam herein und stand wie ein Blinder unter der Tür. O'Banion hob den Kopf und begrüßte ihn, dann sagte er halblaut: »Mein Gott!« und ging durch den Raum. »Alles in Ordnung, Halvorsen?«

Halvorsen richtete blinde Augen auf das Geräusch seiner Stimme, und O'Banion konnte erkennen, wie sie langsam wieder zu sehen begannen, wie beim Aufblenden auf einer Kinoleinwand. »Was?« Sein Gesicht war naß vom Regen, fischbauchblaß, und er stand gebeugt wie ein Mann mit einer schweren Last auf dem Rükken, als er mehr das Gesicht hob, um aufzublicken, denn den Kopf.

»Setzen Sie sich lieber hin«, sagte O'Banion. Er sagte sich, daß diese ungewohnte Sorge um die Leiden eines Mitmenschen nur eine eigensüchtige Angelegenheit war, weil er das betäubte Wesen nicht vom Boden aufschaufeln wollte. Als Halvorsen sich aber zur Sitzecke mit den Holzstühlen wandte, griff O'Banion nach Halvorsens Mantel, der vorne offen war. »Geben Sie her, der ist ja tropfnaß.«

»Nein«, sagte Halvorsen. »Nein.« Aber er ließ sich den Mantel abnehmen; das heißt, er trat aus ihm heraus, so daß O'Banion auf einmal dastand und ihn in den Händen hatte. O'Banion schaute sich um, dann hängte er ihn an den Besenhaken und wandte sich Halvorsen wieder zu, der gerade schwerfällig auf einen Stuhl gefallen war.

Wieder durchlief Halvorsen den langsamen Übergang von der Blindheit zum Sehen, von der Isolierung zum Bewußtsein. Er machte eine schwierige, innere Anstrengung und sagte dann: »Abendessen fertig?«

»Wir haben Selbstbedienung«, sagte O'Banion. »Bitty und Sam unternehmen ihren allmonatlichen Ausflug zu den Fleischtöpfen.«

»Fleischtöpfe«, sagte Robin, ohne den Kopf zu drehen.

O'Banion beherrschte sorgfältig Gesicht und Stimme und sagte: »Wir sollen im Kühlschrank räubern, hieß es, nur Hände weg von der Lammkeule, die ist für morgen.« Er wies mit dem Kopf auf Robin und fügte hinzu: »Dem entgeht gar nichts«, und endlich erlaubte er sich ein breites Grinsen.

»Ich habe keinen Hunger«, sagte Halvorsen.

»Ich mache grade Kaffee.«

»Gut.«

O'Banion warf eine runde Asbestmatte auf den Tisch und holte die Kaffeemaschine. Auf dem Rückweg nahm er eine Tasse mit Unterteller mit. Er stellte sie auf den Tisch und setzte sich. Zucker stand schon da; Löffel steckten in einem Glas, die Stiele nach unten, wie auf dem Lande üblich. Er goß ein, gab Zucker dazu und rührte um. Er schaute zu Halvorsen hinüber und sah in diesem reservierten Gesicht etwas, wovon er gelesen, was er aber noch nie selbst erlebt hatte: Die Lippen des Mannes waren blau. Erst dann kam er auf den Gedanken, für Halvorsen auch eine Tasse zu bringen. Er holte sie und dachte auch an Milch, für alle Fälle. Er brachte die Sachen mit, zögerte und füllte dann die zweite Tasse. Er tat einen Löffel auf die Untertasse und schob sie zusammen mit der Milch in plötzlicher Verlegenheit über den Tisch. »He!«

»Was?« sagte Halvorsen im selben toten, tonlosen Tonfall, und: »Oh. Oh! Danke, O'Banion, vielen Dank, tut mir leid.« Plötzlich lachte er gezwungen und ohne Heiterkeit. Er bedeckte die Augen und sagte klagend: »Was ist bloß los mit mir?«

Es war eine Frage, die keiner beantworten konnte, und sie schlürften verlegen den Kaffee, ein Mann, der es nicht verstand, sein Herz auszuschütten, und ein Mann, der noch nie die Last eines anderen aufgenommen hatte. In diese Szene trat Mary Haunt. Sie trug ein aufsehenerregendes gelbes Kaminkleid und hatte unter dem Arm eine Zeitschrift. Sie sah sich im Raum kurz um und kräuselte die Lippe.

»Wie am Hauptbahnhof«, knurrte sie und marschierte hinaus.

O'Banions Zorn war ihm in diesem Augenblick eine große Erleichterung; er war dem Mädchen beinahe dankbar. »Eines Tages packt einer die Kleine am Kragen und sorgt dafür, daß sie stubenrein wird«, schnaubte er.

Halvorsen fand auch seine Stimme und war wahrscheinlich für den Klimawechsel ebenso dankbar.

»Es wird nicht anhalten«, sagte er.

»Was meinen Sie damit?«

»Ich meine, sie kann so nicht mehr lange weitermachen«, sagte Halvorsen nachdenklich. Er verstummte und schloß die Augen; O'Banion konnte sehen, wie er sich Hand über Hand aus seinem persönlichen Sumpf herauszog, trockenen Boden, erhöhten Boden erreichte, wo er mit vertrautem Blick wieder eine reale Welt betrachten konnte. Als er die Augen öffnete, zeigte er O'Banion ein seltsames kleines Lächeln und sagte, wie nebenher: »Danke für den Kaffee, O'Banion« und fuhr fort: »Sie wartet auf die große Chance. Sie ist der Meinung, daß sie sie verdient und auch erhält, wenn sie nur warten kann. Daran glaubt sie wirklich. Sie haben ja von Schülerinnen gehört, die sich auf Drugstore-Hockern räkeln, in der Hoffnung, daß ein Talentsucher daherkommt und sie entdeckt. Das ist harmlos, solange sie es ein, zwei Stunden am Tag tun. Aber Mary Haunt tut das jede Minute, die sie außer Haus ist. Keiner von uns hier könnte ihr helfen, also behandelt sie uns so, wie man nutzlose Dinge behandelt. Aber Sie sollten sie in der Station sehen.«

»In welcher Station?«

»Sie tippt Manuskripte in der Radiostation«, sagte Halvorsen. »Soviel ich höre, ist sie nicht sehr tüchtig, aber andererseits bekommt sie nicht viel bezahlt, also regt sich keiner auf. Aber für sie ist eine Radiostation der Rand der Welt, in die sie eindringen möchte – da geht es an, weiter zum Fernsehen und zum Film. Ich wette, was Sie wollen, daß sie tief innen eine Szene fertig eingeübt hat, wo ein großer Produzent oder Regisseur hier absteigt und in der Radiostation jemanden besucht, und peng! Unsere Mary ist ein Starlet, das auf dem Weg zum Ruhm steht.«

»Sie sollte lieber Manieren lernen«, brummte O'Banion.

»Oh, sie hat Manieren, wenn sie glaubt, daß sie ihr etwas nützen.«

»Warum zeigt sie sie dann nicht bei Ihnen, zum Beispiel?«

»Bei mir?«

»Ja. Besorgen Sie den Leuten nicht bessere Posten oder so?«

»Ich sehe viele Menschen, viele unterschiedliche Menschen«, sagte Halvorsen, »aber sie haben eines gemeinsam: Sie wissen nicht recht, was sie tun oder sein wollen.« Er deutete mit dem Löffel zur Tür. »Sie weiß es. Sie mag sich täuschen, aber sie hat Gewißheit.«

»Na, und Sue Martin?« fragte O'Banion. Er verfolgte das Thema hastig, beinahe gedankenlos, eines vagen Gefühls wegen, daß Halvorsen, wenn er es nicht tat, wieder in dieses ungemütliche, nach innen gerichtete Schweigen verfallen würde. »Im Showbusiness gibt es doch sicher viel, was Mary Haunt von ihr lernen könnte.«

Halvorsen brachte beinahe ein Grinsen zustande und griff nach dem Kaffeebehälter.

»Mrs. Martin ist Unterhalterin in einem Nachtklub«, sagte er, »und für Mary Haunt sind Nachtklubs nicht besser als Slums.«

O'Banion wurde feuerrot und verfluchte sich dafür.

»Na, die kleine ... keine Herkunft, kein – kein – wie kann sie hinuntersehen auf ... ich meine, sie ist doch ein kleiner Niemand!« Er war sich bewußt, daß er unter dem direkten und leidenschaftslosen Blick von Halvorsens dunklen Augen zu stottern anfing, und griff nach dem erstbesten, das nicht völlig vom Thema wegführte: »Vor zwei Monaten haben Mrs. Martin und ich abends mal erlebt, wie sie wegen irgend etwas hysterisch wurde ... oh, Miss Schmidt hatte eine Zeitschrift, die sie haben wollte ... jedenfalls sagte Mrs. Martin, nachdem alles vorbei war, etwas über Mary Haunt, das ein Kompliment gewesen sein könnte. Für manche Leute, meine ich. Ich kann mir nicht vorstellen, daß Mary Haunt jemals genausoviel für sie tun würde.«

»Was hat sie gesagt?«

»Mrs. Martin? Ach, sie sagte, jeder, der zwischen Mary Haunt und dem gerät, was sie haben will, steht hinterher mit einem Mary-großen Loch da.«

»Das war kein Kompliment«, sagte Halvorsen sofort. »Mrs. Martin weiß so gut wie Sie oder ich, was zwischen dem Mädchen und ihrer großen Chance steht.«

»Nämlich?«

»Mary Haunt.«

O'Banion dachte darüber nach und lachte dann leise.

»Ein Mary-großes Loch würde nicht viel übriglassen.« Er hob den Kopf. »Sie sind ein guter Psychologe.«

»Ich?« sagte Halvorsen mit ungekünstelter Überraschung. In diesem Augenblick schaltete Robin, der die ganze Zeit vertraulich mit der Küchenmaschine gemurmelt hatte, das Gerät ab und hob den Kopf.

»Boff!« rief er freudig. »Hallo, Boff!« Er verfolgte, wie etwas auf ihn zukam, drehte sich ein wenig, um ihm mit den Augen zu folgen, bis es sich auf dem Gewürzbrett über seinem Tisch niederließ. »Hast'n gemacht, Boff? Bist zum Essen gekommen?« Dann lachte er, so, als sei ihm etwas sehr Angenehmes und Komisches eingefallen.

»Ich dachte, Boff ist mit den Bittelmans unterwegs, Robin«, rief O'Banion.

»Nein, hat sich versteckt«, sagte Robin und lachte unbändig. »Boff immer da. Wieder gekommen.«

Halvorsen verfolgte das mit verwirrtem Lächeln.

»Wer ist denn bloß dieser Boff?« fragte er O'Banion.

»Phantasie-Spielkamerad«, sagte O'Banion kenntnisreich. »Ich hab' mich daran gewöhnt, aber ich geb' zu, daß mich das am Anfang ganz schön erschreckt hat. Viele Kinder haben so etwas. Meine Schwester hatte auch einen, jedenfalls erzählte das meine Mutter – meine Schwester weiß nichts mehr davon. Ein kleines Mädchen namens Ginny, das in der Anrichte lebte. Man lacht über diesen ›Boff‹ und die andere – sie heißt Googie – bis man sieht, wie Robin die Tür aufhält, um sie hereinzulassen, oder sich weigert, zum Spielen hinauszugehen, bis sie herunterkommen. Und er macht keine Späße. Er ist die meiste Zeit wirklich brav, Halvorsen, aber bei manchen Dingen explodiert er wie eine Sprengkapsel, und dazu gehört, daß einer bestreitet, Boff und Googie wären wirklich vorhanden. Ich weiß es. Ich habe das einmal versucht, und es brauchte einen halben Tag und sechs Fahrten auf dem Karussell, bis er sich beruhigte.« Er hob den Zeigefinger. »Sechs Fahrten auch für Boff und Googie.«

Halvorsen beobachtete das Kind.

»Na sowas.« Er schüttelte ein wenig den Kopf. »Ist das – äh – gesund?«

»Ich hab' mir ein Buch gekauft«, sagte O'Banion und wurde,

was ihm unerklärlich war, wieder rot, »und da steht, solange das Kind guten Kontakt zur Wirklichkeit hat, macht es nichts, und den hat er, glauben Sie mir. Das verliert sich mit der Zeit. Kein Grund zur Sorge.«

Robin hob eben den Kopf Richtung Gewürzbrett, als habe er ein Geräusch gehört. Dann sagte er: »Okay, Boff«, stieg vom Stuhl, trug ihn durch die Küche zu seinem Platz an der Wand und sagte fröhlich: »Tonio, Boff will Autos sehen. Okay. Geh'n wir?«

O'Banion erhob sich lachend.

»Die Stimme seines Herrn. Ich habe die Sondernummer von ›Popular Electrics‹ über die neuen Automodelle, und Boff und Robin bekommen nicht genug davon.«

»So?« Halvorsen lächelte. »Was gefällt ihnen denn dieses Jahr?«

»Rote. Komm, Robin. Bis später, Halvorsen.«

»Bis später.«

Robin trabte hinter O'Banion her und blieb an der Tür stehen.

»Komm schon, Boff.« Er winkte Halvorsen heftig zu. »Bis später, Hafersohn.«

Halvorsen winkte zurück, und sie waren fort.

Halvorsen blieb eine Weile betäubt sitzen, die Hand noch erhoben. Die Gegenwart des anderen Mannes und des Kindes war eine Ablenkung von seiner seltsamen inneren Explosion und ihren Schockwellen gewesen. Jetzt waren sie fort, aber er wollte nicht zulassen, daß er wieder in diesem Gewühl von sich nähernden Geschossen und regennassen Leibern versank, *warum möchte ich tot sein?* So hing er einen Augenblick bewegungslos zwischen Bedrängnis und Ablenkung. Er überlegte, ob er O'Banion in den Salon folgen sollte. Er dachte daran, in seine Panik zurückzuversinken, sich ihr zu stellen, sie zu bekämpfen. Aber er war nicht bereit, zu kämpfen, noch nicht, und er wollte nicht weglaufen ... und er konnte nicht so bleiben. Es war wie nicht atmen. Jeder kann aufhören zu atmen, aber nicht für lange.

»Mr. Halvorsen?«

Mit leisem Schritt und leiser Stimme, furchtsam um sich blikkend, um sich zu vergewissern, daß sie nicht störe, kam Miss Schmidt herein. Halvorsen hätte sie umarmen mögen.

»Herein, nur herein!« rief er warm.

Das halbe Lächeln flackerte bei seinem Ton auf wie glimmendes Holzfeuer unter einem Windstoß.

»Guten Tag, Mr. Halvorsen. Ich wollte, das heißt, ich dachte, wissen Sie, ob Mr. Bittelman schon zurück ist, und dachte, daß vielleicht –« Sie befeuchtete die Lippen und glaubte anscheinend, daß sich noch ein Versuch lohne. »Ich wollte ihn sprechen wegen – ich will sagen, ihn fragen, ob er – in einer Sache.« Sie atmete aus, atmete ein und hätte sicherlich noch mehr von dieser Art hervorgebracht, aber Halvorsen fiel ihr ins Wort.

»Nein, er ist noch nicht zurück. Für einen Ausflug hat er sich wirklich einen scheußlichen Tag ausgesucht.«

»Den Bittelmans scheint das gleich zu sein. Alle vier Wochen, pünktlich wie die Uhr.« Sie gab plötzlich ein kleines, blökendes Lachen von sich. »Ich meine gar keine Uhr, Mr. Halvorsen, ich meine, vier Wochen.«

Er lachte höflich, um ihretwillen.

»Ich weiß, was Sie meinen.« Er sah, daß sie den Blick auf ihre sich knetenden Hände senkte und spürte, daß ihre nächste Bewegung zur Tür gerichtet sein würde. Er glaubte das nicht ertragen zu können, nicht in diesem Augenblick. »Wie wär's mit – äh – einer Tasse Tee oder was. Sandwich. Ich wollte eben –« Er stand auf.

Sie wurde rot und lächelte wieder.

»Tja, ich –«

An der Tür entstand ein kleiner, zischender Laut, ein Schnauben, ein zorniger Atemzug. Mary Haunt stand da und funkelte sie an. Miss Schmidt sagte schwach: »Nein, nein, danke. Ich sollte lieber, ich meine, lieber gehen und . . . ich wollte nur sehen, ob Mr. Bittelman schon –« Sie verstummte völlig und ging auf Zehenspitzen zur Tür. Mary Haunt schwang die Schultern, bewegte aber die Füße nicht. Miss Schmidt glitt hinaus und entkam.

Halvorsen stand da, halb erbost, halb töricht. Seine eigenen Worte hallten an seinem inneren Ohr wider: ›Sandwich. Ich wollte eben –‹ und er ließ sich von ihnen zur anderen Seite der Küche führen. Er war außer sich, aber warum? Nichts war geschehen; viel war geschehen. Er hätte sich am liebsten auf die Hinterbeine gestellt und sie angefaucht, weil sie ein kleines wehrloses Kaninchen wie Miss Schmidt verfolgte; aber was hatte sie in Wirklichkeit getan? Konnte sie nicht mit absoluter Wahrheit sagen: ›Na, ich habe doch gar nichts zu ihr gesagt!‹? Er kam sich kraftlos vor, entmannt; und das Bild der zerbrechlichen Waffe flackerte an seinen Lidern und schockierte ihn. Er zitterte, nahm sich zusammen, war sich schmerzhaft der glänzenden, zornigen Augen bewußt, die von der Tür aus seinen Rücken anstarrten. Er tastete sich an den Brotkasten und nahm einen halben Laib von Bittys herrlichem, selbstgebackenem Brot heraus. Er hob das Brotbrett herunter, zog ein Messer aus der Schublade und begann zu sägen. Hinter sich hörte er ein lautes Klatschen, als Mary Haunt ihre Illustrierte auf den Tisch neben die Kaffeemaschine warf, dann nahm er sie neben sich wahr. Wenn sie ein einziges Wort gesagt hätte, wäre sie einem Wutausbruch gegenübergestanden, der in keinem Verhältnis zu den Geschehnissen gestanden hätte. Aber sie sagte nichts. Sie stand einfach da und beobachtete ihn. Er schnitt die erste Scheibe herunter, begann mit der zweiten. Er fuhr beinahe herum, unterließ es aber im letzten Augenblick und schnitt sich mit dem Messer in den Daumen. Er schloß die Augen, säbelte die Scheibe herunter und wandte sich dem Kühlschrank zu. Er öffnete ihn, beugte sich über die Fächer und hielt mit der anderen Hand den verletzten Daumen fest.

»Was machen Sie denn da?« fragte sie.

»Wonach sieht es aus?« fauchte er. Die Schnittwunde begann plötzlich zu schmerzen.

»Könnte ich nicht sagen«, erklärte Mary Haunt. Sie trat ans Brotbrett, griff nach dem Messer und wischte das abgeschnittene Brot in das Spülbecken.

»He!«

»Halten Sie die Wunde lieber einen Augenblick an die Kühlrippen«, sagte sie gefaßt. Sie legte eine Hand auf den Brotlaib und hieb mit einer Bewegung das zerhackte Ende gerade. »Setzen Sie sich«, sagte sie, als er die Lunge aufpumpte, um sie anzubrüllen. »Wenn ich etwas hasse, dann jemand, der ungeschickt mit Eßbarem umgeht.« Eine, zwei, drei, vier gleichmäßige Scheiben fielen auf das Brett. Und wieder unterbrach sie ihn, gerade als er wie ein angeschossener Bär aufbrüllen wollte: »Wollen Sie jetzt ein Sandwich oder nicht? Setzen Sie sich da hin und kommen Sie mir nicht zwischen die Füße.«

Mit hängendem Unterkiefer beobachtete er sie. Wollte sie ihm etwas Gutes tun? Mary Haunt wollte jemandem *etwas Gutes tun?*

Er bemerkte, daß er ihr gehorchte und die Wunde an die Kühlrippen preßte. Das tat gut. Er zog seine Hand zurück, als sie an den Kühlschrank trat, und wich ihr aus. Er ging rückwärts zum Tisch, setzte sich und beobachtete sie.

Es war eine Vorstellung. Die blassen, überaus gepflegten Hände flogen. Sie stellte Majonaise auf, Streichkäse, eine Platte mit kaltem Braten, Petersilie, Radieschen. Mit nahezu einer einzigen Bewegung stellte sie eine kleine Pfanne und einen kleinen Topf auf den Herd und zündete das Gas darunter an. In die Pfanne kamen zwei Scheiben Speck, in den Topf zwei Eßlöffel Wasser und die Hälfte der Flüssigkeit aus einem Glas Kapern. Sie gab Gewürze dazu, ohne genau Maß zu nehmen – eine Prise, ein Schütteln des Streuers: Hähnchengewürz, Oregano, Knoblauchsalz. In dem kleinen Topf begann es zu zischen, und plötzlich roch es in der Küche wie im Hintereingang zum Paradies. Sie nahm ihn weg, kratzte den Inhalt in eine Schüssel, gab Schmelzkäse und Majonaise dazu und schaltete den Elektroquirl ein. Sie drehte den Speck um, schob zwei Brotscheiben in den Toaster und beschäftigte sich mit Hackmesser und Radieschen.

Halvorsen schüttelte ungläubig den Kopf und murmelte verblüfft etwas. Das Mädchen warf ihm einen Blick von solcher Verachtung zu, daß er den Blick senkte. Sein Blick fiel auf ihre Zeitschrift. Sie hieß ›Family Day‹ und war die Veröffentlichung einer Ladenkette – in keiner Weise eine Filmillustrierte.

Der Speck verließ knackend die Pfanne. Sie trocknete ihn auf einem Papiertuch ab und zerkrümelte ihn in die Schüssel, wo der Quirl surrte. Es war, als dirigiere ein Küchenchoreograph den ganzen Ablauf, der Toast hüpfte herauf, als sie die Hand danach ausstreckte. Sie steckte die beiden anderen Scheiben hinein und beugte sich wieder über die Radieschen. Kurz danach schaltete sie den Quirl ab und strich den Inhalt der Schüssel auf das getoastete Brot. Darauf legte sie kalten Braten, schmale Streifen von verschiedenen Sorten, senkrecht und waagrecht übereinander. Als sie mit den ersten beiden fertig war, schnellte das zweite Paar aus dem Toaster; es lief alles kontinuierlich bei ihr; es war wie Musik oder eine am Zugfenster vorbeigleitende Landschaft.

Sie hantierte kurz mit dem Messer und richtete das Resultat auf zwei Tellern an: bissengroße Sandwiches in Sternform, und in der Mitte etwas, das wie ein kleines Bukett aus Rosenknospen aussah – die Radieschen, von oben aufgeschnitten und auf Petersilie ruhend. Die ganze verblüffende Vorstellung hatte vielleicht sechs Minuten gedauert.

»Kaffee können Sie sich selber machen«, knurrte sie.

Er kam heran und griff nach einem der Teller.

»Na, das ist – ist – na, danke!« Er sah sie an und lächelte. »Kommen Sie, setzen wir uns.«

»Zu Ihnen?« Sie stakte zum Tisch, den anderen Teller in der Hand, und riß die Zeitschrift an sich, als sei sie ein schuldhaftes Geheimnis. »Sie können aufräumen«, sagte sie, »und wenn Sie irgendeiner Menschenseele davon erzählen, skalpier' ich Sie.«

Er starrte ihr entgeistert nach, griff zerstreut nach einem Sandwich, biß hinein und vergaß für einen Augenblick sogar seine Verblüffung, so köstlich schmeckte es. Er setzte sich langsam, und zum erstenmal, seitdem er Geigen mit Gitarren verglichen hatte, überließ er sich völlig seinen Sinnen und vergaß seine Probleme. Er aß die Brote ganz langsam und genießerisch und gab sich ihnen hin.

Auszug aus (Berichtsbuch) der Forschungsexpedition:
So (müde – gereizt) daß (ich) kaum (schreiben) kann. So, als sei diese Art von Forschung selbst im besten Fall, der hier nicht gegeben ist, mit der besten Ausrüstung, die (uns) fehlt, mühsam genug, bin (ich) auch noch mit einem (Partner – Kollegen) geplagt, der unüberwindliche Begeisterung und eine Eigenschaft zeigt, die (ich) nur als Kopfüber-Halsstarrigkeit bezeichnen kann. (Smith) meint es natürlich gut, aber das Universum ist voll von wohlmeinenden (Individuen), die nichts anderes fertiggebracht haben, als sich zu (   ) zu machen.

Während der ganzen anstrengenden und ärgerlichen Arbeit, den (Knafter) aufzu(laden), behauptete (Smith), rein objektive Betrachtung werde (uns) gar nichts einbringen und könne (ewig) dauern; (wir) besäßen schon genügend Daten, um diese Probanden Reizen auszusetzen und ein für allemal zu klären, ob bei ihnen eine verläßliche, funktionelle Wirkung von Synapse Beta Sechzehn möglich ist. (Ich) wandte natürlich ein, daß es (unserer) hohen (Ethik) widerspricht, auf fremde Arten (Gewalt) auszuüben; (Smith) erklärte, es handle sich im Grunde nicht um (Gewalt), sondern um die (Vergrößerung – Verstärkung – gesteigerte Leistung) dessen, was sie schon besitzen. (Ich) wies darauf hin, daß (wir) selbst bei einem Erfolg das Endergebnis nur mit Methoden prüfen können, die einige oder alle der Probanden töten werden. (Smith) will sich darüber erst Sorgen machen, wenn es soweit ist. (Ich) betonte ferner, daß (wir), um die erforderlichen Reize zu liefern, nicht nur den (Knifter) um(rüsten) müssen, sondern auch dieses (   )te, kaum brauchbare (Stein)zeit(unikum) von (Mechanismus), den (Knafter). (Smith) war sofort einverstanden, und während (ich) noch argumentierte, begann (er) umzu(rüsten), und (ich) debattierte, und (er) (rüstete) um, und bis (ich) (meinen Standpunkt) dargelegt hatte, war (er) praktisch fertig, und (ich) mußte (ihm) auch noch die (Lampe) halten.

(Ich) vergaß, (Smith) zu fragen, was (er) tun wolle, wenn einer der Probanden dahinterkommt, was (wir) vorhaben. Ihn töten? Sie alle töten? Es würde mich nicht (wundern). Im Namen der (Forschung) würde (Smith) ruhig (zusehen), wie die (Knöchel) (seines) (älteren Vorfahren) (geriffelt) werden.

4

Miss Schmidt, bis zum Kinn in einem wattierten Morgenmantel eingemummt, mit Bettsocken, Hausschuhen und Schal, döste halb in ihrem Lehnsessel. Als sie die Geräusche hörte, auf die sie gewartet hatte, sprang sie hoch, ging zu ihrer Tür, die einen Spalt offenstand, und lauschte einen Augenblick, um sich zu vergewissern. Dann zog sie den Gürtel enger, prüfte Haken und Ösen unter ihrem Kinn, zog den weiten Morgenrock mehr zu den Hüften herunter und den Schal höher hinauf. Sie kreuzte ihre Arme an den Handgelenken und preßte ihre Hände sittsam an die Schlüsselbeine, um dann lautlos am Badezimmer vorbei durch den langen Gang zur Diele zu huschen. Bitty war in der Küche, und Sam Bittelman hängte einen feuchten Trenchcoat an den Garderobenständer in der Diele.

»Mr. Bittelman –«

»Sam«, verbesserte er jovial. »Den allerschönsten Morgen für Sie, Miss Schmidt. Es ist nämlich vor zehn Minuten eben Morgen geworden.«

»Ach du meine Güte, ja, ich weiß, es ist spät«, flüsterte sie. »Und es tut mir wirklich schrecklich leid, wirklich, ich würde Sie unter keinen Umständen stören, ich meine, es tut mir wahrhaftig leid, ich möchte kein Störenfried sein. Ach, du meine Güte!« Ihr ewig verängstigtes Gesicht kräuselte sich unter der kleinen qualvollen Explosion.

»Erzählen Sie mir ganz einfach, was Sie bedrückt, Lady, und wir bringen das in Ordnung«, sagte er herzlich.

»Sie sind sehr freundlich. Tatsächlich ist da etwas. Ich meine, etwas in Ordnung zu bringen. In – in meinem Zimmer.« Sie beugte sich dabei vor, als vertraue sie ihm etwas ganz Geheimes an.

»Na, sehen wir es uns an. Bitty!« Miss Schmidt preßte entsetzt die Hand auf den Mund, als er die Stimme erhob. »Ich erledige für die Lady etwas. Bin gleich wieder da.« Er wandte sich Miss Schmidt wieder zu und verbeugte sich im Spaß. »Wohlan.«

»Wir dürfen die ... niemand wecken«, rügte sie ihn und wurde rot, weil sie das getan hatte. Er grinste nur, und folgte ihr zu ihrem Zimmer. Sie ging hinein, öffnete die Tür ganz weit, griff verlegen nach dem Papierkorb und stellte ihn an die Tür, damit sie aufblieb. Sie sah von diesem Werk auf und direkt in Sams zwinkernde Augen und schickte ein Gebet zum Himmel, daß er sie deswegen nicht necken würde. Man wußte nie, was Sam als nächstes sagen würde; manchmal war er gar nicht zu begreifen und manchmal einfach – schrecklich. »Das Fenster«, sagte sie. »Die Jalousie.«

Er schaute sie sich an.

»Ach, das schon wieder. Bei den dummen Dingern zerfranst doch dauernd die Schnur.« Die Jalousie hing schief, die untersten Lamellen beinahe senkrecht, so daß eine untere Ecke des Fensters unbedeckt blieb. Sam zerrte an der Schnur. Es war eine doppelte; ein Strang war verklemmt, der andere lief frei. Er zog sie ganz heraus und wies das abgerissene Ende vor. »Sehen Sie? Daran lag's.

Muß mal sehen, ob ich Ihnen morgen früh nicht eine neue einziehen kann, wenn ich eine finde.«

»Am Morgen? Aber – ich meine, na ja, Mr. äh – Sam, und jetzt? Das heißt, was soll ich tun?«

»Machen Sie sich da gar keine Sorgen! Genießen Sie Ihren Schönheitsschlaf, kleine Lady, und bis Sie morgen von der Schule zurück sind, habe ich –«

»Sie verstehen nicht«, jammerte sie leise, »ich kann nicht zu Bett gehen, wenn das so bleibt. Deshalb habe ich auf Sie gewartet. Ich habe alles versucht. Der Vorhang läßt sich nicht ganz zuziehen, ein Handtuch kann man nirgends aufhängen, und die Stuhllehne ist nicht hoch genug, um es abzudecken, und – und – o du meine Güte!«

»Oh-h-h.«

Aufmerksam gemacht durch etwas in dieser einen, langgezogenen Silbe, sah sie ihn scharf an. Da war etwas – was war es? Wie ein Summen im Zimmer. Aber es war kein Geräusch. Er hatte sich nicht verändert ... und trotzdem war da etwas in seinen Augen, das sie vorher noch nie gesehen hatte. Sie hatte es auch nie in den Augen anderer Leute gesehen. Um Sam Bittelman war stets etwas von einer ruhigen Kraft gewesen, und das war auch jetzt da, aber einfacher, stärker, tröstender als je zuvor. Für sie mit ihren zahllosen Unentschlossenheiten, Unsicherheiten, war seine freundliche Sicherheit noch wunderbarer, als es ein Heiligenschein hätte sein können. Er sagte: »Was stört Sie denn eigentlich an dem Fenster?«

Ihr gewohntes Selbst wollte ganz klar und empört zeigen, daß ein Teil des Fensters unbedeckt war, was ja wohl für sich selbst sprach; aber ihr gewohntes Selbst schwieg unerklärlicherweise, und sie gab ihm eine Antwort: »Es könnte jemand hereinschauen ...!«

»Wissen Sie, was vor dem Fenster ist?«

»W- Oh. Oh, die Rückseite der Garage.«

»Also schaut niemand herein. Also, nehmen wir einmal an, da wäre keine Garage, und Sie machen das Licht aus. Könnte jemand hereinschauen?«

»N-nein –«

»Aber es stört Sie trotzdem.«

»Ja, natürlich.« Sie blickte auf das bloßliegende Glasdreieck, schwarz von der Nacht draußen, und schauderte. Er lehnte sich an den Türpfosten und kratzte sich am Kopf.

»Ich möchte Sie etwas fragen«, sagte er, als spiele ihre Erlaubnis eine Rolle. »Angenommen, wir nähmen die Garage weg, und Sie vergessen, das Licht auszumachen, und jemand sieht Sie?«

Sie quietschte auf.

»Stört Sie wirklich, nicht?« Er lachte leichthin, und statt sie zu erbosen, erfüllte der Laut sie mit Trost. »Was ist eigentlich störend daran, abgesehen von der Tatsache, daß es stört?«

»Tja – tja«, sagte sie atemlos, »ich weiß, was *ich* von einer halten würde, die so bei Licht herumstolziert und –«

»Ich habe nichts von Stolzieren gesagt. Und nichts von ›Paradieren‹, wie die Leute auch sagen, ich weiß nicht, warum. Was Sie also in Wirklichkeit stört, ist, was irgendein Gaffer denken könnte, hm? Na, Miss Schmidt, ist das wirklich ein Grund, sich den Kopf zu zerbrechen? Was schert es Sie, was er von Ihnen hält? Wissen Sie nicht, was Sie sind?« Er machte eine Pause, aber sie hatte nichts zu sagen. »Schlafen Sie jemals nackt?«

Ihr Atem stockte, und sie schüttelte den Kopf.

»Warum nicht?«

»Na ja, ich – ich –« Sie mußte ihm antworten; sie mußte einfach. Angst stieg wie eine dünne Rauchsäule in ihr auf, und dann vertrieb ein schneller Blick auf sein offenes, freundliches Gesicht sie völlig, es war außergewöhnlich, beunruhigend, erregend, aufregend, alles zugleich. Er bedrängte und tröstete sie zur selben Zeit.

Sie fand ihre Stimme und antwortete ihm.

»Ich könnte einfach – nicht so schlafen. Angenommen, es brennt?«

»Wer hat das gesagt?« knurrte er.

»Verzei-«

»Wer hat gesagt, ›was ist, wenn es brennt‹? Wer hat Ihnen das beigebracht?«

»Tja, es war wohl – ja, es war meine Mutter.«

»Also nicht Ihre Idee. Hab' ich mir fast gedacht. ›Du sollst nicht töten.‹ Glauben Sie das?«

»Selbstverständlich!«

»Sie tun es. Wie alt waren Sie, als Sie das gelernt haben?«

»Ich – weiß nicht. Alle Kinder –«

»Kinder mit sieben, acht, neun Jahren? Na gut. Wie alt waren

Sie, als man Ihnen beibrachte, die Windeln nicht mehr aufzumachen? Sich von niemand ansehen zu lassen?«

Sie antwortete nicht, aber die Antwort war da.

»Würden Sie nicht meinen, daß Sie ›du sollst deinen Körper nicht entblößen‹ früher, besser, tiefgreifender gelernt haben als ›du sollst nicht töten‹?«

»Ich – ja.«

»Ist Ihnen klar, daß das bei Ihnen ein tiefer sitzendes Gebot ist als irgendeines von den Zehn? Und abgesehen von richtig oder falsch, sitzt es nicht tiefer als das tiefste, stärkste von allen – rette dein Leben? Können Sie sich nicht vorstellen, daß Sie lieber unter einem Gebüsch sterben, als nackt auf die Straße hinauslaufen und ein Auto anzuhalten? ›Was ist, wenn es brennt?‹ Können Sie sich nicht vorstellen, daß Sie lieber verbrennen, als ohne Ihren Bademantel aus dem Fenster zu springen?«

Sie antwortete nicht, außer mit ihren runden, großen Augen und ihrem ganzen Herzen.

»Ergibt denn das einen Sinn, so etwas zu glauben?«

»Ich weiß nicht«, flüsterte sie. »Ich – muß nachdenken.«

Zu ihrer Überraschung sagte er: »Rückwirkend.« Er deutete auf das Fenster. »Was machen wir damit?« fragte er.

Sie schaute geistesabwesend hin.

»Lassen Sie nur für heute nacht, Mr. Bittelman.«

»Sam. Okay. Gute Nacht, kleine Lady.«

Sie fühlte plötzlich, wie sie am Rand eines bodenlosen Abgrunds schwankte. Er war hier hereingekommen und hatte sie aus dem Konzept gebracht, hatte ein ganzes Ideengefüge, das wie ein Eckstein in den Fundamenten ihres Denkens gelegen hatte, zerfetzt. Genau in dieser Überraschungssekunde hatte sie das Eingeständnis nicht gemacht, aber sie würde vor sich selbst bald zugeben müssen, daß sie ›rückwirkend‹ denken mußte, wie er es ausgedrückt hatte, und daß sie dann feststellen würde, das Bekleidungstabu sei nicht das einzige, womit sie sich zu befassen hatte. Die unausweichliche, horizontlose, fremde Aufgabe türmte sich vor ihr wie eine schwarze Wolke – ihr einziger Trost, ihr einziger Halt war Sam Bittelman, und er ging.

»Nein!« rief sie. »Nein! Nein! Nein!«

Er drehte sich lächelnd um, und der Zauber wirkte wieder, seine

Sicherheit und Ausgeglichenheit. Sie keuchte, so, als sei sie einen Berg hinaufgerannt.

»Alles ist in Ordnung, kleine Lady.«

»Warum haben Sie mir das alles gesagt? Warum?« fragte sie pathetisch.

»Wissen Sie was? Ich habe Ihnen gar nichts gesagt«, meinte er ruhig. »Ich habe nur Fragen gestellt. Lauter Fragen, die Sie sich selbst hätten stellen können. Und was Sie erschreckt, das sind Antworten – Antworten, die von da kommen –« er legte eine Faust an ihre feuchte Stirn, »– und nicht von mir. Sie leben schon ziemlich lange damit; Sie haben nichts mehr davon zu befürchten.« Und bevor sie antworten konnte, hatte er mit einer geschickten Hand gewinkt, ihr zugezwinkert und war gegangen.

Sie stand lange da, zitternd und voll Angst vor dem Nachdenken. Endlich ließ sie ihre offenen Augen wieder sehen, und obwohl sie nichts sahen als die offene Tür, war es, als schlüpfe zusammen mit dem Blick etwas von Sams tröstender Wirkung mit herein. Sie drehte sich um und wieder um, betrachtete das ganze Zimmer und erntete Trost und noch mehr Trost von den Wänden, so, als habe Sam ihn dort aufgehängt, damit sie ihn pflücken konnte wie reife Beeren. Sie tat alles an den neuen leeren Ort in ihr, nicht, um ihn auszufüllen, aber daß es wenigstens da war, und daß sie damit leben konnte, bis sie mehr davon bekam. Plötzlich begegnete ihr Blick dem albernen kleinen Papierkorb an der Tür, und zu ihrer Verblüffung lachte sie darüber. Sie hob ihn auf, schüttelte den Kopf, als sei er ein dummes Hündchen, das ihren Körperpuder aufgeleckt hatte; sie gab ihm sogar einen kleinen Klaps, stellte ihn hin und schloß die Tür. Sie legte sich ins Bett und machte das Licht aus, ohne auch nur einen Blick zum Fenster zu werfen.

5

»Aber, das sollen Sie doch nicht!« rief Bitty in fröhlichem Kummer, als sie Sue Martins Tür öffnete. »Da habe ich die frische Bettwäsche, und Sie sind hergegangen und haben Ihr Bett gemacht!«

Sue Martin, mit vom Schlaf zerzausten Haar, in einem schwarzen Negligé reizend anzusehen, erhob sich vom Schreibtisch.

»Entschuldigen Sie, Bitty. Ich habe vergessen, daß Donnerstag ist.«

»Allerdings ist Donnerstag«, rügte Bitty, »und jetzt muß ich alles noch mal machen. Junge Dame, ich habe Ihnen immer und immer wieder gesagt, daß ich mich um das Zimmer kümmere.«

»Sie haben genug zu tun.« Sue lächelte. »Kommen Sie, ich helfe Ihnen. Was treibt Robin?«

Sie nahmen gemeinsam die Tagesdecke herunter, die leichte Steppdecke, dann die Laken von dem großen Doppelbett.

»Entführt wieder mal von diesem jungen Tölpel O'Banion. Er fährt zu dem neuen Bauprojekt bei Huttonville hinüber und meinte, Robin möchte vielleicht die Raupenbagger sehen.«

»Robin liebt Raupenbagger. Er ist kein Tölpel.«

»Er ist ein Tölpel«, sagte Bitty barsch. Offenbar brauchte sie keine Übersetzung der beiden Teile von Sues Feststellung. »Wird Zeit, daß das beredet wird, weil wir schon beieinander sind«, sagte sie und hieb auf die Matratze.

»Na gut.« Sue Martin faltete die beiden Decken lose zusammen und trug sie zur Kommode. »Robin liebt ihn eben.«

»Und Sie auch.«

Sues Augen weiteten sich. Sie warf Bitty einen Blick zu, aber die beugte sich über das Bett. Als sie zu sprechen begann, klang ihre Stimme völlig beherrscht.

»Ja, seit einiger Zeit.« Sie trat neben Bitty und griff nach den Matratzengurten. »Fertig?« Gemeinsam hoben sie sie an, die Matratze richtete sich auf, schwankte einen Augenblick auf der Kante und kippte auf die andere Seite. Sie zogen sie gerade.

»Na, und was unternehmen Sie deshalb?« fragte Bitty scharf.

Sue sah ihre Augen für einen seltsamen Augenblick von denen Bittys gefangen. Sie sah sich selbst, in einem blitzartigen Gleichnis, von einem müden, dunklen Ort davonmarschieren, auf etwas zu, das sie sich wünschte; und während sie so ging, schien hinter ihr leise, rings um sie, so etwas wie eine bewegliche Mauer zu laufen. Sie war von der tiefen Gewißheit erfüllt, daß sie weder stehenbleiben noch ausweichen konnte, aber solange sie immer dieselbe Geschwindigkeit beibehielt, in derselben Richtung, konnte ihr die bewegliche Mauer nichts anhaben. Sie – und die Mauer – näherten sich dem, was sie sich wünschte, so schnell, wie es ihr beliebte. Dabei wurde sie nicht zurückgehalten oder gedrängt, nicht unterstützt oder behindert. So fürchtete sie das Ding auch nicht, kämpfte nicht dagegen, stellte es nicht einmal in Frage. Es konnte einfach nichts beeinflussen. So unwiderstehlich es auch sein mochte, es brauchte für sie nicht zu existieren und existierte damit auch nicht. Hier und jetzt war etwas Unerklärliches geschehen, das es unmöglich machte, Bittys Fragen nicht zu beantworten – und dieser Zwang bedeutete für sie gar nichts, solange Bitty Fragen stellte, die sie beantworten wollte. ›Was unternehmen Sie deshalb?‹ war eine solche Frage.

»Alles, was ich tun sollte«, sagte Sue Martin. »Überhaupt nichts.«

Bitty brummte etwas Unverständliches. Sie nahm ein geplättetes Laken von der Kommode und schüttelte es über dem Bett auseinander. Sue Martin ging auf die andere Seite und fing es auf. Sie sagte: »Er muß wissen, warum, das ist alles, und er kann nichts sagen und nichts tun, bis er das weiß.«

»Warum was?« fragte Bitty.

»Warum er mich liebt.«

»Ach – das wissen Sie also doch?«

Das war eine Frage, die Sue Martin nicht beantwortete, Zwang hin, Zwang her. Sie war von der Art: »Ist das wirklich ein Bett?« oder »Ist heute Donnerstag?« Bitty fragte also etwas anderes.

»Und Sie warten einfach, wie ein kleines Edelweiß am Berg, daß er heraufklettert und Sie pflückt?«

»Warten?« wiederholte Sue verwirrt.

»Sie machen doch gar nichts, oder?«

»Ich bleibe ich«, sagte Sue Martin. »Ich lebe mein Leben. Was ich ihm zu geben habe – jedem, der für mich der Richtige ist – ist alles, was ich bin, alles, was ich für den Rest meines Lebens tue. Solange er mehr oder anderes will, kann nichts geschehen.« Sie schloß kurz die Augen. »Nein, ich warte eigentlich nicht. Drücken wir es so aus: Ich kann mit dem, was ich bin und mache, zufrieden sein. Entweder reißt Tony die Barriere nieder, die er aufgebaut hat, oder nicht. So oder so weiß ich, was geschehen wird, und es ist gut.«

»Diese Mauer – warum nehmen Sie nicht einen Pickel und reißen sie nieder?«

Sie lächelte kurz.

»Er würde sie verteidigen. Die Männer hängen sehr an dem, was sie verteidigen, vor allem, wenn sie entdecken, daß sie etwas Dummes verteidigen.«

Bitty faltete ein zweites Laken auseinander.

»Und Sie haben keine solchen Probleme wie er – Sie fragen sich nicht, *warum* Sie ihn lieben?«

Sue Martin lachte.

»Würden wir nicht in einer komischen Welt leben, wenn wir alles verstehen müßten, was wirklich ist, oder es würde nicht existieren? Es ist immer gut, zu wissen *warum*. Es ist aber nicht immer notwendig. Tony wird das eines Tages entdecken.« Sie wurde ernst. »Oder auch nicht. Geben Sie mir einen Kissenbezug.«

Sie beendeten die Arbeit stumm. Bitty raffte die alte Wäsche zusammen und stapfte hinaus. Sue Martin schaute ihr nach. »Hoffentlich war sie nicht enttäuscht«, murmelte sie, und: »Ich glaube nicht . . . und was habe ich damit gemeint?«

6

Eines Morgens öffnete Mary Haunt die Augen und weigerte sich, ihnen zu glauben. Kurze Zeit lag sie da und starrte betäubt das Fenster an; mit ihm stimmte etwas nicht, mit dem ganzen Zimmer nicht. Dann ging es ihr auf: Sonnenlicht strömte herein und durch die Jalousie herunter, wo zu ihrer Aufstehzeit keine Sonne sein sollte. Sie riß die Uhr vom Nachttisch und sah sie mit zusammengekniffenen Augen an, stöhnte auf. Sie fuhr im Bett hoch und blickte auf den Wecker, dann fuhr sie herum und hieb wütend auf das Kissen ein. Sie sprang aus dem Bett, mühte sich in ihren gelben

Morgenmantel und flog mit nackten Füßen aus dem Zimmer. Sam Bittelman saß am Küchentisch und starrte über seine schwarze Lesebrille hinweg auf die Morgenzeitung. Bitty stand am Spülbekken.

»Was bin ich eigentlich, der vergessene Mann oder wer?« fragte Mary Haunt scharf.

Sam ließ die Zeitung sinken und löste erst dann den Blick davon.

»M-m-m? Ah, guten Morgen, Mädel.« Bitty beschäftigte sich weiter mit ihrer Arbeit.

»Guten gar nichts! Wißt ihr nicht, wie spät es ist?«

»Na klar.«

»Was stellt ihr euch eigentlich vor, mich einfach schlafen zu lassen? Ihr wißt, daß ich morgens in die Arbeit muß.«

»Wer hat Sie viermal gerufen?« sagte Bitty, ohne sich umzudrehen oder die Stimme zu heben. »Wer ist reingegangen und hat Sie geschüttelt und dafür zu hören bekommen: ›Raus aus meinem Zimmer‹?«

Mary Haunt hing zwischen Schritt und Schritt, zwischen Silben. Jetzt, da Bitty davon sprach, erinnerte sie sich dunkel an ein Hämmern, an eine Hand auf ihrer Schulter . . . aber das war ein Traum, oder mitten in der Nacht gewesen, oder – oder hatte sie die alte Dame wirklich hinausgejagt?

»A-ach«, knurrte sie angewidert. Sie stapfte hinaus in die Diele und riß den Telefonhörer an sich. Sie wählte. »Geben Sie mir Muller«, fauchte sie, als sich jemand meldete.

»Muller«, sagte das Telefon.

»Hier Mary Haunt. Ich bin krank heute. Ich komme nicht.«

»Mit diesem Anruf fällt mir das erst auf«, sagte der Apparat.

»Na, Sie lausiger Heini, ohne mich könnten Sie keine Drehorgel betreiben, geschweige denn eine Radiostation!« schrie sie, aber sie hatte aufgelegt, bevor sie zu schreien anfing.

Sie patschte zurück in die Küche und setzte sich an den Tisch.

»Kaffee da?«

Bitty, immer noch mit dem Rücken zu ihr, wies mit dem Kopf in die entsprechende Richtung und sagte: »Auf dem Herd«, aber Sam faltete die Zeitung zusammen und stand auf. Er ging zum Herd, berührte die Maschine kurz mit dem Handrücken und trug sie zum

Tisch. Unterwegs nahm er noch Tasse und Unterteller mit. »Sie brauchen noch Milch.«

»Das wissen Sie doch besser«, sagte sie und bog ihren schmalen Körper. Während sie sich eingoß, setzte Sam sich ans andere Tischende. Er stützte sich auf die Ellbogen, Unterarme und verarbeitete Hände flach auf dem Tisch. Etwas wie das fast lautlose Wispern eines schnellen Ventilators veranlaßte sie, den Kopf zu heben. »Was starren Sie mich an?«

Er beantwortete ihre Frage nicht.

»Warum behaupten Sie, zweiundzwanzig zu sein?« fragte er statt dessen, und schnell wie der Rückprall der Billardkugel vom Stoßball, getrieben von Feindseligkeit, umfassend wie Schrot, zuckte ihre Antwort hoch: ›Was geht Sie das an?‹ Aber sie erreichte ihre Lippen nicht; statt dessen sagte sie: »Ich muß«, und saß dann verblüfft da. Sie hatte einmal eine Lieblingsschallplatte abgenützt, jede Note, jeden Takt gekannt, und sie sich ein zweitesmal gekauft; und zufällig war beim Plattenetikett ein Versehen vorgekommen, es war eine andere Aufnahme. In der ersten halben Sekunde der neuen Platte war das genauso gewesen, ein Augenblick der Erwartung und betäubter Ungläubigkeit. Das hier war aber noch unmittelbarer und persönlicher; es war, als steige man im Dunkeln zehn Stufen hinauf, um dann schockiert zu entdecken, daß es nur neun gab. Von diesem Augenblick an, bis sie die Küche verließ, war sie innerlich betäubt und verängstigt, aber auch fasziniert, als ihr Gehirn die eine Gruppe von Wörtern bildete und eine andere herauskam.

»Sie müssen«, sagte Sam ruhig, »so, wie Sie zum Film müssen? Sie müssen einfach?«

Die gefauchte Antwort: ›Hab' ich das verschwiegen?‹ kam heraus als: »Das ist das, was ich möchte.«

»Wirklich?«

Darauf schien es überhaupt keine Antwort zu geben. Sie wartete angespannt.

»Was Sie machen – die Stellung bei der Radiostation – hier in dieser Stadt leben, statt anderswo – das alles; ist, was Sie tun, die beste Methode, zu erreichen, was Sie wollen?«

Weshalb würde ich das sonst alles ertragen – die Stadt, die Leute

– *euch?* Aber sie sagte: »Ich glaube schon.« Dann sagte sie: »Das habe ich angenommen.«

»Warum reden Sie nicht mit dem jungen Halvorsen? Er könnte vielleicht etwas finden, was Sie noch besser können, als nach Hollywood zu gehen.«

»Ich will nichts Besseres finden!« Diesmal gab es keine Verwirrung.

Vom anderen Ende des Raumes fragte Bitty: »Sind Sie immer schon so hübsch gewesen, Mary Haunt? Auch als Kind schon?«

»Das haben immer alle behauptet.«

»Haben Sie sich mal gewünscht, es nicht zu sein?«

Sind Sie nicht bei Trost? »Ich – glaube nicht«, flüsterte sie.

Sam fragte leise: »Hat man Sie hinausgeworfen? Sie gezwungen, von zu Hause wegzugehen?«

Trotzig, defensiv: *Sie haben mich zu Hause behandelt wie eine kleine Prinzessin, wie ein Objekt aus kostbarem Glas. Sie trugen mir die Schulbücher und strahlten den ganzen Tag, wenn ich lächelte. Sie taten, was ich wollte, was sie glaubten, daß ich wollte, zu Hause und in der Stadt. Sie benahmen sich so, als sei ich zu gut dafür, auf diesem Boden zu wandeln, diese Luft zu atmen, sie stürzten sich auf die Gelegenheit, auszunützen, daß sie zur selben Zeit am selben Ort waren; sie taten alles für mich, was sie tun konnten, so als müßten sie sich beeilen, oder ich wäre fort. Mich hinauswerfen? Na, Sie alter Narr!* »Ich bin von selbst zu Hause weggegangen«, sagte sie. »Weil ich mußte, wie –« Aber hier versagten ihr die Worte den Dienst, und sie beschloß, nicht zu weinen, und weinte.

»Trinken Sie lieber Ihren Kaffee.«

Sie tat es, und dann wollte sie etwas zu essen dazu, konnte es aber nicht mehr ertragen, bei diesen Leuten zu sitzen. Sie schnüffelte zornig. »Weiß gar nicht, was mit mir los ist«, sagte sie. »Ich habe noch nie verschlafen.«

»Solange Sie wissen, was Sie wollen«, sagte Sam, und ob das die dumme, gar nicht dazu passende Bemerkung eines senilen alten Mannes war, oder etwas ganz anderes, wußte sie nicht. »Tja«, sagte sie, abrupt aufstehend, und kam sich dann albern vor, weil es sonst nichts zu sagen gab. Sie floh in ihr Zimmer und zurück ins Bett, wo sie fast den ganzen Tag hockte, dumpf die beiden verhätschelten Enden ihres Lebens betrachtete, Verwöhnen in der Vergangenheit, Verwöhnen in der Zukunft, während sie das Heute mit dem leeren Magen und dem brummenden Kopf zu ignorieren versuchte.

7

Während der Prohibition war es ein Restaurant gewesen, in jener Kategorie, die besser ist als nur ›gut‹, aber nicht so gut wie ›exklusiv‹; die Stadt war damals zu klein gewesen für etwas Exklusives. Jetzt war es auch eine Bar, und wenn auch manche Wände mit imitiertem Carrara-Marmor verkleidet waren und es indirekte Beleuchtung gab, hatte man doch die Galerie mit ihrem gedrechselten Geländer nie verändert. Da oben gab es eine kleine Bar, und man konnte dort den ganzen Abend sitzen und verfolgen, was unten vorging, ohne gesehen zu werden. Das machte Tony O'Banion, und er machte es, weil er Lust auf einen Drink gehabt hatte und noch nie in dem Nachtklub gewesen war, und er wollte sehen, wie es da zuging und was Sue Martin dort trieb; und alle diese Gründe klebten an der Oberfläche – wenn er ihnen ein ›Warum‹ voranstellte, geriet er in die Irre. In ihm waren die Dinge, an die er glaubte, über die richtige Sorte Menschen, über Herkunft, Abstammung und Geblüt. Um ihn herum war dieses Lokal, so wirklich wie die Dinge, an die er glaubte. *Warum* er hier war, weshalb er gerade jetzt einen Drink wollte, warum er das Lokal sehen wollte, und das, was sich darin abspielte – das war eine Brücke zwischen der einen Wirklichkeit und der anderen, und zwar eine nebelhafte, aufreizende, dunstige Brücke. Er trank und wartete darauf, daß sie aus der kleinen Tür neben dem Podium für die Kapelle herauskam, und als sie kam, beobachtete er, wie sie an den Flügel trat und dem Pianisten, einem zerzausten jungen Mann, half, seine Noten einzusammeln und zu ordnen, und er trank. Er trank und sah sie zur Kasse gehen und sich mit einem Kassenbuch und einem Stapel Schecks beschäftigen. Sie verschwand durch die Schwingtüren in der Küche, und er trank; er trank, und sie kam heraus und unterhielt sich mit einem geleckten Mann im Smoking, und er zuckte zusammen, als sie lachten.

Endlich verdunkelte sich die Beleuchtung, und der Geleckte sagte sie an, und sie sang mit voller, angenehmer Stimme etwas von einem jungen Mann nebenan, und jemand spielte ein Akkordeon, das mit dem Klavier nicht ganz harmonierte. Dann kam ein Pianosolo, und der Mann sang den letzten Refrain, worauf die Lichter wieder angingen und er die Gäste aufforderte, zur Hauptvorstellung Punkt zehn Uhr zu bleiben. Dann spielten Akkordeon und Piano Tanzmusik. Es war alles nicht bemerkenswert, und Tony wußte nicht, warum er blieb. Er blieb aber: »Ober! Noch mal.«

»Noch zweimal.«

Tony fuhr herum.

»Wird Zeit, daß mal ein anderer eine Runde schmeißt, was?« sagte Sam Bittelman. Er setzte sich.

»Sam! Na, setzen Sie sich. Ach, Sie sitzen schon.« Tony lachte verlegen. Er hatte eine dicke Zunge und war unermeßlich froh darüber, den alten Mann zu sehen. Er wollte sich fragen, warum, bis ihm einfiel, daß er solchen Überlegungen vorübergehend abgeschworen hatte. Er wollte fragen, was Sam hier machte, und sagte sich dann, daß Sam ihm die Frage nur zurückgeben würde, und mit der wollte er im Augenblick nichts zu tun haben. Oder doch.

»Ich wollte mich mal in den Fleischtöpfen umsehen und verfolgen, wie die unteren Stände zechen und feiern«, stieß er hervor, ungeheuer bemüht, witzig zu sein. Es klang nicht komisch. Er hörte sich an wie ein kleiner Snob, und zwar wie ein verklemmter.

Sam sah ihn ernsthaft an, nicht mißbilligend, nicht billigend.

»Weiß Sue Martin, daß Sie hier sind?«

»Nein.«

»Gut.«

Der Kellner kam gerade im rechten Augenblick; Sams einsilbige Antwort hatte ihn tief verletzt, aber trotz der Schmerzen war es etwas Unpersönliches, so, als sei man von einem Golfspieler beim Ausholen getroffen worden. Als der Kellner fort war, fragte Sam leise: »Warum heiraten Sie die Frau nicht?«

»Was sind das – Witze?«

Sam schüttelte den Kopf. O'Banion blickte in seine Augen und zur Seite, und dann hinunter auf Sue Martin, die am Flügel lehnte und in Noten blätterte. *Warum heiraten Sie die Frau nicht*? »Sie meinen, wenn sie mich nehmen würde?« Das entsprach nicht seinen

Empfindungen, aber es war eine Äußerung. Er sah in Sams Gesicht, das immer noch auf eine richtige Antwort wartete. Nun gut. »Es wäre nicht recht.«

»›Recht‹?« wiederholte Sam.

O'Banion biß sich auf die dicke Zunge, in der Hoffnung, sein Gehirn werde dann aufwachen. Das Rechte ... deutlich erinnerte er sich an die Worte seiner Mutter dazu: ›Abgesehen von dem Ärger, den du dir ersparst, Anthony, darfst du nicht vergessen, daß es nicht nur dein Recht, sondern deine *Pflicht* ist, nicht unter deinem Stand zu heiraten. Edle Hunde, edle Pferde, edle Menschen, mein Lieber; auf die Abstammung kommt es an.‹ Das war alles schön und gut, aber wie machte man das diesem gütigen alten Mann klar, der offenkundig selbst sein ganzes Leben lang ein Handarbeiter gewesen war? O'Banion war kein gefühlloser Mensch, und er wußte durchaus, daß gewöhnliche Herkunft nicht immer mangelndes Feingefühl bedeutete. Deshalb unternahm er einen wahrhaft noblen Versuch in gleichzeitiger Wahrheit und Güte: »Ich bin immer der Ansicht gewesen, daß es klüger ist, solche Beziehungen mit – äh – Menschen von der eigenen Art einzugehen.«

»Sie meinen, Menschen, die soviel Geld haben wie Sie?«

»Nein!« O'Banion war ernsthaft entsetzt. »Das ist kein Maßstab mehr und ist vermutlich, für sich gesehen, nie einer gewesen.« Er lachte reumütig und fügte hinzu: »Außerdem hat es in meiner Familie, solange ich mich erinnern kann, kein Geld gegeben. Nicht seit der Weltwirtschaftskrise.«

»Was ist dann Ihre Art von Menschen?«

Wie? Wie? »Das – das ist ein Lebensstil«, sagte er schließlich. Das gefiel ihm. »Ein Lebensstil«, wiederholte er und trank einen Schluck. Er hoffte, daß Sam das Thema nicht weiterverfolgen würde. Warum etwas zerlegen, wenn es einen zufriedenstellt, so, wie es ist?

»Warum sind Sie überhaupt hier?« fragte Sam. »Ich meine, in dieser Stadt, statt in der Großstadt oder in New York?«

»Ich stehe in ungefähr einem Jahr für eine Juniorpartnerschaft als Sozius an. Dann kann ich in eine große Kanzlei eintreten. Wäre ich gleich in die Großstadt gegangen, würde es noch mal so lange dauern.«

Sam nickte.

»Hübsch. Warum das Recht? Ich habe mir immer eingebildet, daß Juristerei für einen jungen Mann ziemlich trocken und mühsam ist.«

Seine Mutter hatte gesagt: ›Natürlich drängt sich auch in der Rechtspflege allerlei Pöbel dazu – aber wo nicht? Ein Gentleman kann aber als Jurist immer Gentleman bleiben.‹ Nun, das würde nicht genügen. Er mußte tiefer gehen. Er senkte den Blick vor Sams durchdringenden Augen und sagte: »Mühsam, ja. Aber an der Juristerei ist etwas –« Er fragte sich, ob der alte Mann da mitkam. »Hören Sie, Sam, ist Ihnen schon einmal aufgegangen, daß das Recht das Gewaltigste ist, was der Mensch je aufgebaut hat? Größer als Brücken, größer als Gebäude – weil sie alle auf dem Recht beruhen. Ein Rechtsanwalt ist Teil des Rechts, und das Recht ist Bestandteil von allem – allem, was wir besitzen, wie wir regieren, von allem, was wir machen und tragen und gebrauchen. Haben Sie daran schon einmal gedacht?«

»Kann ich nicht behaupten«, meinte Sam. »Sagen Sie – ist das Recht fertig?«

»Fertig?«

»Ich meine, dieser Fels, auf dem alles gebaut ist, wie massiv ist er? Wird er sich sehr verändern? Hat er sich nicht stark verändert, um so zu werden, wie er ist?«

»Na klar! Alles wandelt sich, während es heranwächst.«

»Ah. Es ist erwachsen.«

»Glauben Sie das nicht?« fragte O'Banion mit plötzlicher Barschheit.

Sam grinste.

»Ach was, Junge, ich glaube gar nichts. Ich stelle nur Fragen. Sie haben von ›Ihrer Art von Menschen‹ gesprochen. Glauben Sie, daß Sie alle zum Recht gehören?«

»Ja!« sagte O'Banion und sah sofort, daß Sam sich mit so wenig nicht begnügen würde. »Und zwar in dem Sinn«, sagte er ernsthaft. »Zu allen Zeiten sind einige hochgestiegen, die geboren und aufgezogen und ausgebildet wurden, um – um zu –« Er trank wieder einen Schluck, aber er und der Alkohol vorher schienen ihm nicht zu helfen. Er wollte sagen ›zu herrschen‹ und er wollte sagen ›zu besitzen‹, aber er begriff genug, um zu wissen, daß Sam das mißverstehen würde. Also versuchte er es noch einmal. »Geboren und aufgezogen, um – diese Art von – äh – Lebensstil zu pflegen, von dem ich vorhin gesprochen habe. Es liegt im Interesse dieser Wenigen, ihr Leben den Dingen zu widmen, so, wie sie sind, sie so zu erhalten; mit anderen Worten, für das Gesetz zu arbeiten und es zu stützen.« Er lehnte sich mit einer Geste zurück, die nicht ganz so ausdrucksvoll war, wie er gehofft hatte, und kippte dazu beinahe noch sein Glas um.

»Widerspricht sich das Gesetz nicht manchmal?«

»Natürlich!« O'Banions zusammenschließender Begriff von dem Adel seiner Arbeit begann ihn mehr zu berauschen als alles andere. »Aber das Wesen unserer Gerichte ist ein Prozeß der Verfeinerung und ständigen Reinigung.« Er beugte sich erregt vor. »Sehen Sie, Gesetze sind Träume, wenn sie entstehen – Inspirationen! Es ist etwas – äh – Heiliges daran, etwas, das über das Alltägliche hinausweist. Und deshalb muß, wenn die Alltagswelt damit in Berührung kommt, der Wortlaut der Inspiration in den Büchern überarbeitet, in den Gerichten interpretiert werden. Das meinen wir mit ›Präzedenzfällen‹ – dafür sind die großen, staubigen Folianten da, um Beständigkeit vor dem Gesetz zu schaffen und zu erhalten.«

»Und die Gerechtigkeit?« murmelte Sam, und sagte dann schnell, als habe er das Thema nicht wechseln wollen: »Das meine ich nicht mit Widerspruch, Herr Anwalt. Ich meinte alle Gesetze, die alle Menschen erdacht haben, nach denen sie lebten, und für die sie getötet wurden. Sagen Sie, gibt es auch nur ein einziges Gesetz, das für die Menschen so richtig ist, daß es in jedem Land auftaucht, das es gibt oder je gegeben hat?«

O'Banion gab einen erstaunten Laut von sich, ein halbes Dutzend ausgezeichneter Beispiele blitzte sofort in seinem Gehirn auf, sie prallten zusammen und verblaßten unter dem ersten Blick.

»Denn wenn es kein solches Gesetz gibt«, sagte Sam mit einer Stimme, die freundlich und beinahe entschuldigend klang, »könnte man sagen, alle Gesetze, die man sich je ausgedacht hat, sogar jene, die größer und älter sind und länger bestanden haben als die, mit denen Sie umgehen, selbst alle solchen, die Sie sich für die Zukunft vorstellen können – sie werden einander alle auf irgendeine Weise widersprechen. Wer kann also wirklich sagen, wessen Gesetze richtig sind – oder dafür geeignet, darauf etwas zu erbauen, oder eine

Handvoll Menschen dafür heranzuzüchten, damit sie sie anwenden?«

O'Banion starrte sein Glas an, ohne es zu berühren. Einen schrecklichen Augenblick lang fand er sich überhaupt nicht mehr zurecht; vor seinen Füßen gähnte ein bodenloser Abgrund, in den er unfehlbar hineinstürzen mußte. Er dachte wild: So kannst du mich nicht stehenlassen, alter Mann. Du mußt schnell etwas anderes sagen, ganz schnell, sonst – sonst –

In seinen Ohren herrschte eine Art Druck, wie ein Ton, der für menschliche Ohren zu hoch war. Sam sagte leise: »Glauben Sie wirklich, daß Sue Martin nicht gut genug für Sie ist?«

»Das habe ich nicht gesagt, das habe ich nicht gesagt!« stieß O'Banion heiser vor Empörung und Angst und Erleichterung zugleich hervor. Er schauderte vom Rand seines persönlichen Abgrundes zurück und starrte durch einen rötlichen Nebel auf das ruhige alte Gesicht. »Ich habe gesagt, verschieden, zu verschieden, das ist alles. Ich halte von ihr soviel wie –«

Zur Abwechslung unterbrach ihn Sam rundweg, so, als habe er keine Geduld mit dem, was O'Banion sagte.

»Was ist verschieden?«

»Die Herkunft, ich sagte es schon. Wissen Sie nicht, was das ist?«

»Sie meinen, je näher die Herkunft einer Frau der Ihrigen ist, desto größer ist die Aussicht für Sie, daß Sie Ihr Leben lang glücklich sein werden?«

»Spricht nicht alles dafür?« Das perfekte Beispiel fiel ihm ein, und er stach mit dem Finger hinaus und hinunter zum Flügel. »Haben Sie gehört, was sie gesungen hat, bevor Sie heraufkamen? ›Der Junge nebenan‹. Verstehen Sie nicht, was das in Wirklichkeit bedeutet, warum dieses Lied, diese Idee, bei so vielen Leuten ins Schwarze trifft? Jeder versteht das; es ist die Anziehung des Vertrauten, des Nahen – der gleichen Herkunft, von der ich rede!«

»Müssen Sie brüllen?« sagte Sam leise lachend. Er wurde ernst. »Nun, Herr Anwalt, wenn Sie beständig denken, wie Sie sagten, könnten Sie sich dann nicht eine Herkunft vorstellen, die noch gleicher ist als beim Nachbarn nebenan?«

O'Banion starrte ihn verständnislos an, und der alte Sam Bittelman fragte: »Sind Sie ein Einzelkind gewesen, Herr Anwalt?«

O'Banion schloß die Augen und sah den dort lauernden Abgrund; er riß sie in reiner Notwehr wieder auf. Seine Hände schmerzten, er blickte hinunter und löste sie langsam von der Thekenkante. Er flüsterte: »Was wollen Sie damit sagen?«

Sam, dessen Gesicht das Abbild von Offenheit war, sagte: »Ach was, mein Junge, ich könnte Ihnen gar nichts sagen, überhaupt nichts. Ich weiß auch gar nichts, was Sie nicht selbst wissen! Ich habe Ihnen keine einzige Frage gestellt, die Sie sich nicht hätten selber stellen können, und die Antworten kamen alle von Ihnen, nicht von mir. He –« sagte er leise, »Sie sollten lieber mit heimgehen. Sie möchten bestimmt nicht, daß Mrs. Martin Sie so sieht, wie Sie jetzt aussehen.«

Anthony Dunglass O'Banion verließ betäubt mit ihm das Lokal.

8

Es war heiß, so heiß, daß offenbar sogar Bitty es spürte und sich nach dem Abendessen auf die Veranda setzte. Es war sehr spät, als sie endlich hereinkam, um abzuwaschen, aber sie arbeitete ohne Eile, gewohnt gründlich. Sam war zu Bett gegangen, Mary Haunt schmollte in ihrem Zimmer, nachdem sie mal wieder einen kurzen, heftigen Zusammenstoß mit Miss Schmidt hatte. O'Banion kauerte schwitzend über Gesetzbüchern im Wohnzimmer, und Halvorsen –

Halvorsen stand hinter ihr in der Küche. Auf seinem Gesicht zeigte sich ein Gemisch von Ausdrücken, viel zu kompliziert für eine Analyse, aber einfach in der Summe – eine Art besorgter Wehmut. In den Händen hielt er eine braune Papiertüte, deren Öffnung er umklammerte, als sei sie voller Taranteln. Seine Haltung war seltsam, angespannt und nicht im Gleichgewicht, ein Fuß vorgesetzt, die Schultern schief; seine Entschlossenheit hielt sich mit seiner Scheu die Waage und lähmte ihn, und so stand er erstarrt, wie eine Fliege in Bernstein.

Bitty drehte sich nicht um. Sie arbeitete ruhig weiter, mit dem Rücken zu ihm, bis sie den Topf fertig ausgeschrubbt hatte. Immer noch, ohne sich umzudrehen, griff sie nach dem nächsten und sagte: »Na, kommen Sie herein, Philip.«

Halvorsen sackte buchstäblich in sich zusammen, als ihre tonlose, sachliche Stimme ihn erreichte und mit ihrer äußeren Berührung seine innere Sperre aufbrach. Er grinste oder bleckte nur die Zähne und trat auf sie zu.

»Sie haben also Augen im Hinterkopf.«

»Nee.« Sie klopfte kurz mit dem Knöchel auf die Fensterscheibe über dem Spülbecken. Die Nacht hatte sie in schwarzes Glas verwandelt. Halvorsen beobachtete den kleinen Schaumkegel, den ihre Hand hinterlassen hatte, dann richtete er den Blick wieder auf das Spiegelbild im Glas – ganz deutlich, die Küche, und alles in ihr. Heiser sagte er: »Ich bin enttäuscht.«

»Ich behalte nichts, was ich nicht brauche«, sagte sie rundheraus, so, als hätten sie über Apfelmesser gesprochen. »Was ist mit Ihnen? Hungrig?«

»Nein.« Er blickte auf seine Hände, schloß sie noch fester um die Tüte. »Nein«, sagte er noch einmal, »ich habe, ich wollte –« Er bemerkte, daß sie mit der Arbeit aufgehört hatte und still, unmenschlich still dastand, die Hände im Spülwasser, den Blick auf die Scheibe gerichtet. »Drehen Sie sich um, Bitty.«

Als sie es nicht tat, stützte er mit der einen Hand den Boden der Tüte und kratzte sie mit der anderen auf. Er steckte die Hand hinein. »Bitte«, versuchte er zu sagen, aber es war nur ein Zischen.

Sie schüttelte ruhig das Wasser von den Händen und wischte sie an einem Papiertuch ab. Als sie sich umdrehte, war ihr Gesicht beredsam – wie immer, und nur, weil es das immer war. Die Züge waren beredt, die Form ihrer durchdringenden Augen, das Licht in ihnen. Als Fotografie oder Porträt ist solch ein Gesicht beredt. Es ist schrecklich, in ein solches Gesicht zu blicken und zum erstenmal zu begreifen, daß sich dahinter nichts regen mußte. Hinter den Zügen von Weisheit und Erfahrung und der gewölbten Fährte des Lachens mochte etwas gänzlich Unbewegliches warten. Nur warten.

Halvorsen sagte: »Ich denke die ganze Zeit.« Er befeuchtete die Lippen. »Ich höre nie auf zu denken, ich kann es gar nicht. Es – etwas ist nicht in Ordnung.«

»Was ist nicht in Ordnung?« Tonlos.

»Sie und Sam«, sagte Halvorsen mühsam. Er blickte auf die Tüte über seiner Hand. Sie tat es nicht. »Ich hatte das ... Gefühl ... schon lange Zeit. Ich wußte nicht, was es war. Nur, daß etwas nicht stimmte. Deshalb habe ich mit O'Banion gesprochen. Und mit Miss Schmidt. Nur unterhalten, wissen Sie.« Er schluckte. »Ich bin dahintergekommen. Ich weiß, was nicht stimmt, meine ich. Es ist die Art, wie Sie und Sam mit uns reden, mit uns allen.« Er gestikulierte mit der Tüte. *»Ihr sagt nie etwas!* Ihr stellt nur Fragen!«

»Ist das alles?« fragte Bitty gutmütig.

»Nein«, sagte er, den Blick auf sie geheftet. Er trat einen Schritt zurück.

»Fürchten Sie nicht, daß die Tüte Sie beim Zielen behindert, Philip?«

Er schüttelte den Kopf. Sein Gesicht wurde kalkweiß.

»Sie sind doch nicht hingegangen und haben eine Pistole nur für mich gekauft, oder?«

»Sehen Sie?« flüsterte er. »Fragen. Sehen Sie?«

»Sie hatten sie schon, nicht wahr, Philip? Für etwas anderes gekauft?«

»Bleiben Sie mir vom Leib«, wisperte er, aber sie hatte sich nicht bewegt. Er sagte: »Wer sind Sie? Was wollen Sie?«

»Philip«, sagte sie leise – und nun lächelte sie. »Philip – *warum wollen Sie tot sein?*«

9

Phil Halvorsen stand da und gaffte die alte Frau an, und die Pistole, noch immer in ihrer albernen Papiertüte versteckt, begann leise zu flüstern, während er zitterte. Der Kolben paßte in seine Hand, wie seine Hand um den Kolben paßte; *sie hält mich*, dachte er hysterisch, wohl wissend, daß seine Hysterie eine Wolke war, eine Schutzhülle, eine Abwehr gegen das, worüber nachzudenken er nicht ausgerüstet war ... nun, vielleicht nicht bereit war, nachzudenken; aber woher hatte sie es gewußt?

Seit fast zwei Tagen hatte er an diesem Eindruck des Nichtstimmigen um ihn herum gebohrt und geforscht. Immer wieder war er darauf zurückgekommen, nur um in Verwirrung zu landen und ihn zornig wegzustoßen; nicht genug gegessen, kaum geschlafen; *laßt mich zuerst schlafen!* wimmerte etwas in ihm, und als er es spürte, stieß er es wieder weg: auch die Hysterie, die ihn nicht nachdenken lassen wollte. Und dann ein Wort von O'Banion, ein Satz von Miss Schmidt, und seine eigene wirre Erinnerung: Die Bittelmans sagten nie etwas – sie fragten immer nur. Es war, als könnten sie in das Gehirn eines Menschen greifen, Fragen aus dem dort gelagerten, nicht verwendeten Holz zusammenstellen und daraus Strukturen errichten, die zu betrachten er nicht ertragen konnte. *Wie viele schreckliche Fragen habe ich weggesperrt?* Und hat sie das Schloß aufgesprengt? Er sagte: »Fragen ... Sie mich das nicht ... warum haben Sie mich das gefragt ... warum haben Sie mich das gefragt?«

»Na, warum denn eigentlich nicht?«

»Sie sind eine ... Sie können meine Gedanken lesen.«

»Kann ich das?«

»*Sagen* Sie etwas!« schrie er. Die Tüte hörte auf zu flüstern. Er hatte das Gefühl, daß sie es bemerkte.

»Lese ich Ihre Gedanken«, fragte sie vernünftig, »wenn ich Sie hier so hereinkommen sehe, mit einem Aussehen wie der Zorn Gottes, wie Sie das Ding da vor sich hertragen und gleichzeitig davor zurückzucken, und wenn ich Ihnen dann sage, daß Sie vielleicht dafür sterben müssen, wenn Sie zufällig abdrücken? Gedanken lesen? Genügt es nicht, die Zeitungen zu lesen?«

Oh, dachte er ... Oh-h. Er sah sie scharf an. Sie war ganz ruhig, wartete, überließ es ihm. Er wußte, plötzlich und absolut, daß diese Frau ihm im Reden und Denken maßlos überlegen war. Das bedeutete entweder, daß er sich völlig und auf peinliche Weise täuschte, oder daß ihre einfachen Erklärungen nicht die wahren waren – und eben das hatte ihn von Anfang an gestört. »Warum haben Sie gesagt, ich hätte die Waffe für etwas anderes gekauft?« fuhr er sie an.

Sie zeigte ihm das kurze, sehr warme Lächeln.

»Nicht gesagt; ich habe Sie gefragt, ja? Woher sollte ich es denn wissen?«

Er zögerte noch einen Augenblick länger, und er sagte sich, wenn sein flackernder Zweifel an ihr gerechtfertigt war, sprach vieles dafür, daß eine Waffe so wirkungslos sein würde wie ein Argument. Und außerdem ... es war wie eine lautlose Strömung im Zimmer, eine Art von Beinahe-Geräusch, oder der Druck, den er manchmal spüren konnte, wenn in seiner Nähe ein Auto bremste; aber hier fühlte es sich wie Trost an.

Er ließ die Tüte fallen, bis sie an ihrer Öffnung baumelte. Er drehte sie zu.

»Wollen Sie – ich meine«, mümmelte er, »ich will sie nicht.«

»Was sollte ich denn mit einer Pistole anfangen?« fragte sie.

»Ich weiß nicht. Ich will sie nur nicht in der Nähe haben. Ich kann sie nicht wegwerfen. Ich will nichts zu tun haben damit. Ich dachte, Sie könnten sie vielleicht irgendwo weglegen.«

»Wissen Sie, Sie sollten sich lieber hinsetzen«, sagte Bitty. Sie gab ihm nicht gerade einen Stoß, aber er mußte zurückweichen, als sie näherkam, und als seine Kniekehlen einen Stuhl berührten, mußte er sich hinsetzen oder hinfallen. Bitty ging durch die Küche, öffnete einen hohen Schrank und legte die Tüte in das oberste Fach. »Der einzige Ort im Haus, wo Robin nicht hinklettern kann.«

»Robin. Ach, ja«, sagte er, die Möglichkeiten erkennend. »Tut mir leid. Es tut mir leid.«

»Sie sollten sich lieber aussprechen, Philip«, sagte sie in ihrer tonlosen, freundlichen Art. »Sie stehen kurz vor einer Explosion. Ich lasse mir nicht die Küche besudeln.«

»Es gibt nichts zu bereden.«

Sie blieb auf dem Rückweg zum Spülbecken stehen, mit einem seltsamen Zögern, wie jemand, der lauscht. Plötzlich drehte sie sich um und setzte sich zu ihm an den Tisch.

»Was wollten Sie mit einer Pistole, Philip?« fragte sie scharf, und er antwortete ihr ebenso abrupt, so, als habe sie ihm etwas zugeworfen, und es sei schlagartig in ihre wartenden Hände zurückgeprallt. »Ich habe daran gedacht, mich umzubringen.«

Wenn er glaubte, das werde Überraschung oder einen Ausruf oder weitere Fragen hervorrufen, wurde er enttäuscht. Sie schien nur zu warten, also sagte er, mit wesentlich mehr Bedacht: »Ich weiß nicht, warum ich Ihnen das gesagt habe, aber es kam einfach heraus. Ich sagte, ich hätte daran gedacht. Ich habe nicht gesagt, daß ich es tun würde.« Er sah sie an. Nicht genug? Na gut: »Ich konnte nicht sicher sein, was ich eigentlich dachte, bis ich eine Pistole kaufte. Ergibt das einen Sinn für Sie?«

»Warum nicht?«

»Ich weiß nie genau, was ich denke, wenn ich es nicht ausprobiere. Oder alle Teile fertig herrichte, um es auszuprobieren.«

»Oder mit jemandem darüber sprechen?«

»Darüber könnte ich mit niemand sprechen.«

»Haben Sie es versucht?«

»Verdammt!« Es war ein Flüstern, aber hervorgestoßen unter erschreckendem Druck. Dann normal: »Es tut mir leid, Bitty, es tut mir wirklich leid. Ich bin plötzlich wütend auf die Sprache geworden, verstehen Sie, was ich meine? Man sagt etwas mit einfachen Worten, und dann klingt es ganz anders, als man es gemeint hat. Ich sagte ›Ich könnte mit niemand darüber sprechen‹. Das hört sich so an, als wüßte ich genau Bescheid und wäre nur schüchtern oder so. Also fragen Sie mich ›Haben Sie es versucht‹. Aber was ich wirklich meinte, war, daß die ganze Sache, alles, was damit zusammenhängt, ein Gewirr von – von Gefühlen und – na ja, verrückten Ideen ist, über die ich mit keinem reden könnte.«

Bittys rares Lächeln flackerte auf.

»Haben Sie es versucht?«

»Na, mich soll doch – Sie sind schlimmer als je zuvor«, sagte er, diesmal ohne Zorn. »Sie wissen wirklich, was ich denke.«

»Und was haben Sie gedacht?«

Er wurde sofort ernst.

»Lauter – verrückte Dinge. Ich denke die ganze Zeit, Bitty, wie ein Radio, das den ganzen Tag, die ganze Nacht spielt, und ich kann das nicht abstellen. Möchte auch nicht; wüßte nicht, wie ich ohne das leben sollte. Fragen Sie mich, ob es regnen wird, und es geht los, ich denke über Regen nach, wo er herkommt, über Wolken, wie viele verschiedene Arten es gibt; über Luftströmungen und Strahlströmung und alles andere, was man so erfährt, wenn man die kleinen Absätze am Ende der Zeitungsspalten liest; über –«

»Darüber, warum Sie eine Pistole gekauft haben?«

»Wie? Oh . . . gut, gut, ich schweife nicht mehr ab.« Er schloß die Augen, um seine Gedanken zu hören, und runzelte die Stirn über sie. »Jedenfalls gibt es am Schwanz dieser Abläufe immer etwas Einzelnes, das die Kette unterbricht – vorübergehend. Es könnte die Antwort sein auf eine Frage, die ich mir selbst gestellt habe, oder die mir jemand stellt, oder es könnte einfach sein, daß mich das, was ich weiß, nicht mehr weiterführt.

Eines Tages, vor ein paar Wochen fing ich also an, über Schußwaffen nachzudenken, lassen wir den Weg, den ich dazu benötigte, aber wobei ich landete, das war der Gedanke an eine Waffe, die mich tötete, und dann einfach die Vorstellung, tot zu sein. Und je mehr ich dachte, desto mehr Angst bekam ich.«

Nachdem Bitty lange genug gewartet zu haben schien, sagte sie: »Angst.«

»Es war nicht das Getötet – tot zu sein, was mich ängstigte. Es war das Gefühl, das ich dabei hatte. Ich war froh darüber. Ich wünschte es mir. Das machte mir solche Angst.«

»Warum wollen Sie tot sein?«

»Das weiß ich ja eben nicht.« Seine Stimme wurde leiser. »Weiß es nicht, ich weiß es einfach nicht«, murmelte er. »Ich brachte das also nicht aus dem Kopf, und ich kam nicht damit zurecht, und ich dachte, das einzige, was ich tun konnte, sei, eine Pistole zu beschaffen und sie zu laden und – alles vorzubereiten, um zu sehen, was ich dann fühlte.« Er sah zu ihr auf. »Das klingt gewiß richtig verrückt.«

Bitty zuckte die Achseln. Entweder bestritt sie das, oder es spielte keine Rolle. Halvorsen blickte wieder hinunter und sagte zu seinen verkrampften Händen: »Ich saß in meinem Zimmer, die Mündung im Mund, den Sicherungshebel umgelegt, und schob den Finger um den Abzug.«

»Haben Sie dabei etwas erfahren?«

Sein Mund bewegte sich, aber er fand keine Worte, die zu der Bewegung gepaßt hätten.

»Nun«, sagte Bitty scharf, »warum haben Sie nicht abgedrückt?«

»Ich –« er schloß die Augen zu einem der tiefen Blicke nach innen – »konnte nicht. Ich meine, ich drückte nicht ab. Ich hatte keine Angst davor, wenn Sie das wissen wollen.« Er warf ihr einen Blick zu und konnte nicht erkennen, was sie wissen wollte. »Als ich so dasaß, auf diese Art, begriff ich langsam, daß das nicht die Weise war, wie es geschehen sollte«, sagte er mühsam.

»Wie ist die Weise?«

»Etwa so: Wenn es je ein Erdbeben geben würde, oder ich höbe den Kopf und sähe einen Tresor auf mich herabfallen, oder sonst etwas von der Art, etwas außerhalb von mir – ich würde nicht zur Seite treten. Ich würde es geschehen lassen.«

»Gibt es einen Unterschied zwischen dem und der Methode, sich zu erschießen?«

»Ja!« sagte er mit mehr Lebhaftigkeit, als er bisher gezeigt hatte. »Drücken wir es so aus: Ein Teil von mir ist tot und möchte, daß auch der Rest tot ist. Ein Teil von mir ist lebendig und möchte, daß ich ganz lebendig bin.« Er überdachte das und nickte. »Meine Hand, mein Arm, mein Finger am Abzug – sie sind lebendig. Alle die lebendigen Teile von mir wollen mir helfen, weiterzuleben, verstehen Sie? Kein lebendiger Teil sollte dem toten Teil helfen, zu erreichen, was er will. Die Art, wie es geschehen wird, wie es geschehen sollte, ist nicht dann gegeben, wenn ich etwas unternehme, um es geschehen zu lassen, sondern, wenn ich nichts tue. Ich werde nicht ausweichen, das ist es, und vielen Dank, daß Sie die Pistole für mich aufbewahren, sie nützt mir nichts.« Er stand auf, sah seinen Blick mit dem ihrigen verhaftet, und setzte sich schweratmend sofort wieder.

»Warum wollen Sie tot sein?« fragte sie ruhig.

Er legte den Kopf auf seine Hände und drehte ihn langsam hin und her.

»Wollen Sie es nicht wissen?«

Seine Stimme klang gedämpft von der Tischkante herauf.

»Nein.« Abrupt setzte er sich auf und starrte vor sich hin. »Nein? Was hat mich veranlaßt, nein zu sagen, Bitty?« fragte er. »Was hat mich dazu veranlaßt?«

Sie zuckte die Achseln. Er sprang auf und begann in der Küche hin- und herzueilen.

»Nicht zu fassen«, murmelte er einmal, und: »Na, was sagt man daz-«

Bitty beobachtete ihn, und bei einer Wendung, als ihre Blicke sich trafen, fragte sie: »Also – warum wollen Sie –«

»Ruhe«, sagte er. Er sagte es nicht zu ihr, sondern zu jeder Störung. Sein eingebildetes Signallämpchen, das Unbefriedigtsein, Unrichtigkeit anzeigte, warf seinen Schimmer über seine ganze innere

Landschaft. Halb zu Tode gehetzt werden von so etwas, um dann zu entdecken, daß er im Grunde das gar nicht untersuchen wollte ... Er setzte sich und sah sie mit leuchtenden Augen an.

»Ich weiß es noch nicht«, sagte er, »aber ich werde es wissen, ich werde es wissen.« Er atmete tief ein. »Das ist so, als hetze einen etwas, das immer mehr aufholt, und man springt in eine Gasse, und dann entdeckt man, es ist eine Sackgasse, sie endet an einer Ziegelmauer; also setzt man sich hin und wartet, das ist alles, was man noch tun kann. Und auf einmal sieht man in der Mauer eine Tür. Sie war die ganze Zeit da. Man hat nur nicht hingeschaut.«

»Warum wollen sie tot sein?«

»W-weil ich – ich nicht am Leben sein sollte. Weil der Durchschnittsmensch – Anders, das bin ich, anders, untauglich.«

»Anders, untauglich.« Bittys Brauen hoben sich ein wenig. »Ist das dasselbe?«

»Aber sicher.«

»Sie können nicht springen wie ein Känguruh, nicht rohes Gras essen wie eine Kuh – anders. Sind Sie untauglich, weil Sie das alles nicht können?«

Er lachte gereizt.

»Das nicht, das nicht. Die Leute, meine ich.«

»Sie können kein Flugzeug steuern. Sie können nicht singen wie Sue Martin. Sie können nicht über Juristerei reden wie Tony O'Banion. Diese Art von Anderssein?«

»Nein«, sagte er, und mit aufflutender Qual: »Nein, nein! Ich kann nicht darüber sprechen, Bitty.« Er sah sie an und fand wieder dieses rare, tiefe Lächeln. Er beantwortete es gleichartig, aber schwach, weil er sich erinnerte, daß er das vorher schon einmal zu ihr gesagt hatte. »Diesmal meine ich, daß ich nicht mit Ihnen über solche Dinge sprechen kann. Mit einer Dame«, sagte er in plötzlicher, unerträglicher Verwirrung.

»Ich bin keine Dame«, sagte Bitty mit Überzeugung. Plötzlich knuffte sie ihn am Unterarm; es war wohl das erstemal, daß sie ihn je berührt hatte. »Für Sie bin ich nicht einmal ein menschliches Wesen. Nicht einmal eine andere Person. Wirklich«, sagte sie warm. »Habe ich Ihnen eine einzige Frage gestellt, die Sie sich nicht hätten selbst stellen können? Habe ich Ihnen irgend etwas gesagt, was Sie nicht wußten?«

Sein seltsam linear wirkendes Gehirn blickte schnell zurück. Er fühlte sich einen Augenblick lang ganz ohne Orientierung. Es war nicht unangenehm. Bitty sagte leise: »Reden Sie ruhig weiter mit sich selbst. Wer weiß – vielleicht befinden Sie sich in guter Gesellschaft.«

»Och – danke, Bitty«, murmelte er. Seine Augen brannten, und er schüttelte den Kopf. »Also gut, also *gut* ... es ist mir eben aufgegangen, blitzartig, und ich könnte wohl nicht hier sitzen – hier«, sagte er und umfaßte mit einer Armbewegung die geschrubbte, gemütliche Küche, »und Sie ansehen und an diese – äh, das – denken, alles auf einmal.« Er schluckte krampfhaft. »Tja, die Gelegenheit, von der ich erzählt habe, der Tag, an dem ich dahinterkam, daß ich tot sein wollte, es war, als hätte man mir auf den Kopf geschlagen. Gleich danach, nur ein paar Minuten später, traf mich etwas anderes genauso hart am Kopf. Ich wußte nicht – wollte bis jetzt nichts davon wissen, daß sie in einem Zusammenhang stehen.« Er schloß die Augen. »Es war ein Kino, die Rattenbude drüben, auf der anderen Seite vom Circle. Sie wissen schon. Es – es traf mich, als ich nicht vorbereitet war. Überall die – Bilder, und – und da stand: Sehen Sie dieses, und Sehen Sie jenes, irgend etwas Schmutziges, nur für Erwachsene, Sie wissen, was ich meine.« Er öffnete die Augen, um zu sehen, was Bitty machte, aber Bitty machte gar nichts. Sie wartete. Er wandte sein Gesicht ab und murmelte undeutlich. »Mein ganzes Leben lang haben mir diese Dinge nichts bedeutet. *Da!*« schrie er. »Sehen Sie? Anders, völlig anders!«

Aber sie sah es nicht. Oder wollte es nicht sehen, bis er es deutlicher sah. Sie wartete immer noch.

Er sagte: »In meinem Büro ist einer. Scodie heißt er. Scodie ist sehr tüchtig, er leistet wirklich was. Ich meine, was er tut, gefällt ihm, es liegt ihm wirklich am Herzen. Nur – jedesmal, wenn ein Mädchen vorbeigeht, kommt alles zum Stillstand. Er läßt alles stehen, was er macht, und beobachtet sie. Jedesmal, meine ich. Es ist so, als könne er gar nicht anders. Er macht das so, wie ein Rekrut auf der Straße einen Offizier grüßt. Er macht es wie der Weichensteller beim Spielzeugzug, der jedesmal aus seinem Häuschen hüpft, wenn das Licht angeht. Er schaut hin, bis das Mädchen weg ist, dann sagt er: ›Mmmhja!‹, schaut zu mir herüber und zwinkert mir zu.«

»Und was machen Sie, jedesmal?«

»Na ja, ich –« Er lachte unsicher. »Ich zwinkere wohl zurück und sage ›Mhm!‹ Aber ich weiß, warum ich das mache, weil er es von mir erwartet; er fände es seltsam, wenn ich es nicht täte. Aber er macht es nicht für mich; ich erwarte weder in der einen noch in der anderen Richtung etwas von ihm. Er macht es –« Die Worte versagten ihm den Dienst, und er fing noch einmal an. »Wenn er das tut, ist er Teil von – jedermann. Was er macht, ist dasselbe, was jeder Schlager auf allen Stationen jede Minute sagt. Jede Anzeige in jeder Zeitschrift tut es, wenn sie kann, selbst wenn ein Mädchen in der Unterwäsche für Gelenkschlüssel werben muß.« Er sprang auf und lief erregt hin und her. »Man muß ein bißchen Abstand halten, um das zu sehen«, erklärte er Bitty, die hinter seinem Rükken lächelte. »Man muß das Ganze auf einmal sehen, um zu erkennen, wie umfassend das ist, die Witze, die sich die Leute erzählen – ja, man muß darüber lachen, egal, wie, man muß sogar ein paar kennen, sonst ... Die Auslagen in den Schaufenstern, Fernsehen, Filme ... jemand schreibt einen Artikel über Transistoren oder Termiten oder was-weiß-ich, und von Zeit zu Zeit meint er, er habe sich lang genug davon ferngehalten, und dann muß er etwas sagen über Vögel und Bienen und ›Gentlemen bevorzugen‹. Wohin man schaut, die ganze Welt ist dabei und hackt darauf herum –« Er stapfte zum Tisch zurück und starrte Bitty ins Gesicht. »Man muß ein bißchen zurücktreten und sich das Ganze auf einmal ansehen«, warnte er noch einmal. »Ich bin nicht im Kindergarten. Ich weiß, was gespielt wird. Ich hasse die Frauen nicht. Ich war verliebt. Ich werde heiraten, heißt es. Los, erzählen Sie mir, daß ich von einem der grundlegendsten, stärksten, wichtigsten Triebe spreche, die es gibt – das akzeptiere ich. Das meine ich ja gerade, davon rede ich.« Seine Stirn war gerötet und feucht; er zog ein zerknülltes Taschentuch heraus und tupfte auf ihr herum. »So viel davon, überall, die ganze Zeit, ein riesiges, dringendes Bedürfnis von Durchschnittsmenschen erfüllend. Ich meine nicht den Trieb selbst; ich meine, diese ständige Erinnerung, diese, wie nennt man das, Indoktrination. Es ist ein Bedürfnis, sonst würden die Leute nicht soviel ertragen, Comic-Hefte, Lippenstift, der Luftstrom, der im Lachkabinett aus dem Boden faucht.« Er ließ sich keuchend auf den Stuhl fallen. »Verstehen Sie, was ich mit ›anders‹ meine?«

»Verstehen Sie es?« fragte Bitty, aber Halvorsen hörte sie nicht; er sprach schon weiter. »Anders, weil ich diesen Drang, dauernd mit der Nase draufgestoßen zu werden, nicht spüre, weil ich diese Hochdruck-Verkaufstechnik nicht brauche, nicht will. Jedesmal, wenn ich einen von meinen Witzen erzähle, jedesmal, wenn ich dem alten Scodie zuzwinkere, komme ich mir vor wie ein Narr, wie ein Lügner. Aber man muß sich schützen; man darf nicht zulassen, daß jemand dahinterkommt. Wissen Sie, warum? Weil der Durchschnittsmensch, der Mann auf der Straße, den ganzen Lärm so dringend braucht, daß er einen so sein läßt, wie er selber ist, oder aber ... Verzeihung, Bitty. Ich möchte nicht mit den schmutzigen Einzelheiten anfangen. Sie verstehen doch, was ich meine, oder?«

»Was meinen Sie?«

Gereizt ließ er die Luft durch die Nase fauchen.

»Na, ja, was ich meine, ist, sie lassen einen so sein, wie sie sind, oder man muß ... krank, verkrüppelt sein. Etwas anderes gibt es nicht! Man kann nicht Phil Halvorsen sein, der nicht krank und nicht verkrüppelt ist, der aber einfach nicht dauernd herumläuft und mit seinem Geweih an den Bäumen herumschlägt, daß es die ganze Welt hören kann.«

»Und das meinen Sie also mit untauglich?«

»Das ist der Grund, warum ich tot sein wollte. Ich denke einfach nicht wie die anderen Leute; wenn ich mich so verhalte wie die anderen, komme ich mir ... komme ich mir schuldig vor. Das hat sich wohl schon seit Jahren in mir aufgestaut, und an dem Tag mit den Waffen, als ich dahinterkam, was ich tun wollte ... und dann die Kinofassade, die mich anklaffte wie ein feuchter Mund voll schmutziger Zähne ...« Er kicherte albern. »Hören Sie mich nur an, was ... Bitty, es tut mir leid.«

Sie beachtete das überhaupt nicht.

»Hochdruck-Verkaufstechnik«, sagte sie.

»Was?«

»Sie haben das gesagt, nicht ich ... Ist der Hunger nicht einer dieser gewaltigen, tief verankerten Triebe, Philip? Angenommen, eine Gruppe von Leuten verhungert langsam auf einer Insel, und Sie werfen eine Tonne Nahrungsmittel ab – würde man da noch Hochdruck-Verkaufstechnik brauchen?«

Es war, als stehe er am Rande eines bodenlosen Lochs – mehr, am äußersten Rand der Welt, so nah, daß seine Zehen in die Leere hinausragten. Das erfüllte ihn mit Staunen; er war verblüfft, aber nicht eigentlich voll Angst, denn es mochte wohl sein, daß der endlose Sturz dort hinab etwas sehr Friedvolles sein konnte. Er schloß die Augen und kehrte langsam, ganz langsam in die Wirklichkeit zurück, in die Küche, zu Bitty und Bittys Worten. »Sie meinen ... der Durch-, der Normal-, Sie meinen, die Leute sind gar nicht interessiert?«

»Nicht in diesem Maß.«

Er blinzelte; es kam ihm vor, als habe er aufgehört, in seiner Welt zu existieren, und sei in eine sehr ähnliche, aber völlig neue hineingekippt worden. Hier war es viel weniger einsam.

Er schlug auf den Tisch und lachte Bitty in das gelassene Gesicht.

»Ich werde schlafen«, sagte er und stand auf; und er wußte, daß sie ihn ganz genau verstanden hatte, als sie leise sagte: »Das können Sie bestimmt.«

Auszug aus (Berichtsbuch) der Forschungsexpedition: (Ich) hatte bis jetzt geglaubt, daß (mir) mit (Smiths) (unmoralisch) übertriebener Begeisterung und (Dickköpfigkeit) der Gipfel an (Ärgerlichem) begegnet war. (Ich) habe (mich) (geirrt); (er) ist jetzt weit darüber hinaus, und das ohne Mühe. Nachdem (er) den aufmerksam gewordenen Probanden beruhigt und getäuscht hatte, vernichtete (er) meinen genauen Vor-(bericht) über ihn; das ist (ärgerlich), nicht nur, weil es ohne Rücksprache mit (mir) geschah, nicht nur wegen der Mühe, die (ich) aufgewendet hatte, um das alles (aufzuschreiben), sondern hauptsächlich deshalb, weil (er) technisch gesehen (ethisch-rechtlich) dazu berechtigt war – der durch (sein) (pfuschendes Versagen) geschaffene Notfall besteht nicht mehr. (Ich) habe (ihm) (nachdrücklich) erklärt, daß (ihm) der Erfolg nur durch die Anwendung (meiner) Art vorsichtiger Wendigkeit möglich gewesen ist, aber (er) (feixt) nur. (Ich) (schwöre und nehme mir fest vor), sofort wenn (wir) zu Hause sind und aus der (Ethik-Disziplin) der Expedition entlassen werden, (sein) (   ) über (sein) (   ) zu (knicken) und einen (Knoten) hineinzumachen.

(Wir) haben jetzt, ohne daß (Smith) etwas dafür könnte, einen

Punkt erreicht, wo alle (unsere) Probanden in einem Zustand (starker) Präparation ihrer unerklärlich willkürlichen Synapse Beta Sechzehn sind. Als Synapse wird sie natürlich zur vollen Leistung nur auf reflexiver Ebene und in einem äußersten Notfall kommen, den (wir) jetzt vorbereiten.

Wenn (Smith) nicht noch weitere (Dummheiten) macht, sollten die Probanden das überleben.

10

Es war unerträglich heiß geworden, und ganz still. Laub hing in unmöglichen Winkeln herab, ohne daß der Staub herunterfiel. Alle Geräusche schienen zu entnervt zu sein, um weit zu dringen. Der Himmel war tagsüber messingfarben, und nachts, ehrgeizlos, mit nicht mehr als einem feinen Dunst überzogen.

Es war wieder der ›freie‹ Tag der Bittelmans, und ohne sie fehlte dem Haushalt das Rückgrat. Die Bewohner aßen spärlich, beliebig, ohne Antrieb, und überwanden auf irgendeine Weise die Zeit, wo es nichts zu tun gibt, als so lange aufzubleiben, bis man so müde wird, daß man in Ruhe genießen kann, was die Temperatur erlaubt. Es war sogar zum Reden zu heiß, und niemand versuchte es. Man ging auf seine Zimmer, um auf den Schlaf zu warten; man hockte vor Ventilatoren und duschte kalt, um danach noch mehr zu schwitzen. Der Puls des Hauses schlug langsam und immer langsamer; um acht Uhr war es schon still wie im Lesesaal einer Bibliothek, um neun Uhr gab es keinen Laut mehr, so daß das leise Streifen von Fingerknöcheln an Miss Schmidts Tür sie wie ein Schrei traf.

»W-wer ist da?« sagte sie mit zitternder Stimme, als sie wieder zu Atem gekommen war.

»Sue.«

»Oh – oh. Oh, kommen Sie doch herein.« Sie zog das feuchte Laken höher zum Kinn hinauf.

»Ach, Sie sind schon im Bett. Entschuldigen Sie.«

»Ich muß mich entschuldigen. Das macht doch nichts.«

Sue Martin schloß die Tür und kam ganz ins Zimmer. Sie trug

ein schulterfreie rustikale Bluse und einen Faltenrock mit dreimal mehr dünnem Nylonstoff darin, als man ahnen konnte, bis sie sich drehte, worauf er wie feiner Rauch auseinanderstob.

»Meine Güte«, sagte Miss Schmidt neidisch. »Sie sehen ganz kühl aus.«

»Eine Frage der Einstellung.« Sue lächelte. »Ich muß zur Arbeit und würde viel lieber hierbleiben.«

»Und Bitty ist fort. Ich bin wieder Babysitterin ehrenhalber.«

»Sie sind ein Engel.«

»Nein, o nein!« rief Miss Schmidt. »Wenn nur alles so einfach wäre, was ich tun muß. In der ganzen Zeit, seitdem ich Sie kenne, jedesmal, wenn ich es gemacht habe, mußte ich – mußte ich nie etwas tun!«

»Er schläft sehr fest. Das reine Gewissen, nehme ich an.«

»Ich glaube, es liegt daran, daß er glücklich ist. Er lächelt im Schlaf.«

»Lächelt? Manchmal lacht er ganz laut«, sagte Sue Martin. »Ich habe mir heute abend eine Weile etwas Sorgen gemacht. Er war so rot im Gesicht und hellwach –«

»Na, es ist ja auch heiß.«

»Das war es nicht.« Sue lachte leise. »Sein kostbarer Boff war überall im Haus und ›richtete alles her‹, sagte Robin. Was er an Wänden und Decken ›herrichtete‹, sagte er nicht. Was es auch gewesen sein mag, es ist inzwischen fertig, und Robin schläft fest. Ich bin überzeugt, daß Sie nicht einmal hineingehen müssen. Und Bitty muß ja bald heimkommen.«

»Sie lassen Ihre Tür offen?«

Sue Martin nickte und blickte hinauf zu dem großen, offenen Oberlicht an Miss Schmidts Tür.

»Sie hören ihn ja, wenn er nur die Augen aufmacht . . . ich muß mich beeilen. Ich bin Ihnen sehr dankbar.«

»Also, wirklich, Mrs. M- äh, Sue. Sie brauchen sich nicht zu bedanken. Gehen Sie nur.«

»Gute Nacht.«

Sue Martin schlüpfte hinaus und schloß lautlos die Tür hinter sich. Miss Schmidt seufzte und schaute zum Oberlicht hinauf. Nachdem Sues leichte Schritte verklungen waren, lauschte sie, lauschte so angestrengt, wie sie konnte, versuchte einen Teil von sich selbst durch das Oberlicht strömen zu lassen, durch den Flur, durch Sue Martins offene Zimmertür. Sie hatte von Haus aus einen leichten Schlaf und wußte zuversichtlich, daß sie jetzt gewappnet war und sofort wach werden würde, falls etwas geschehen sollte. Wenn sie bei dieser schwülen Hitze überhaupt schlafen konnte.

Vielleicht würde sie doch schlafen können, dachte sie nach einiger Zeit. Sie räkelte sich wohlig und schob sich auf einen etwas kühleren Fleck im Bett. »Dieser schlimme Sam«, murmelte sie und wurde im Dunkeln rot. Aber er hatte recht gehabt. Ein *Nachthemd* bei diesem Wetter?

Plötzlich schlief sie.

In O'Banions Zimmer gab es ein leises Geräusch. Er hatte es aufgeschoben, sich zu duschen, bis seine Energie plötzlich aufgebraucht gewesen war und er sich kaum noch rühren konnte. Ich lasse nur mal die Augen rasten, dachte er, und ließ den Kopf sinken. Das Geräusch stammte von seiner Stirn, die auf das Buch fiel.

Halvorsen lag auf dem Bett und starrte an die Decke. Dort zeigte sich, fast wie hinaufprojiziert, das Bild eines dünnen, Rauch spuckenden Zylinders. Nur zu, dachte er gleichgültig. Oder laß es. Ist mir egal. Bevor ich mit Bitty gesprochen habe, wollte ich dich. Jetzt ist es mir egal. Ist das besser? Er schloß die Augen, aber das Bild blieb. Er lag ganz still da und betrachtete das Innere seiner Lider. Es war wie im Schlaf. Als er schlief, blieb das Ding bei ihm.

Mary Haunt saß an ihrem Fenster und redete sich ein, dort sei es kühler als im Bett. Sie hatte keinen Zorn mehr in sich, als sie sich zurücklehnte und träumte. Die Große Chance, die Lichtsäulen bei ihrer Premiere, ihr Name zwei Stockwerke hoch über einem Broadway-Vordach – dies alles hatte keinen Platz in diesem Lieblingstraum. Ich richte Mamas Zimmer neu ein, dachte sie, mit Barchent, diesmal, und große Rüschen an Frisier- und Nachttisch. Sie schloß die Augen und versetzte sich mit solcher Klarheit in Mamas Zimmer, daß sie beinahe den kühlen, schwachen Duft von Lavendelduftkissen und die besondere Frische von in der Sonne getrockneten Laken wahrnehmen konnte. Ja, und noch etwas, außerhalb des Zimmers, spürte sie, ahnte eigentlich nur, daß Brot gebacken wurde, so daß die Küche von einem himmlischen Geruch erfüllt sein mußte; das Brot würde eine Weile das Gewürzbrett beherrschen, bis es den Ofen verließ und abkühlte. »Oh, Mom . . .« flüsterte sie. Sie lag still in ihrem Lehnsessel und hielt die Vision fest, bis dieses Zimmer hier, dieses Haus, diese Stadt nicht mehr wichtig waren.

Ein paar Stunden vergingen.

Robin schwamm in einem leuchtenden Ozean von Schlaf, wo es keine Angst gab, und wo, wenn er sich nur umdrehte, Liebe und Lachen auf ihn warteten. Seine linke Hand streckte sich, und er steckte zwei Finger in den Mund. Auf irgendeine Weise war er eine große Planierraupe mit einem Motor, der wie der von Mitster klang, und Raupen, die ratterten wie die Kaffeemaschine, und Boff und Googie saßen auf ihm und lachten. Dann war er, mühelos, ein funkelndes Riesenrad, aber er konnte sich auch in einer der Gondeln beobachten, wo er seine Begeisterung hinausschrie und sich an Tonios harten Arm lehnte. All dies, und gleichzeitig schwamm er in dem tiefen, hellen Meer, wo es keine Furcht gab, wo Liebe und Lachen sich hinter irgendeiner unbeschreibbaren Ecke verbargen und warteten. Hell, heller. Warm, warm, wärmer . . . oh, heiß, *heiß*!

II

Miss Schmidt öffnete die Augen und blickte auf einen unfaßbaren orangeroten Glanz und ein Brüllen wie das Ende der Welt. Eine ganze Sekunde lag sie bewegunglos, gelähmt von totaler Ungläubigkeit; kein Licht konnte so grell geworden sein, kein Geräusch so ungeheuer laut, ohne sie zu wecken, während beides entstand. Dann fand sie eine Möglichkeit, den Blick in das grelle Licht zu richten, und sah die Flammen, und im Rest dieser reglosen Sekunde erklärte sie sich das Ganze und sagte erleichtert, natürlich, natürlich: es ist nur ein Alptraum, und *wenn es nun brennt?* – und das ist so albern, Sam –

Und dann war sie mit einem einzigen Sprung aus dem Bett, stand mitten im Zimmer, von Angesicht zu flammendem Angesicht mit der Wirklichkeit. Alles brannte – alles! Die Vorhänge waren schon versengt, die Lamellen der Jalousien, ohne ihre Schnüre, lagen zuhauf am Boden und loderten wie ein Lagerfeuer. Noch während sie hinschaute, sackte der Fliegengitterrahmen in sich zusammen, lohend, Pech durch blubbernde Farbe spuckend. Er fiel hinaus.

Hinaus, hinaus! Das Fenster ist offen, du bist im Erdgeschoß; ja, und da auf dem Stuhl, noch nicht brennend, dein Bademantel; nimm ihn und spring, schnell!

Dann, unfaßlich, ein Geräusch, lauter als das erderschütternde Brüllen, und anders; feines, heißes Pulver und ein heißer Hagel von Putz fiel auf ihre Schultern; sie blickte hinauf und sah den Tragbalken, genau über ihrem Kopf, zu ihr herabsacken und ächzend dort hängen, während ein Teil wie mit gebrochenen flachen Holzfingern nacheinander griffen, die selbst schon aufflammten, während sie noch hinsah. Sie duckte sich angstvoll, und in diesem Augenblick drehte sich die Türklinke, und ein Rauchklumpen stieß sie auf und fauchte im Aufwind davon; und da im Flur stand Robin und bohrte eine dicke kleine Faust in ein plötzlich erwachtes Auge. Sie konnte sehen, wie seine Lippen sich bewegten, vermochte aber bei diesem mächtigen Gebrüll nichts zu hören. Sie wußte es aber und hörte es in ihrem Inneren ganz deutlich: »Was'n das für ein Lärm?«

Der Balken über ihr murrte, und wieder regnete Putz auf sie herab. Sie klopfte ihn von den Schultern und wimmerte. Eine enorme Flamme mußte in dieser Sekunde vom Dach über ihr hinausgefaucht sein, denn durch das Fenster sah sie den Widerschein von grellem Glanz an den weißen Brettern der Garagenwand. Das blendende Licht zerrte an ihr – *spring!* – und neben ihr der Bademantel ...

Der Tragbalken donnerte und begann zu fallen. Jetzt mußte sie sich entscheiden, in Mikrosekunden. Der schnellste Gedanke würde nicht schnell genug sein, um abzuwägen, zu überlegen und zu entscheiden; alles, was noch von Bedeutung sein konnte, war, was sich in ihr befand, was Kontakte herstellte – manche so abgenützt und leicht zu steuern! Ein Riese betätigte die Schalter, und er war stark; seine Kraft war eine Fixierung, stärker als *du sollst nicht töten*; er war eine Lektion, gelernt, bevor sie gelernt hatte, Gott zu lieben oder zu gehen oder zu sprechen. Er war die Autorität ihrer Mutter und die Angst vor all den behaarten, verschwitzten, gefährlichen Geheimnissen, vor denen sie sich ihr ganzes Leben gehütet hatte; und sein Name und Rang waren ›Bedecke Dich!‹ Bei ihm, als Unterstützung, war das reflexartige ›Rette Dich!‹ und gegen sie stand – Robin, den sie liebte – aber Liebe bedeutete für sie, was sie einmal für einen Kanarienvogel und einmal für eine Stoffpuppe empfand – und ihr Pflichtgefühl gegenüber Sue Martin – aber so leichthin versprochen, und in jenem Augenblick eine derart bedeutungslose Formalität. In einem solchen Kampf konnte es keine Wahl geben, auch wenn sie mit den Konsequenzen ihre ganzen Jahre leben mußte.

Dann –

– war es, als rufe eine gewaltige Stimme *Halt!* und die Flammen erstarrten. Dreißig Zentimeter über ihr hing das gezackte Ende des brennenden Balkens, und Klumpen Verputz, Splitter und glühendes Holz kamen mitten in der Luft zum Stillstand. Und doch wußte sie während diesem Ausschnitt eines Zeitbruchteils, daß die Erscheinung etwas Geistiges war, eine Erdichtung, und die Vorstellung des Zeitstillstands nur ein plumper Versuch ihres Gehirns, zu erklären, was sich abspielte.

Rette Dich war noch immer da, hysterische Hände, nach der Steuerung greifend, aber *Bedecke Dich* verschwand im Hintergrund. Retten wollte sie sich, aber unter neuen Bedingungen. Sie befand sich im Griff eines Reflexes von Reflexen, der alle Faktoren in Betracht zog, wie ein normaler Reflex, um das Endziel des Überlebens zu erreichen. Darüber hinaus rief er aber alles herauf, was Reta Schmidt jemals getan hatte, alles, was sie gewesen war. In einem einzigen, lautlosen Aufblitzen wurde in jeden Winkel, jede Spalte ihres Daseins ein neues Licht geworfen. Es war nun ihr totales Selbst, auf eine totale Situation reagierend, die viel mehr umfaßte als das, was sich hier in diesem brennenden Zimmer abspielte. Es erleuchtete sogar die Zukunft – soviel davon, wie von diesen Ereignissen abhing, zwischen ihnen und der nächsten mutmaßlichen großen »Wegscheide‹. Es löschte frühere fehlerhafte und unlogische Urteile und ersetzte sie durch das Richtige, selbst für die Zeiten, wo sie gewußt hatte, was richtig ist, um doch anders zu handeln. Es kam und verschwand, während sie schon sprang, während sie zwei Sprünge durch das Zimmer machte und der schwere Balken herunterkrachte und alles zermalmte und dort Funken aufstieben ließ, wo sie eben gestanden hatte.

Sie riß das Kind hoch und lief durch den Flur, durch die Diele, in die Küche. Dort war es dunkel, voll dichtem, schwarzem Rauch, aber die Glasscheiben in der Küchentür leuchteten in einem fremdartigen Licht von draußen. Sie begann heftig zu husten, zielte aber grimmig auf das Licht und stürmte weiter. Es wurde plötzlich von einem monströsen Schatten verdunkelt, und plötzlich explodierte es nach innen. Dort draußen waren Lichter, die sie nie gesehen hatte, und als halbe Silhouette in der zerschmetterten Tür stand ein großer Mann mit schimmerndem Helm und einer Axt. Sie versuchte zu rufen, oer vielleicht war es nur ein Schrei, aber statt dessen überfiel sie ein Hustenkrampf.

»Ist jemand hier?« fragte der Mann. Ein Lichtstrahl, anscheinend von der Straße her, beleuchtete das Abzeichen auf seinem Helm, als er sich vorbeugte. Er trat herein. »Hui! Wo sind Sie?«

Sie wankte blindlings zu ihm und preßte Robin an seinen Mantel.

»Das Kind«, krächzte sie. »Schaffen Sie es aus dem Rauch.«

Er brummte, und plötzlich war Robin aus ihren Armen gelöst.

»Sind Sie in Ordnung?« Er starrte in die Schwärze und den Rauch.

»Bringen Sie ihn hinaus«, sagte sie. »Dann brauche ich Ihren Mantel.«

Er ging hinaus. Miss Schmidt konnte Robins klare Stimme hören: »Bist du ein Feuerwehrmann?«

»Na klar«, brummte der Mann. »Willst du mein Löschauto sehen? Dann setz dich hier ins Gras und warte eine Sekunde. Okay?«

»Okay.«

Der Mantel flog durch die Türöffnung.

»Haben Sie ihn?«

»Danke.« Sie zog das enorme Kleidungsstück an und ging hinaus. Der Feuerwehrmann wartete, Robin wieder auf den Armen.

»Alles in Ordnung, Madam?«

Ihre Lungenflügel schmerzten unerträglich, sie hatte Brandwunden an den Füßen und Schultern. Ihr Haar war versengt, eine Hand am Rücken aufgerissen. »Mir geht es gut«, sagte sie.

Sie gingen die Straße hinauf. Robin drehte sich in den Armen des

Mannes herum und schob den Kopf durch, um das hellauf brennende Haus zu betrachten.

»Ade, Boff«, sagte er glücklich, dann schenkte er sein Herz dem Feuerwehrauto.

12

»Mutter, das Brot brennt an!«

Mary Haunt öffnete die Augen vor unfaßbar grellem Licht und gewaltigem Brausen. Sie kreischte und schlug wild mit Armen und Beinen aus, als könne sie das wegscheuchen, was es auch war; dann kam sie soweit zu Sinnen, um zu begreifen, daß sie noch immer in ihrem Stuhl am Fenster saß, und daß das Haus brannte. Sie sprang auf, daß der schwere Sessel durch das Zimmer rutschte und am Kleiderschrank umkippte. Wie immer, wenn angestoßen, öffnete der Schrank lautlos seine Türen.

Aber Mary Haunt wartete weder darauf noch auf etwas anderes. Sie hieb mit der flachen Hand auf das Fliegengitter. Es sprang sofort heraus, und sie stürzte fast gleichzeitig damit auf die Erde. Sie lief ein paar Schritte, dann wurde sie, wie Lots Frau, von Neugier erfaßt und blieb stehen. Sie drehte sich fasziniert um.

Riesige, wabernde Flammen hüpften fünfzehn, zwanzig Meter empor, und alle Fenster waren hell. Von der Stadtseite her konnte sie das Heulen und Läuten von Löschzügen hören, Fenster und Türen wurden überall aufgerissen, Menschen rannten. Aber das gewaltigste Geräusch von allen war das Brausen des Feuers, wie das Schweißgerät eines Giganten.

Sie blickte zu ihrem eigenen Fenster hinüber. Sie konnte ohne Schwierigkeiten in das Zimmer sehen, den umgekippten Sessel, das Bett mit der Chenille-Tagesdecke, die Masern aus Funken und Kohlepunkten bekam, und die klaffenden Türen des – »Meine Kleider! Meine Kleider!«

Aufgebracht rannte sie zum Fenster zurück, blieb einen Augenblick entsetzt stehen, als sie Flammen wie eine Alptraum-Raupe am Sims entlangkriechen sah. »Meine Garderobe«, flüsterte sie. Sie verdiente nicht viel in ihrer Stellung, aber jeden Cent, der nicht für Unterkunft und Verpflegung gebraucht wurde, gab sie für das Anziehen aus. Sie bewegte die Lippen, und ihrer Kehle entrang sich das gewohnte Zischen; sie legte beide Hände auf das Fensterbrett, federte sich ab und sprang in das Haus zurück.

Sie war vorbereitet auf die Hitze, aber nicht auf die Stärke des Lichts, und am schlimmsten war der Lärm. Sie zuckte davor zurück und stand einen Augenblick da, die Hände vor den Augen, schwankend unter dem Anprall. Dann biß sie die Zähne zusammen und ging auf den Schrank zu. Sie riß die unterste Schublade auf und kippte die schön zusammengefalteten Sachen heraus. Ganz unten lag ein Baumwollkleid, sorgfältig um einen Bilderrahmen gewickelt. Sie hob ihn heraus und preßte ihn an sich, lief damit zum Fenster. Sie beugte sich weit hinaus und ließ ihn vorsichtig ins Gras fallen, dann drehte sie sich wieder um.

Die gegenüberliegende Wand, an der Tür, wölbte sich oben, und plötzlich lohte es dort. Die Ecke in Nähe der Decke stürzte mit Krach und einer Wolke aus weißem Staub und schmierig aussehendem Rauch ins Zimmer, und dann fiel die ganze Wand, nicht auf sie zu, sondern hinaus, so daß zu ihrem Zimmer jetzt ein Teil des Flurs gehörte. Als der Staub sich legte, kam ein Mann, unartikuliert brüllend, sich durch den Schutt kämpfend. Sie konnte nicht wissen, wer es war. Er wollte offenkundig durch den Flur, ob er ganz vorhanden war oder nicht, und er kam durch, um wieder im Inferno zu verschwinden.

Sie taumelte zurück zum Kleiderschrank. Sie kam sich wahnsinnig, betrunken, verrückt vor. Vielleicht war es die sauerstoffarme Luft, vielleicht Angst und Reaktion, aber es war gleichzeitig auch wunderbar; sie fühlte, wie ihr Gesicht sich verzerrte, und ein Teil von ihr war betäubt vor Staunen über das, was der andere Teil tat: sie lachte. Sie prallte an den Schrank, nach Atem ringend, füllte die Lunge und stieß ein schrilles Lachen aus. Beinahe hilflos dadurch, krallte sie ein Abendkleid aus mattem Atlas mit breiter Silberschärpe herunter. Sie hielt es vor sich hin und lachte wieder, krümmte sich zusammen, richtete sich wieder auf und rollte das Kleid zu einem Bündel zusammen. Mit aller Kraft schleuderte sie es in den Wirrwarr im Flur. Das nächste war ein einfaches schwarzes Kleid ohne Rücken, mit einem kleinen Bolero; mit einem Ausdruck im Gesicht, den man nur als fröhlich bezeichnen kann, warf sie es dem Abendkleid nach. Dann das blaue, und das Organdy mit dem Taftunterrock, und das schwarze mit Orange, das sie ihr ›Hexenkleid‹ nannte; sie zog jedes heraus, hob es hoch und schleuderte es weg. »Du«, fauchte sie zwischen den Lachkrämpfen, »du und du und du.« Als der Schrank leer war, lief sie zur Kommode und riß ihre Halstuchschublade auf, deckte ein Blumenbeet von dünner, zarter Seide und Nylon und Satin auf, Schals und Halstücher und Kopftücher. Sie riß ein riesengroßes, dreieckiges Kopftuch heraus, kaum schwerer als die Luft, in der es schwebte, und rannte damit zu der lodernden Masse, die einmal ihre Tür gewesen war. Sie sprang und drehte sich wie eine Tänzerin, zog das Tuch durch die Flamme, und als es brannte, hetzte sie zurück zur Kommode und legte es zu den anderen in die Schublade. Feuer strömte aus der Lade, und sie lachte und lachte ...

Und irgend etwas kniff sie schmerzhaft in die Waden; sie schrie auf, fuhr herum und sah, daß die Rüschen ihres schwarzen Negligès brannten. Sie raffte den Stoff zusammen und riß ihn ab. Der Schmerz hatte sie ernüchtert, und sie war jetzt verwirrt, schwach, und bekam es mit der Angst zu tun. Sie eilte zum Fenster, stolperte und fiel unsanft hin, und als sie aufstand, war der Rauch plötzlich eine brühende Decke über Kopf und Schultern, und sie wußte nicht, wohin. Sie kniete nieder und riß die Augen weit auf, fand das Fenster in einer unerwarteten Richtung und stürmte darauf zu. Als sie hindurchhechtete, stürzte die Decke hinter ihr ein und über ihr das Dach.

Auf dem Bauch kroch sie vom Haus fort, schluchzend, und raffte sich endlich auf die Knie. Sie roch nach Rauch und verbrannten Haaren, und alle ihre schönen Fingernägel waren abgebrochen. Sie kauerte am Boden, starrte auf die lodernde Hülle des Hauses, und weinte wie ein kleines Kind. Aber als ihre geschwollenen Augen sich auf den quadratischen Fleck am Boden richteten, hörte sie auf zu weinen, stand auf und hinkte hinüber. Ihr Baumwollkleid, und das Bild ... sie hob das Paket auf und ging erschöpft in den Schatten, wo Hecke und Garage sich trafen.

13

O'Banion hob den Kopf betäubt vom Deckblatt seines ›Blackstone‹, mit der albernen Widmung, die aber von Opdycke stammte, einem Kommilitonen, und die Opdyckes waren eine sehr vornehme Familie. Aus Princeton, natürlich, aber das störte niemand.

Das zuckte durch sein Gehirn, als er aus dem Schlaf emportauchte, zusammen mit: ›Was ist mit meinem Kopf los?‹, weil jenes Brausen von seiner Lautstärke in seinen Ohren sein mußte; anderswo wäre es zu unglaublich gewesen, und: ›Was ist mit dem Licht?‹

Dann war er ganz wach und auf den Beinen. »Mein Gott!«

Er rannte zur Tür und riß sie auf. Flammen fauchten ihm entgegen, wie aus einem Schlauch; er spürte, wie seine Brauen im Bruchteil einer Sekunde weggesengt wurden. Er brüllte auf und taumelte zurück, und die Flammen verfolgten ihn. Er fuhr herum, sprang kopfüber zum Fenster hinaus, landete ungeschickt auf dem Bauch, die Fäuste über dem Sonnengeflecht geballt. Sein eigenes Gewicht trieb die Fäuste tief hinein, und er lag eine ganze Minute da und rang stöhnend nach Atem. Endlich stand er auf, schüttelte sich und fegte um das Haus zur Vorderseite. Ein Löschzug stand schon am Randstein, ein Polizeiauto war da und der Haufen gaffender Zuschauer, der offenbar zu jeder Stunde an jeder Stelle bei irgendeinem Unfall aus dem Boden zu schießen scheint. Am anderen Ende des Bittelman-Grundstücks kreischten Reifen, blendeten Scheinwerfer, als ein Taxi ganz knapp an die Polizeiabsperrung heranfuhr. Die Tür war schon aufgerissen; eine Gestalt sauste heraus, halb laufend, halb herausgeschleudert.

»Sue!« Aber keiner hörte ihn – alle anderen brüllten auch: »Schau!« Haltet sie auf! »He!« »Hallo, Sie!«

O'Banion trat ein wenig zurück, um die Hände an den Mund zu legen und wieder zu brüllen, als unmittelbar über seinem Kopf eine fröhliche kleine Stimme sagte: »Mammi kann *schnell* laufen!«

»Robin! Dir ist nichts –« Er hockte auf dem Löschwagen, einen Arm um die funkelnde Messingglocke gelegt, und sah aus wie ein Botticelli-Cherub. Irgend jemand neben ihm – guter Gott, es war Miss Schmidt, zerzaust und mit glänzenden Augen, in ein zeltartiges Kleidungsstück gehüllt – Miss Schmidt schrie: »Aufhalten, haltet sie auf, ich habe das Kind hier!«

Robin sagte zu Miss Schmidt: »Tonio läuft auch schnell, wollen wir?«

Jetzt brüllte man O'Banion an, aber nach vier Schritten konnte er nichts mehr hören als das Brausen vor sich. Er hatte noch nie ein Haus so brennen sehen, überall, schlagartig. Er überwand die Stufen mit einem Sprung und hatte gerade noch Zeit, der Tür die Schulter zuzuwenden. Sie war angelehnt, vermochte sich aber unter einem solchen Anprall nicht schnell genug zu öffnen. Sie fiel flach und massiv um, und einen irren Augenblick lang ritt O'Banion darauf wie auf einem Wellenbrett in einem Feuermeer, denn die Dielentür brannte lichterloh. Dann prallte die Vorderkante der Tür irgendwo dagegen, und er wurde heruntergekippt. Er überschlug sich im qualmenden Schutt zweimal und kam wieder auf die Beine. Es war wie ein besonders furchtbarer Traum, so vertraut, so verwirrend. Er drehte sich einmal ganz herum, um sich zu orientieren, fand den Flur und lief hinein, mit voller Kraft nach Sue schreiend. Er sah eine linke Wand sich zu ihm herabneigen und mußte zurückspringen. Sie hatte ihren Schutt kaum abgeladen, als er darauf, darin und hindurch war. Über dem Krachen und Brausen, über seinem eigenen heiseren Gebrüll glaubte er irgendwo im Feuer eine Verrückte lachen zu hören. Selbst in seiner Beinahe-Hysterie konnte er sagen: »Nicht Sue, das ist nicht Sue Martin . . .« Und er war, bevor er sich umsah, an Sue Martins Zimmertür und vorbei. Er ließ die Hand vorschnellen und packte den Türpfosten, der sich sofort aus der Wand löste. Er prallte von der Rückwand zurück, drehte sich gleichzeitig wie ein Schwimmer in einem Wettbewerb und stürzte in Sue Martins Zimmer.

»Sue! Sue!«

Täuschte er sich? Rief da jemand? »Robin – Robin – Liebling . . .?«

Er sank auf die Knie, wo er besser sehen konnte.

»Sue, oh, Sue!«

Sie lag halb begraben unter der herabgestürzten Decke. Er riß verkohlte und geborstene Balken und brennende Latten heraus, packte sie bei den Schultern und hob sie aus dem Schutthaufen heraus – Gott sei Dank! Er hatte sie bis zu einem gewissen Grad geschützt.

»Sue?«

»Robin«, krächzte sie.

Er schüttelte sie.

»Keine Sorge, er ist draußen, ich hab' ihn gesehen.«

Sie öffnete die Augen und sah ihn stirnrunzelnd an. Nicht ihn; das, was er gesagt hatte.

»Er ist hier irgendwo.«

»Ich hab' ihn gesehen. Komm!« Er hob sie auf die Füße, und als sie sich schwermachte: »Das ist die Wahrheit; glaubst du, daß *ich* dich anlügen würde?«

Er spürte, wie Kraft in ihren Körper strömte.

»Du hast vergessen, zu sagen: ›Ich, ein O'Banion‹«, sagte sie, aber es schmerzte nicht. Sie wankten zum Fenster, er stieß sie hinaus und sprang ihr nach. Zwei schmerzende Atemzüge lang lagen sie da und sogen frische Luft in sich hinein, dann raffte O'Banion sich auf. Sein Kopf rotierte, und er hätte sich beinahe wieder hingelegt. Er biß die Zähne zusammen und half Sue Martin hoch. »Zu nah!« schrie er. Er hielt sie aufrecht und schleppte sie nicht weiter als einen Schritt mit, als sie sich plötzlich aufrichtete und mit unerwarteter und unwiderstehlicher Kraft zurück zur brennenden Mauer zurücksprang und ihn mitzog. Er griff nach ihr, um sein Gleichgewicht zu bewahren, und sie legte die Arme fest um ihn. »Die Wand!« schrie er, als sie sich über sie hinauslehnte. Sie sagte nichts, aber ihre Arme schlossen sich noch fester um ihn, und er hätte sich leichter bewegen können, wäre er mit Stahlketten an einen Pfosten gefesselt gewesen. Die Mauer kam herunter, Donner und Funken, wie das Ende der Welt; aber statt zu sterben, erhielt er einen sengenden Hieb auf die rechte Schulter, und das war alles. Er öffnete die Augen. Er und Sue Martin standen noch immer aneinandergeschmiedet, und rings um sie standen Flammen wie ein Blumenbeet mit dem groben Umriß der Hauswand und ihrem Giebeldach. Um ihre Füße lag der Holzring der Dachluke, eineinviertel Meter im Durchmesser, der wie ein Wurfring über sie gefallen war.

Sue erschlaffte in seinen Armen, und er hob sie auf und wankte hinaus ins freundliche Dunkel, zu den Händen der Feuerwehrleute, die sich ihnen entgegenstreckten. Aber als sie versuchten, sie ihm abzunehmen, hielt sie seinen Arm fest und wollte nicht loslassen.

»Stellt mich runter«, sagte sie. »Stellt mich nur runter, es geht schon.«

Sie taten es, und sie lehnte sich an O'Banion. Er sagte: »Wir haben es überstanden. Wir gehen die Straße hinauf. Lassen Sie nur.« Die Feuerwehrleute zögerten, aber als sie zu gehen begannen, waren sie offenkundig beruhigt und liefen zurück zu ihrer Arbeit. Aussichtslose Arbeit, ergänzte O'Banion. Bis auf ein paar schiefe Pfeiler und die beiden Kamine war das Haus wenig mehr als ein Flammenmeer.

»Ist Robin wirklich –«

»Pst. Miss Schmidt hat ihn herausgeholt, glaube ich. Jedenfalls sitzt er auf dem Feuerwehrauto und genießt jeden Augenblick. Er hat dich hineinlaufen sehen. Dein Tempo nötigte ihm Achtung ab.«

»Du –«

»Ich habe dich auch gesehen. Ich brüllte.«

»Und dann bist du mir nachgerannt.« Sie gingen ganz langsam. »Warum?«

Robin war in Sicherheit, wollte er sagen, also hättest du nicht – und dann gab es in ihm einen lautlosen grellweißen Blitz, der alles erhellte, was er je getan hatte und gewesen war, alles, was er gelesen hatte, Menschen und Orte und Ideen. Wo er richtig gehandelt hatte, fühlte er das Richtige bestätigt; wo er auf dem falschen Weg gewesen, konnte er das Rechte jetzt in voller Kraft sehen, selbst wenn er das Falsche jahrelang verteidigt hatte. Er sah jetzt voll ein, wovon der alte Sam Bittelman ihn mit seinen forschenden Fragen intellektuell fast überzeugt hatte. Er hatte sich gegen Sams Behauptung gewehrt, daß das Recht auch etwas Lächerliches, Widersprüchliches an sich hatte, wenn es ewigen Bestand vortäuschen wollte. Er sah, daß das Recht, so, wie er es kannte, gar nicht angegriffen wurde. Solange ein Mensch die Gesamtheit der Gesetze als eine gewaltige Festung betrachtete, auf Fels verankert, die Zivilisation stützend, verteidigte er etwas Totes, das nur vernichten konnte, was es tragen sollte. Aber wenn er die Zivilisation als eine komplizierte, *sich bewegende* Wesenheit sah, veränderte sich die Funktion des Rechts. Es war Regler, Stabilisator, Katalysator, *Kontrolle* von etwas Dynamischem und Progressivem, wie etwas

Lebendiges den Strafen und Vorrechten der Evolution unterworfen. Seine ganze Vorstellung der haarspalterischen Suche nach dem ›Präzedenzfall‹ als Verfeinerungsprozeß der Rechtspflege war falsch. Es war vielmehr ein Anpassungsprozeß. Die Behauptung, nicht ein einziges Gesetz sei allen menschlichen Kulturen, vergangenen und gegenwärtigen, gemeinsam, war plötzlich keine Beleidigung des Rechts, sondern ein lebendiges Kompliment; eine Kultur auf permanente Gesetze festzulegen, schien jetzt so unsinnig zu sein, als weigere sich der Mensch, Schuppen und Kiemen abzulegen.

Und mit dieser Offenbarung der Entwicklungsfähigkeit des Menschen und seiner Werke erlebte O'Banion eine tiefgreifende Umschichtung seiner – war es wirklich seine? – Einstellung zu sich selbst, seiner mühsamen Hauptbeschäftigung, seine Abstammung und Herkunft und seinen Platz als Gentleman in der Welt zu verteidigen und zu rechtfertigen. Es ging ihm auf, daß das Gesetz zwar erklären mag, alle Menschen seien gleich geboren und sie müßten vor dem Gesetz gleich behandelt werden, aber nur ein vollkommener Narr darauf bestehen wird, die Menschen seien wirklich gleich. Wo immer sie herkamen, was immer sie von sich behaupten mögen, die Menschen sind nur das, was in ihren Köpfen und Herzen ist. Das reinste königliche Blut, das einen schwachen König hervorbringt, wird einen Versager ergeben; ein starker Bauer kann höher steigen und mehr leisten, und wenn er, was er leistet, mit dem Guten für die Menschheit übereinstimmt, ist er sicherlich nichts Schlechteres als ein guter König. Über und vor allem anderen trat jedoch die Tatsache hervor, daß ein guter Mensch das am allerwenigsten dadurch zu beweisen braucht, daß er behauptet, von einer Reihe guter Menschen abzustammen. Und daß er die Vorrechte und Haltungen des Landadels übernimmt, wenn das Land nicht mehr da ist, stellt sich als reine Albernheit dar. Zeit genug für scharfe vertikale Unterscheidungen zwischen den Menschen, wenn die Unterschiede so groß werden, daß man den Höchsten nicht mehr mit dem Niedrigsten vermischen kann; bis dahin sind, im weiteren Sinn, die Unterschiede so feiner Art, daß man sie außer acht lassen kann, und die Vorstellung ›unter seinem Stand zu heiraten‹ gehört zur Entstehungsgeschichte von Hippogryphen und Vogel Greif – in die Mythologie.

Alles das, und tausendmal mehr entfaltete sich für O'Banion in diesem blitzartig erhellten Augenblick und wurde ihm klar, und es war zwischen zwei Schritten, daß Sue Martin sagte: »Du bist mir gefolgt. Warum?«

»Ich liebe dich«, sagte er augenblicklich.

»Warum?« flüsterte sie.

Er lachte froh.

»Darauf kommt es nicht an.«

Sue Martin – *Sue Martin!* – begann zu weinen.

14

Phil Halvorsen öffnete die Augen und sah, daß das Haus brannte. Er blieb still liegen, ließ die Flammen sich nähren, und dachte, ist das nicht das, worauf ich gewartet habe?

Jetzt kann es zu Ende gehen, dachte er voll Frieden. Jetzt brauche ich mir nie mehr den Kopf darüber zu zerbrechen, daß es falsch ist, so zu sein wie ich, und die Bedürfnisse der anderen, die Triebe und Rituale des großen Durchschnitts können mich nicht mehr anklagen. Ich kann nicht ausgeschlossen werden, außer ich existiere, also ist Schluß mit dem Ausgeschlossensein. Man kann nicht mehr auf mich herabblicken, wenn man mich nicht mehr sehen kann.

Die Decke entwickelte einen bräunlichen Fleck, und heißes weißes Pulver fiel auf sein Gesicht herunter. Er bedeckte es mit dem Kissen. Er fand sich mit späteren, endgültigen Qualen ab, weil sie endgültig sein würden, aber er sah keinen Anlaß, sich dem Vorspiel auszusetzen. Im nächsten Augenblick fiel fast der ganze Putz auf ihn herunter. Es tat nicht sehr weh und bedeutete, daß das Ganze früher vorbei sein würde, als er angenommen hatte.

Über dem ungeheuren Brausen hörte er schwach eine Frau schreien. Er blieb liegen. Normalerweise würde er sich soviel wie jeder andere – vielleicht mehr – um die übrigen sorgen. Aber nicht jetzt. Nicht jetzt. Eine solche Sorge ist etwas für einen Mann, der hinterher mit seinem Gewissen leben wird.

Irgend etwas – es schien eine Innenwand zu sein – stürzte ganz in der Nähe ein. Es rammte sein Bett, und er spürte den heißen

Hauch und den Geschmack von Ruß, aber sonst berührte es ihn nicht. »Also los«, sagte er gepreßt, »dann mach schon, ja?« und schleuderte das Kissen weg.

Wie in einer direkten und gehorsamen Antwort öffnete sich die Decke über ihm – nach *oben*; anscheinend war ein Tragbalken geborsten und krachte in ein Zimmer hinunter, hier nach oben. Dann löste sich das Gewirr von Längsbalken, das er mittrug, und stürzte hinab. Hoch über ihm war Schwärze, auf einmal von rauchig-orangerotem Licht zerrissen – das Dachinnere, von dem ein Teil mit den Längsbalken herunterfiel.

»Gut«, sagte Halvorsen, so, als habe ihm jemand eine Frage gestellt. Er schloß die Augen.

Er schloß die Augen vor dem Aufblitzen eines inneren, unirdischen Lichts, und die Zeit stand still ... oder vielleicht war es nur so, daß er subjektiv Zeit genug hatte, diesen schattenlosen, inneren Kosmos zu betrachten.

Als erstes legte er ihm die Abfolge der Ereignisse vor, die ihn hierhergeführt hatten, auf einem brennenden Bett den Tod erwartend. In dieser Abfolge traf ihn ein einzelner Ausdruck mit jener ›Aber natürlich!‹-Offenbarung, die seine schrittweise sich abmühenden Gedanken belohnte, wenn sie erfolgreich waren. Der Ausdruck war ›Durchschnitt‹, und die Offenbarung kam wie herausplatzendes Gelächter: für jeden anderen wäre das eine Binsenwahrheit gewesen, ein unwiderlegbares Axiom; wie ein Narr hatte er sein verwickeltes Denken an ›Durchschnitt‹ vorbeischweifen, ›Durchschnitt‹ gebrauchen, sich mit ›Durchschnitt‹ beschäftigen lassen, ohne ihn je genau zu betrachten.

Aber ›Durchschnitt‹ – Durchschnittsbetrieb – war hier für ihn sichtbar, eine Linie, in einem riesigen Diagramm von der einen zur anderen Seite verlaufend. Und überall im Diagramm waren Punkte zu sehen – millionenfach. (Er befand sich an einem Ort, wo er ›Millionen‹ wahrhaftig sehen und begreifen konnte.) Auf dieser Linie lebte diese Schöpfung, dieser Halbgott, dem er sich so lange unterworfen gefühlt hatte, dessen Bedürfnisse und dessen Gefühl für das Taugliche Halvorsens Nivellierungspunkt, sein Bezugspunkt, hätte sein sollen, ja gewesen war. Halvorsen hatte sich stets als Mitglied einer Minderheit gefühlt – einer Minderheit, die beim Betrachten zusammenschrumpfte, und er betrachtete sie immer. Die ganze Welt diente dem Durchschnittsmenschen und seinen ›normalen‹ Trieben, und das mußte angemessen sein, denn er war sich der Umkehrung bewußt: Der Durchschnittsmensch bekam diese Dinge, weil diese Dinge waren, was der Durchschnittsmensch wünschte und brauchte.

Wünschen und brauchen ... und da war die außergewöhnliche Entdeckung, die er gemacht hatte, als Bitty ihn fragte: Wenn die Leute das wirklich brauchten, müßte man dann zu dieser Hochdruck-Verkaufstechnik greifen?

Das warf er auf das Diagramm wie eine Klarsichtfolie; auch sie trug eine Linie von einer zur anderen Seite, aber viel weiter unten, die mit viel größerer Genauigkeit anzeigte, wie sehr sich der Durchschnittsmensch in Wahrheit für den einen Trieb interessierte, um den er soviel Lärm machte. Nun beug dich vor und schau dir diese Millionen Punkte an – jeder eine Einzelperson, jeder mit seinem echten Bedürfnis nach der Art von kulturellem Druck, die hier einen Mann zu seinem Tod aus Schuldbewußtsein trieb.

Das erste, was Halvorsen sah, war, daß die Punkte so weit verstreut waren, daß die tatsächliche Zahl derer, die auf die Linie Durchschnittsmensch fielen, kaum meßbar war: es gab zahllose Millionen un-durchschnittlicher Menschen mehr. Es ging ihm auf, daß jene, die dem Evangelium von Durchschnittsmenschen gehorchen, in ihren Bemühungen, wie die Masse Mensch zu sein, dem Diktat einer der kleinsten Minderheiten überhaupt gehorchen. Das nächste, was ihm auffiel, war, daß es der Anwesenheit *aller* dieser Punkte bedurfte, um die Linie genau dort verlaufen zu lassen, wo sie war; es gab keine Frage von besser oder schlimmer oder mehr oder weniger tauglich. Bis auf die wenigen dort unten und ihr Gegenstück hier oben, die Handvoll kranker, geistesgestörter, unvollständiger oder verbogener Wesen, deren Sexualappetit nicht vorhanden oder extrem hoch war, stellte sich die überwältigende Mehrheit über und unter dem wahren Durchschnitt als im Grunde ›normal‹ dar. Und hier, wo er, Halvorsen, in dem Diagramm erscheinen mochte – hatte er Gesellschaft genug.

Das hatte er nie gewußt! Die Illustriertentitel, die Anzeigen, die schmutzigen Witze – sie hatten ihn das nicht merken lassen.

Jetzt verstand er den Mechanismus dieses kulturellen Vorurteils; er zeigte sich ihm in der Erinnerung, daß er dreihundert Arbeitstage hintereinander im Büro erschienen war, ohne daß jemand auf seine Ohren geachtet hätte. Und dann hatte sich eines Tages eine Talgdrüse in seinem linken Ohrläppchen entzündet, und er war mit einem Verband am Ohr zur Arbeit gekommen. *Alles begann an Halvorsens Ohr zu denken!* Jedes Gespräch mußte mit einer Erklärung dafür beginnen, sonst irrte die Aufmerksamkeit des Antragstellers immer wieder dorthin ab. Und es war ihm auch aufgefallen, daß der Gesprächspartner, sobald Halvorsen die Erklärung gegeben hatte, immer auf Halvorsens anderes Ohr blickte, bevor er wieder zur Sache kam. Nun, an diesem silbernen Ort, wo alle Wechselbeziehungen echte waren, konnte er dieses bedeckte und auffällige Ohr mit einem Bikini-Badeanzug gleichsetzen und deutlich erkennen, wie normales Interesse-Desinteresse – Hinnahme – beeinflußt werden kann.

Er begriff auch, warum diese bestimmte Kulturmatrix sich das antat. In ihrem großen Unbewußten kannte sie den wahren Status ihrer sinnlichen Triebe vermutlich genau. Sie mußte sich also sagen, daß sie, wenn sie diese Bedürfnisse nicht unaufhörlich in wilder Bewegung hielt, sich nicht würde vermehren können, und auszudehnen schien sie sich zu wollen. Das war kein angenehmer Gedanke, aber das ist auch der Sprung einer Katze nach einem Jungvogel nicht, und trotzdem kann man gegen den Trieb dahinter nicht angehen.

So kam es, daß Halvorsens Gründe, nicht mehr leben zu wollen, aufhörten, Gründe zu sein; mit reinster Wahrheit konnte er sagen, ich bin nicht entmannt; ich bin nicht untauglich; ich bin nicht unnormal . . . ich bin nicht allein.

Dies alles in Nicht-Zeit, als er die Augen schloß, um die Massen zu erwarten, die schon herunterstürzten. Und der Reflex der Reflexe griff ein, als die Lider sich berührten; er rollte sich vom Bett, sprang durch das nahe Fenster, und war draußen auf dem Gras, als Decke und Wände in den aufzuckenden Flammen zusammenstürzten.

15

Das Mädchen stieg zum Führerhaus des Löschwagens hinauf.

»Rücken.«

Miss Schmidt löste den besorgten Blick von dem brennenden Haus und sagte zerstreut: »Ich glaube nicht, daß du das darfst, Kleines. Wir sind aus dem Haus, aber das ist ja Mary Haunt!«

»Haben Sie mich nicht erkannt, wie?« sagte Mary Haunt. Sie schwang die Hüfte und schob Miss Schmidt weg. »Kann ich Ihnen nicht verdenken. Was für eine Pleite!« sagte sie und zeigte auf das Haus.

»Mr. O'Banion ist drinnen; er ist Mrs. Martin nachgerannt. Und haben Sie Mr. Halvorsen gesehen?«

»Nein.«

»Tonio! Tonio!« schrie Robin plötzlich.

»Pst, Liebling. Er kommt schon.«

»Da is' er! Da is' er! *Mami-i!«* kreischte er. »Komm, schau dir mein Feuerwehrauto an, ja?«

»Oh, Gott sei Dank, Gott sei Dank, sie sind in Sicherheit«, sagte Miss Schmidt. Sie preßte Robin an sich, bis er ächzte.

»Ich bin ganz verräuchert«, brummte Mary Haunt. Wieder wies sie zornig auf das Haus. »So eine Pleite. Alles, was mir gehört – die Kriegsbemalung, die Kleider, alle meine Zeitschriften – alles hin. Sie wissen, was das bedeutet. Ich –«

Ich muß jetzt nach Hause. Und es war hier, bei einer kleinen Frage der Formulierung, daß der seltsame silberne Blitz Mary Haunt durchdrang; nicht unter der herabsausenden Sense des Todes, nicht unter der Erschütterung von Seelenfund, Fund der Herzen, nur durch den Anstoß eines Wortes erlebte sie ihren zeitlosen Augenblick.

Ihr ganzes Leben, und der Sinn ihres Lebens, und alle Dinge darin: die Barchentvorhänge und selbstgebackenes Brot, Jackie und Seth in einer Rauferei darum, wer ihre Bücher tragen durfte, das Gewürzbrett und die Tulpen unter dem Wohnzimmerfenster. Sue hatte es so geliebt und darüber geherrscht, und zumeist war sie eine sanfte Prinzessin gewesen und hatte gütig geherrscht.

Hat man Sie hinausgeworfen?

Sie hatte nie gewußt, wo es angefangen hatte, wie es gekommen war, bis jetzt. Jetzt wußte sie es, voll Staunen, auf einmal. Papa hatte es ausgelöst, bevor sie hatte laufen können, Papa, einer aus den Millionen, die einem Kinderstar namens Shirley Temple applaudiert hatten, einer aus den Tausenden, für die sie ein Idol gewesen war, einer von den Hunderten, die ein göttliches Wesen aus ihr gemacht hatten. ›Kleine Mary Holluwood‹ hatte er seine Tochter genannt und immer wieder gesagt: ›Wenn du erst beim Film bist, Süßes –‹ Jeder Morgen war ein Springbrunnen, der das Reservoir seiner Träume leerte; jeden Abend füllte er ihn aus dem bodenlosen Brunnen seines Ehrgeizes für sie wieder auf.

Und alle glaubten ihm. Mama glaubte ihm schließlich, und ihr kleiner Bruder, und endlich alle Leute in der Stadt. Sie mußten; Papas unbeirrbare, niemals zweifelnde Überzeugung ging über alle Alternativen hinweg, und sie selbst entschied es endgültig, einfach weil sie war, was sie war, ein besonders exquisites Kind, besonders herangezogen, das jedes Jahr schöner wurde – nach Hollywood-Maßstab. Sie wollte, was jedes Kind will: liebevolle Aufmerksamkeit. Sie bekam sie in vollstem Maß. Sie wollte tun, was jedes Kind tun will: die Anerkennung der Älteren ernten. Sie versuchte es; und tatsächlich stand ihr kein anderer Weg offen.

Hat man Sie hinausgeworfen?

Vielleicht wäre Papa aus diesen Dingen herausgewachsen, oder wenn nicht, vielleicht hätte er gewußt, oder herausbekommen, wie er seinen Traum in einer wirklichen Welt verwirklichen konnte. Aber Papa starb, als sie sechs war, und Mama übernahm seinen Traum wie ein Blume aus seiner toten Hand. Sie nährte ihn nicht; sie preßte ihn zwischen den Blättern ihrer kostbaren Erinnerung an ihn. Es war etwas Lebendiges, gewiß, aber erstarrt in der Heftigkeit und Formlosigkeit seiner Hoffnungen für sie, als sie sechs gewesen war. Sie ermutigte das Kind nur darin, zum Film zu wollen, und die Gewißheit zu haben, daß sie das schaffen würde; sie kam nie auf den Gedanken, daß es Dinge geben mochte, die das Kind lernen sollte. Ihre Karriere stand bevor wie Weihnachten.

Aber niemand wußte, wann sie kommen würde.

Und wenn sie Hausputz machte, fanden alle das lieb und so süß zu beobachten, aber man nahm ihr den Besen lieber weg; und wenn sie buk, war das auch nett, aber nicht das, wofür sie da war; und wenn sie die Diätvorschläge in der Drogeriezeitung las, war das in

Ordnung, aber die anderen Artikel – wie man Ente mit Orangen macht, wie man Flecken aus Synthetics entfernt – ›Aber, Mary, du hast doch dann ein kleines Regiment von Leuten, die sich für dich darum kümmern!‹

Dann Filmzeitschriften, und Kino, und Warten, bis zu dem Tag, als sie wegging.

Hat man Sie hinausgeworfen?

Und plötzlich war sie gar nicht mehr Shirley Temple gewesen, sondern älter, Jahre älter als zwei Mädchen, die einer Filmzeitschrift zufolge Verträge in Hollywood unterschrieben hatten, gleich alt wie fünf solche Mädchen. Und sie war immer noch da, während die ganze Stadt wartete ... wenn sie es nun nie schaffte? Angenommen, hier geschah nichts? Und sie begann jene Bemerkung, diesen Blick, ein Verstummen, auf beunruhigende Weise auszulegen, bis sie sich am liebsten versteckt hätte, oder tot gewesen oder weggegangen wäre.

Einfach so, Weggehen war die Lösung. Sie sagte zu keinem etwas, sie nahm ihre guten Kleider, sie kaufte eine Fahrkarte nach irgendwohin und schrieb erregende, phantasievolle, unwahre Briefe in immer größeren Abständen. Naiv, wie sie war, nahm sie eine Stellung an, die ihre große Chance bedeuten mochte und es doch niemals sein würde. Und endlich erreichte sie einen Punkt, wo sie nicht mehr zurückblickte, so gern wollte sie nach Hause; sie blickte nicht nach vorn, weil sie wußte, daß das nichts war; sie hielt sich fest in einer Gegenwart von Nutzlosigkeit und bewußter Weigerung, den Ehrgeiz zu fördern, den zu besitzen sie beharrlich behauptete; und sie hatte kein Vergnügen und kein Ventil mehr als den Zorn. Sie suchte Zuflucht in ihren Wutausbrüchen; sie verachtete die Menschen, was sie taten und wollten, und sie sagte es ihnen. Und sie nahm das Bild von Mama, im Frühling vor dem Haus stehend, mit den blühenden Narzissen überall, und den knospenden Tulpen, und wickelte es in das Baumwollkleid, das ihr Mama zum vierzehnten Geburtstag geschneidert und nie gegeben hatte, weil die Filmzeitschrift schrieb, Prinzeßchenstil für Teenager sei kitschig.

Hat man Sie hinausgeworfen?

Der alte Sam hatte es gewußt, wenn auch sie nicht. Aber jetzt, in diesem seltsamen Silberaugenblick, wußte sie es; sie wußte alles.

Ja, man hatte sie hinausgeworfen. Man hatte sie den Traum eines Toten sein lassen, bis sie beinahe selbst tot gewesen war. Man hatte sie nie Mary Haunt sein lassen, die neue Vorhänge anbringen und einen Obstkuchen backen und eine gestutzte Hecke an der Elm-Street-Seite haben wollte.

Und nun, auf einmal, und zum allererstenmal, ging ihr auf, daß sie, wenn sie wollte, Mary Haunt, sie selbst, sein konnte, und sei es auch zu Hause; dieses Zuhause war der beste Ort, so etwas Schönes zu sein, und sie konnte ihre Enttäuschung durch einen sehr echten Stolz ersetzen. Sie würde eine Schürze tragen und Schaumflocken an der Stirn haben, wenn sie die Haare beim Abspülen zurückstrich, so, wie Bitty es manchmal machte.

So saß Mary Haunt auf einem Löschfahrzeug, neben der Schulbibliothekarin, die in einen gewaltigen Regenmantel eingehüllt war, sagte, daß alles verbrannt und verloren war, wollte sagen: »Ich muß jetzt nach Hause.« Aber sie sagte: »Ich *kann* jetzt nach Hause.« Sie blickte in Miss Schmidts Augen und zeigte ein Lächeln, das die ältere Frau noch nie gesehen hatte. »Ich kann, ich kann! Ich kann jetzt nach Hause!« sang Mary Haunt. Impulsiv griff sie nach Miss Schmidts Hand und quetschte sie. Sie blickte in ihr Gesicht und lachte. »Ich bin nicht mehr böse, nicht auf Sie oder andere ... und ich war ein kleines Ekel, und es tut mir leid. Ich fahre nach Hause!« Und Miss Schmidt betrachtete das rußige Gesicht, das versengte, zu einem Pferdeschwanz zusammengebundene Haar. »Na«, sagte Miss Schmidt, »Sie sind schön, einfach wunderschön!«

»Bin ich nicht. Ich bin siebzehn, erst siebzehn«, sagte Mary Haunt glücklich und wild, »und ich fahre nach Hause und backe einen Kuchen.« Und sie preßte das Bild ihrer Mutter an sich und lächelte; selbst das lodernde Haus leuchtete nicht so.

Auszug aus (Berichtsbuch) der Forschungsexpedition. (!!!) Und ob das geklappt hat! (Man) möchte meinen, diese Probanden hätten Synapse Beta Sechzehn schon ihr ganzes Leben angewendet! Wenn (wir) nur ein (Zehntel) soviel Lebenskraft hätten, könnten (wir) uns in einem (Bett) von Paradoxen (niederlegen) und (einschlafen).

(Wir) werden noch (kurze Zeit) weiter beobachten und dann zusammenpacken und den Heimweg antreten. Für einen Besuch ist das hier wirklich (faszinierend), aber (leben) möchte ich hier nicht.

16

Es war Oktober und möglicherweise die letzte Chance für ein Picknick, und das Wetter schien einverstanden und war herrlich für sie. Sie fanden eine herrliche Stelle, wo auf beiden Seiten eines alten Weidezauns Birken wuchsen und knapp außerhalb der Sichtweite ein Bach murmelte. Als sie gegessen hatten, lag O'Banion in der Sonne und kratzte sich nachdenklich mit einem Strohhalm an der Oberlippe. Seine Frau lachte leise.

»Hm?«

»Du denkst wieder an die Bittelmans.«

»Woher weißt du das?«

»Das kenn' ich schon. Wenn du dich zurückziehst, gewissermaßen nach innen schaust, und erstaunt und rätselnd und gereizt gleichzeitig dreinschaust, sind es wieder die Bittelmans.«

»Harmloses Hobby«, meinte Halvorsen und lächelte.

»Wirklich? Tonio, wie würde es dir gefallen, wenn ich auf einmal schmollen und nörgeln und mich beklagen würde, daß du öfter an sie denkst als an mich?«

»Mach das unbedingt. Ich würde mich scheiden lassen.«

»Tony!«

»Na ja«, sagte er träge, »dich zu heiraten, hat mir solchen Spaß gemacht, daß es sich lohnen würde, das zu wiederholen. Wo ist Robin?«

»Hier beim – O je. *Robin!*«

Unten am Ufer, wo der Bach gurgelte, antwortete Robins Stimme sofort.

»Da sind Frösche, Mammi. Kö-östlich!«

»Ißt er sie roh?« fragte Halvorsen ruhig.

Sue lachte.

»Das heißt einfach ›hübsch‹ oder ›begehrenswert‹ oder auch

›hellgrün‹. Robin, daß du mir ja nicht naß wirst, versprichst du mir das?«

»Versprech ich mir«, sagte die Stimme.

»Und lauf nicht weg!«

»Nei-en«

»Warum tauchen sie nicht auf?« sagte O'Banion, »nur ein einziges Mal, mehr verlange ich nicht. Nur ihre Gesichter sollen sie zeigen und zwei Fragen beantworten.«

»Warum taucht wer nicht – ach so, Sam und Bitty. Was für zwei Fragen?«

»Was sie mit uns gemacht haben, wie und warum.«

»Das ist eine Frage, Herr Anwalt?« fragte Halvorsen.

»Ja. Zweitens: was sie sind.«

»Du, warum sagst du ›was‹ statt ›wer‹?«

»Darauf läuft es hinaus.« Er rollte sich herum und setzte sich auf. »Macht es dir etwas aus, Schatz, wenn ich alles durchgehe, was wir bisher herausgefunden haben, nur noch einmal?«

»Ein Schlußplädoyer?«

»Eher eine Art Zwischenbericht.« O'Banion stand auf und ging zum Zaun. Eine Hand an einem schlanken Birkenstamm, hüpfte er hinauf, drehte sich und saß auf der obersten Stange. »Also, eines steht für mich fest: Sam und Bitty konnten die Menschen beeinflussen, und sie haben es mit uns allen gemacht. Und ich weigere mich, zu glauben, daß sie es mit Logik und Überredungskunst gemacht haben.«

»Sie konnten sehr überzeugend wirken.«

»Es war mehr als das«, sagte O'Banion ungeduldig. »Was sie mit mir gemacht haben, hat alles an mir verändert.«

»Wie aufregend.«

»Alles an meiner Denkweise, schamloses Mädchen. Ich kann jetzt zurückdenken und erkennen, daß ich verpackt und abgestempelt worden bin. Wenn er wollte, daß ich Fragen beantwortete, dann mußte ich sie beantworten, egal, was ich dachte. Wenn er mit mir fertig war, ließ er mich frei und zu meinen Angelegenheiten zurückkehren, als wäre nichts geschehen. Miss Schmidt hat mir das gleiche erzählt.« Er verlagerte das Gewicht und sagte aufgeregt: »Das ist unser großes Schaustück. Wir sind alle – verändert worden, aber Reta – sie ist ein völlig anderer Mensch.«

»Sie ist nicht mehr verändert worden als die anderen«, meinte Sue nüchtern. »Sie ist achtunddreißig Jahre alt. Ein interessantes Alter, wenn du es erreicht hast und fünf Jahre älter aussiehst und dich dann herausputzt, wie sie es getan hat, und fünf Jahre jünger aussiehst, dann scheint der Unterschied zwanzig Jahre auszumachen, nicht zehn. Aber das ist nur Kosmetik und Kleidung. Der eigentliche Unterschied ist von so stiller und tiefer Art wie – na, bei Phil hier.«

Halvorsen lächelte.

»Vielleicht hast du recht. Sie ist nicht mehr Bibliothekarin, sondern Lehrerin. Das war der Wechsel vom Sichumgeben mit dem Wissen anderer Leute zum Erfassen anderer Leute mit ihrem Wissen. Sie ist lebendig.«

»Und ob. Einen Freund hat sie auch.«

»Still und tief«, sagte O'Banion nachdenklich und schwang die Beine. »Das stimmt. Wenn man Halvorsen danach fragt, erntet man nur ein Lächeln, wie ein Aufleuchten, und die Antwort: ›Jetzt ist es recht für mich, ich zu sein.‹«

»Das ist es – das ist alles«, sagte Halvorsen leise lachend.

»Und Mary Haunt. Das zweitglücklichste Kind, das ich je gesehen habe. *Robin! Alles in Ordnung?«*

»Jo!« tönte die Stimme herauf.

»Ich bin noch nicht zufrieden«, sagte O'Banion. »Ich habe das Gefühl, daß wir ganz nebensächliche und zufällige Ergebnisse einer sehr bedeutsamen Ursache sehen. In einem Augenblick höchster Belastung habe ich eine Entscheidung getroffen, die mein ganzes Leben beeinflußt hat.«

»Unseres.«

Er warf ihr eine Kußhand zu.

»Reta Schmidt sagt dasselbe, auch wenn sie nicht auf Einzelheiten eingehen wollte. Und vielleicht ist es das, was Halvorsen meint, wenn er sagt: *Jetzt* ist es recht für mich ... *Du* ärgerst mich.«

»Sir!« rief sie in gespieltem Entsetzen.

Er lachte.

»Du weißt, was ich meine. Nur du warst den Bittelmans ausgesetzt und hast dich nicht verändert. Alle anderen sind wunderbar geworden«, sagte er lächelnd. »Du bist einfach wunderbar geblieben. Was ist so besonders an dir?«

»Muß ich hier sitzen und mir –«

»Still. Denk nach. Ist mit dir in dieser Nacht etwas ganz Besonderes geschehen, eine Art Notdenken, das über alles hinausging, was du geglaubt hast, je leisten zu können?«

»Nicht daß ich wüßte.«

Er hieb plötzlich mit der Faust auf den Schenkel.

»Doch! Weißt du noch, gleich, als wir aus dem Haus stürzten und die Wand herunterkippte? Du hast mich zurückgerissen und festgehalten, und die Dachluke fiel über uns herunter.«

»Das. Ja, ich erinnere mich. Aber es war nichts Besonderes. Es war nur vernünftig.«

»Vernünftig? Ich möchte einen Computer damit beauftragen – nachdem er halb versengt und herumgestoßen worden ist. Auf irgendeine Weise hast du berechnet, wie schnell das Ding herunterfiel, und welche Fläche es bedecken würde, wenn es auftraf. Das hast du gegen unsere Geschwindigkeit nach außen berechnet. Du hast die Dachluke gefunden und ausgerechnet, wo sie landen würde, und ob sie uns beide umfassen konnte oder nicht. Dann hast du unsere Geschwindigkeit geschätzt, wenn wir uns zu der sicheren Stelle bewegten, und kalkuliert, daß wir es schaffen konnten. Dann erst hast du gehandelt, noch dazu über sozusagen meine Leiche. Und das alles in –« er schloß die Augen, um das noch einmal zu durchleben, »– alles in allerhöchstens eineinhalb Sekunden. Und das war nichts Besonderes?«

»Nein, war es nicht«, sagte sie entschieden. »Es war ein Notfall, verstehst du nicht? Ein echter Notfall, nicht nur, weil wir verletzt werden konnten, sondern im Hinblick darauf, was wir einander bedeuteten und nur bedeuten konnten, wenn du nur –«

»Na, ich habe ja«, sagte er lächelnd. »Aber ich verstehe dich immer noch nicht. Du meinst, du denkst mehr, nicht weniger – du weitest den Blick, statt ihn zu verengen, wenn die Notlage zu groß ist? Du kannst an alle diese Dinge gleichzeitig denken, besser und schneller und genauer?«

Halvorsen fuhr plötzlich hoch, packte O'Banions Fuß und riß ihn nach oben. O'Banion schrie: »Jup!« Seine rechte Hand zuckte hoch und zurück und krallte nach dem Baumstamm; sein Oberkörper verdrehte sich, seine linke Hand schoß herunter. Seine Beine zappelten und streckten sich; einen Augenblick lang schwankte er auf der Nierengegend wie eine Schaukel. Endlich erwischte er mit der linken Hand die Zaunstange und zog sich hoch. »He! Was soll denn das?«

»Ich beweise etwas«, sagte Halvorsen. »Schau, Tony. Du bist ohne Warnung aus dem Gleichgewicht gekippt worden. Was hast du gemacht? Du hast nach dem Baumstamm gegriffen, ohne hinzusehen – hast ihn auch erwischt; du hast genau gewußt, wie schnell und wie weit du greifen mußt. Aber gleichzeitig hast du die linke Hand senkrecht hinuntersausen lassen, um dich abzufangen, wenn du doch hinuntergefallen wärst. Inzwischen hast du mit den Beinen gerudert und dein Gewicht so verlagert, daß du ein neues Gleichgewicht gefunden hast. Und jetzt sag mir: Hast du dagesessen, nachdem ich dir den Stoß gegeben habe, und hast dir das alles der Reihe nach durch den Kopf gehen lassen?«

»Keineswegs. Snap – Snop – Synapsen.«

»Was?«

»Synapsen. Eine Art Bahnen im Gehirn, die immer besser gepflastert sind, wenn du etwas immer wieder machst. Nach einiger Zeit geht das ohne bewußtes Nachdenken. Auf der motorischen Ebene gehört zum Beispiel das Gleichgewichthalten dazu. Aber erzähl mir nicht, daß du eine Art ... persönlich-kulturelles Innenohr hast – etwas, das dich im Hinblick auf deine Vergangenheit und Zukunft reflexartig handeln läßt und ... aber das ist mit mir in dieser Nacht passiert!« Er starrte Halvorsen an. »Du hast dir das schon längst ausgerechnet, du mit deinem Computerkopf!«

»Das geschieht immer, wenn die Notlage sehr groß ist«, sagte Sue ruhig. »Manchmal sogar, wenn du gar nicht weißt, daß es eine Notlage ist. Aber was ist daran bemerkenswert? Heißt es nicht, daß Ertrinkende ihr ganzes Leben vor sich ablaufen sehen?«

»Hast du gesagt, daß das bei deinen Notlagen immer geschieht?«

»Ja, etwa nicht?«

Plötzlich begann er leise zu lachen, und auf ihren fragenden Blick hin sagte er: »Du erinnerst mich an etwas, was einmal ein Psychologe zu mir gesagt hat. Ein Mann sollte genau seine Empfindungen schildern, wenn er betrunken wurde. ›Wie bei den anderen Leuten auch‹, sagte er. ›Na, dann beschreiben Sie das mal‹, meint der Arzt. Der Mann sagt: ›Na ja, zuerst rötet sich das Gesicht ein bißchen, man fängt an zu lallen, und nach einer Weile fangen die

Ohren an zu wackeln –‹ Sue, Liebes, ich habe eine Neuigkeit für dich. Vielleicht reagierst du so in entscheidenden Augenblicken, ein enormer greller Blitz der Wahrheit und so, aber andere Leute nicht, glaub mir. Ich habe es bis zu dieser Nacht nie getan. *Das ist es!«* brüllte er plötzlich los.

Vom Ufer tönte eine klare, kleine Stimme herauf: »Was'n das für'n Lärm?«

Sue und Halvorsen lächelten einander an, dann sagte O'Banion ernsthaft: »Das haben uns Bitty und Sam gegeben – einen synaptischen Reflex wie die Gleichgewichtsmechanismen, aber stärker – viel stärker. Ein Mensch ist ein Element in einer ganzen Kultur, und die Kultur selbst ist lebendig ... ich nehme an, man könnte die Art als Ganzes etwas Lebendiges nennen. Und als wir uns in einer Streßsituation fanden, die uns entscheidend beeinflussen mußte – gefährlich, oder auch nur bedeutsam – reagierten wir so, wie eben jetzt ich, als du mich herunterkippen wolltest – nur auf kultureller Ebene. Es ist so, als hätten Sam und Bitty einen Weg gefunden, diesen ›Balance‹-Mechanismus in uns einzubauen oder zu entwickeln. Das löste einen tiefen persönlichen Konflikt von Halvorsen; es riß Mary Haunt aus einem gefährlichen Wahn und Miss Schmidt aus einer gefährlichen Isolierung. Und – na ja, bei mir wißt ihr ja Bescheid.«

»Ich kann nicht glauben, daß die Leute in Notlagen nicht alle so denken!« sagte sie verwirrt.

»Manche tun es vielleicht«, meinte Halvorsen. »Wenn man es sich recht überlegt, tun die Menschen unter plötzlicher Belastung bemerkenswerte Dinge; sie treffen nicht naheliegende, aber sehr richtige Entscheidungen unter Druck, wie der Mann, der einen Witz reißt und eine Panik verhindert, oder der junge Soldat, der sich auf eine Handgranate wirft, um seine Kameraden zu schützen. Sie haben sich im Sinn all dessen betrachtet, was sie sind, und das gegen ihre Umgebung gesetzt, und alles in – Sekundenbruchteilen. Ich glaube, jeder hat das in sich. Zumindest teilweise.«

»Was diese Synapse auch immer sein mag, die Bittelmans haben sie uns gegeben ... ja, und vielleicht auch das Haus angezündet ... wozu? Um etwas zu testen? Aber was? Nur uns, oder die Menschen überhaupt? *Was sind sie eigentlich?«* fragte O'Banion.

»Fort, das sind sie«, sagte Halvorsen.

Für eine ganz kurze Zeitspanne war es falsch von ihm, das zu sagen.

Auszug aus (Berichtsbuch) der Forschungsexpedition. (Unsere) letzte (Stunde) hier, also haben (wir) drei von den Probanden zu (Ort B) zur letzten formlosen Beobachtung (geschickt). (Smith) tut so, als (ärgere) (er) sich. Immerhin, so (sagt) (er), seien (wir) eine (beträchtliche abstrakte Zahl) von (irdisch unmeßbaren Entfernungseinheiten) weit gekommen, hätten auf die Gesellschaft (unserer) (   ) und die Vergnügungen der (   ) verzichtet; hätten (unsere) Findigkeit und (unsere) (technische Ausrüstung) bis zum (Zusammenbruch) strapaziert, ja sogar uns gezwungen gesehen, diese (armselig unpraktische) Energiequelle zu verwenden und jeden (Monat) (nachzuladen) – und das alles, um das Vorhandensein von Synapse Beta Sechzehn festzustellen und zu analysieren. Und dann gehen diese Wesen her und finden und definieren die Synapse in einem kurzen, beiläufigen Gespräch!

In Wirklichkeit glaube (ich), daß (Smith) mit ihnen sehr (zufrieden) ist.

(Wir) werden jetzt den (Knifter) und den (Knafter) (demontieren) und (starten).

Robin beobachtete eine Forelle.

»Tst! Tst!«

Er beobachtete mehr als eine Forelle, wenn man es genaunahm; er beobachtete ihren Schatten. Er war auf die Idee gekommen, daß der Schatten vielleicht gar kein Schatten war, sondern ein anderer, undeutlicherer Fisch, der den schärfer konturierten nicht von sich weglassen wollte, und vielleicht lag es daran, daß die Forelle plötzlich im Strom stillstand und dann wieder davonhuschte. Aber sie war nie schnell genug für die verwischte, die unmittelbar unter ihr blieb, egal, was geschah.

»Tst! Robin!«

Er hob den Kopf, und die Forelle war vergessen. Er füllte seine mächtige Kinderlunge mit Luft und sein Gesicht mit Freude, dann unternahm er eine heroische Anstrengung und erstickte seine lärmende Freude mit Rücksicht auf den vertrauten Finger an den Lippen und das explosive »Pst!«.

Kaum fähig, an sich zu halten, planschte er mitten durch den Bach, mit Schuhen und Strümpfen, und warf sich in Bittys Arme.

»Ah, Robin!« sagte die Frau. »Du Schlimmer. Bist du ein Schlimmer?«

»Jo. Bitty-Bitty-*Bitty!*«

»Psch. Schau, wer bei mir ist.« Sie stellte ihn auf die Füße, und da war der alte Sam. »He-i-i-i, Bub?«

»Ah, Sam!« Robin krampfte die Hände zusammen, schob sie zwischen die Knie und krümmte sich vor Freude zusammen. »Wo bis'n gewesen, Sam?«

»Unterwegs«, sagte Sam. »Paß auf, Robin, wir sind nur gekommen, um uns zu verabschieden. Wir müssen jetzt fort.«

»Geht nicht fort.«

»Wir müssen«, sagte Bitty. Sie kniete nieder und preßte ihn an sich. »Lebwohl, Liebling.«

»Händedruck«, sagte Sam ernsthaft.

»Klar«, sagte Robin.

»Fertig, Sam?«

»Alles bereit.«

Eilig nahmen sie ihre Körper ab, falteten sie säuberlich zusammen und legten sie in zwei kleine grüne Plastikbehälter. Auf dem einen stand (Knifter), auf dem anderen (Knafter), aber Robin konnte natürlich noch nicht lesen. Außerdem erstaunte ihn etwas anderes.

»Boff!« rief er. »Googie!«

Boff und Googie (winkten) ihm zu, und er winkte zurück. Sie ergriffen die Plastikbehälter und warfen sie in eine Art Luftblase, die auf einmal da war, und (gingen) hinein. Dann (flogen) sie davon.

Robin drehte sich um, kletterte, ohne sich auch nur einmal umzusehen, die Böschung hinauf und rannte zu Sue. Er warf sich in ihren Schoß und stieß den langen, heulenden Schrei aus, der seine seltenen Ausbrüche bitterer Tränen ankündigte.

»Aber Liebling, was ist denn passiert? Was ist nur? Hast du dir –«

Er hob sein gerötetes und verzerrtes Gesicht.

»Boff fort«, sagte er dumpf. »Oh, oh-h-h, Boff und Googie fort.«

Er weinte fast den ganzen Heimweg und erwähnte Boff und Googie nie wieder.

Zusätzliche (Bemerkungen) zum Expeditionsbericht. Die Entdekkung des allgemeinen Vorkommens und zufälligen Gebrauchs von Synapse Beta Sechzehn bei einer Art ist im bekannten (Kosmos) einzigartig; die Einbringung der von der Forschungsexpedition gesammelten Daten in den (Haupt)-Computer ändert aber an der (Grundwahrheit) nichts: das Vorhandensein dieser Synapse bei einer Art sichert ihr Überleben. Im vorliegenden speziellen Fall trägt die Art und wird immer tragen, den (Fluch) zwischenpersönlicher und zwischenkultureller Reibungen, und zwar infolge der vielen möglichen Paradoxe. Wo so viel Handlungen, Entscheidungen und organisatorische Aktivitäten ungesteuert von der Synapse und ihrem (universellen – zwischenbezüglichen) Effekt vorkommen können, muß es zu paradoxen Erscheinungen kommen. Auf der anderen (Seite) wird eine Gattung mit einer solchen Konzentration der Synapse, selbst wenn sie nur teilweise Verwendung findet, sich nicht selbst vernichten und kann höchstwahrscheinlich auch durch nichts zerstört werden.

Prognose positiv.

Ihre Jungen sind wunderbar. (Ich) (fühle mich wohl). (Smith), (ich) (verzeihe) (dir).

Das Kinder-Theater

Das ruhige erste Drittel des 21. Jahrhunderts ging am Morgen des 17. Mai 2034 um zehn Uhr mit der Rückkehr eines umgebauten Fafner-Raumkreuzers unter dem Kommando von Kapitän Avery Swope zu Ende. In einer früheren oder späteren Zeit hätte sich die Heimsuchung, die am oben erwähnten Datum begann, vielleicht nicht so stark ausgewirkt, aber die Erde war eingelullt und selbstzufrieden, und das aus gutem Grund – die internationalen Rivalitäten waren auf Fußballfelder und Tennisplätze zurückgekehrt und man hatte ein intelligentes Gleichgewicht des Handels und die Umverteilung von Landwirtschaft und Industrie erreicht.

Kapitän Swopes Mission bestand darin, die zwölfte außerirdische Landung zu bewerkstelligen, und der Himmelskörper, auf dem er landete, war Japetus, der bemerkenswerte achte Saturnmond. Alle Saturnmonde sind bemerkenswert, jeder aus einem anderen Grund. Japetus' Anspruch auf Ruhm beruht auf seiner schwankenden Helligkeit; er ist in der westlichen Elongation mehr als fünfmal so hell wie in der östlichen. Offenkundig ist der kleine Mond halb hell, halb dunkel, und wendet dem Zentralplaneten immer dieselbe Seite zu; aber warum sollte ein Mond halb hell, halb dunkel sein?

Es war ein faszinierendes Rätsel, und die Mode übernahm die Schwankungen des unsteten Möndchens bei Zierat und Spielereien: Manschettenknöpfe und Spangen, die dunkel und heller wurden; Brotverpackung und Buchumschläge in Helldunkel. Ganz zu schweigen von dem berühmten Gemälde Pedersons, das allerdings nicht Japetus zeigen konnte, weil es dort weder blauen Himmel noch verwittertes Gestein gab. Alle hielten den dargestellten Mond aber für Japetus, und man sagte sich, daß Swope schon dahinterkommen werde, warum er abwechselnd hell und dunkel wurde.

Kapitän Swope kam dahinter, aber Kapitän Swope erzählte nichts davon. Auf Japetus stieß seinem Fafner etwas zu. Man hörte seine Signale durch das Brausen einer elektrischen Störung auf der Mutterwelt, sie waren unverständlich, und sie waren die letzten. Dann kehrte er, stimmlos, zurück, nahm die Bremsumlaufbahn ein und fegte endlich kreischend aus der Schwärze in und durch das Frühlingsblau. Daß er in solcher Höhe – über fünfzig Meilen – schon auf dem Heck stand, bedeutete etwas Schlimmes. Die Vorsicht, mit der er über White Sands herunterkam, und das ständige Schwanken bewiesen endgültig, daß er eine Landung mit Handsteuerung versuchte, was bei einem Raumschiff von der Größe eines Fafners noch niemand versucht hatte. Es war großartig gemacht und läßt sich vielleicht nie mehr nachahmen, dieses brüllende Herabsinken, sechsundvierzig Meilen weit, und nie ein Schwanken, das geschickte Hände nicht hätten ausgleichen können, bis auf das letzte.

Was geschah? Rammte irgendein teuflischer Wind, Sprößling eines Orkans, den Fafner? Oder waren Anspannung und Belastung endlich doch zuviel für ermüdete Muskeln? Was es auch war, es geschah in dreisechszehntel Meilen Höhe, und das Schiff legte sich kreischend auf die Seite, als der Pilot einen letzten verzweifelten Versuch unternahm, etwas Höhe zu gewinnen und es noch einmal zu versuchen.

Das Schiff gewann nichts, verlor ein wenig, raste wie ein irrsinnig gewordenes Luftschiff, schneller und schneller, hoffte die Wölbung der Erde zu überwinden und wieder hinauszufegen, bis der vordere Teil der Brennkammerauskleidung zersprang und das Heck über Arkansas abgesprengt wurde. Das Schiff überschlug sich zweimal und knallte dann in ein Buchweizenfeld.

Zwei Tage danach machte ein Fotograf eine Wunderaufnahme. Hinterher wurde gewispert, er habe unentschuldbarerweise das Kind – das dreijährige Mädchen der Tresaks von der zwei Meilen entfernten Farm – zum Absturzgebiet gebracht und es unverzeihlicherweise dort aufgenommen; aber es ließ sich nie beweisen, und woher hätte er schließlich Bescheid wissen sollen? Das Kind, schwarzäugig, goldhaarig, zutraulich, furchtlos, eine kleine Hand auf geborstenen Stahltrümmern – es wurde eines der großartigsten Bilder des Jahrzehnts. Einen Tag später kannte das ganze Land das Kind.

Die Nachricht, daß am dritten Tag nach seiner Berührung mit dem Wrack des Raumschiffs von Japetus das Kind der Tresaks an einem entstellenden Leiden erkrankt war, wie man es auf der Erde noch nie gesehen hatte, versetzte deshalb der Nation und der ganzen Welt einen schrecklichen Schlag. Zuerst herrschte nur Betäubung, aber das Auftauchen des zweiten, und gleich danach des dritten Krankheitsfalles dieser Art veranlaßte die Menschheit zum Handeln. Als erstes wurden sieben Gesetze, eine Verordnung und drei Verfügungen gegen jede weitere außerirdische Landung erlassen; so daß bis zum Ende der Japetitis-Epidemie nur noch Orbitalflüge stattfanden.

»Es wird schon wieder«, flüsterte sie und beugte sich hinunter, um das ernste, komische kleine Gesicht zu küssen. Ansteckend sei es nicht, hieß es; jedenfalls erkrankten Erwachsene nicht. Sie richtete sich auf und lächelte ihn an, und Billy lächelte sein Halblächeln – es war die linke Hälfte. Er sagte etwas zu ihr, aber seine Worte waren so verwaschen, daß sie nichts verstand. Sie lächelte wieder und sagte: »Es wird ganz bestimmt wieder.« Dann floh sie.

Im Flur lehnte sie sich kurz an die Wand.

»Wie konnte ich ihm das versprechen?« sagte sie, als sie jemand in ihrer Nähe stehen sah, weil sie es sagen mußte.

»Man tut es«, sagte der Mann. Sie sah, daß es Dr. Otis war. »Ich habe es ihm auch versprochen. Man – tut es einfach. Heri Gonza verspricht es ihnen auch.«

»Das habe ich gesehen. Er scheint sich auch zu fragen: ›Wie konnte ich das tun?‹«

»Er tut, was er kann«, sagte der Arzt und wies mit einer Kopfbewegung auf den Sonderflügel der Klinik, mit Labors und Computern, Lagerräumen und Räumen für das Personal, alles gestiftet von dem Komiker. »In gewisser Beziehung hat er mehr Recht, so etwas zu versprechen, als Billys Arzt.«

»Oder Billys Schwester«, bestätigte sie. Der Arzt begleitete sie. »Neue Fälle?«

»Zwei.«

»Ist –«

»Nein«, sagte er schnell, »keine Todesfälle.« Und wie um das Thema zu wechseln: »Man muß Ihnen gratulieren, höre ich.«

»Was? Oh«, sagte sie. »Oh, der Preis. Ja, man hat mich heute nachmittag angerufen. Danke. Irgendwie ... bedeutet das nicht mehr viel.«

Sie standen vor seiner Tür.

»Ich glaube, ich weiß, wie Ihnen zumute ist«, sagte er. »Sie würden ihn sofort hergeben für –«

»Sogar für eine vernünftige Hoffnung«, sagte sie. »Gute Nacht, Doktor. Sie rufen mich an?«

»Ich rufe an, wenn irgend etwas passiert. Auch etwas Gutes. Vergessen Sie das nicht, ja? Ich möchte nicht, daß Sie vor meiner Stimme erschrecken.«

»Danke, Doktor.«

»Und kein Trideo heute. Sie brauchen Ihren Schlaf.«

»O Gott. Heute ist ja die große Sendung«, sagte sie.

»Lassen Sie die Finger davon. Sie brauchen nicht an die Japetitis erinnert zu werden, keinen Aufruf zur Hilfe.«

»Sie hören sich an wie Doktor Horowitz.«

Sein Lächeln verschwand. Ihre Bemerkung war geschmacklos gewesen. Der Name Horowitz war hier eine Blasphemie. Früher als einer der größten medizinischen Forscher geachtet, hatte er unerklärlicherweise Heri Gonza und der Stiftung den Rücken gekehrt, hatte Forschungsstipendien abgelehnt und den Komiker und seine großartige Philanthropie öffentlich beleidigt. Dadurch war er nicht mehr Direktor des Forschungsinstituts geworden und hatte viel an Ruf verloren. Statt dessen hatte er sich auf die Erforschung der Japetitis gestürzt, mutterseelenallein bemüht, nicht nur die Arbeit der Stiftung nachzuschaffen, sondern sie zu überbieten. Heri Gonza hatte auf typische Weise reagiert und Horowitz durch geschickte Sketche in seinen Sendungen zu einer Unmöglichkeit gemacht, ihn als eine Art Trottel oder armen Kerl definiert, pathetisch, ein wenig zu verachten, untüchtig und immer komisch. Öffentlich bot er Dr. Horowitz gleichzeitig eine halbe Million zu Forschungszwecken, worauf Horowitz überhaupt nicht einging.

»Entschuldigen Sie, Doktor Otis«, sagte sie hastig. »Ich – brauche meinen Schlaf offenbar wirklich dringend.«

»Das vermute ich auch, Doktor Barran«, sagte er gleichmütig und ging in sein Büro.

»Verdammt«, sagte Iris Barran und fuhr heim.

Niemand wußte genau, wie Heri Gonza auf die Idee gekommen war, einen Ausdauerwettbewerb mit einer öffentlichen Spendenaktion zu verbinden. Bis zu vierzig Stunden durchgehend Unterhaltung, dazwischen Bitten um Spenden für dies oder das, unter der Leitung einer Berühmtheit. Man nannte das ›Telethon‹. Zunächst eine Sensation, war diese Art von Sendung bald Routine geworden. Aber nun gab es die Japetitis, und da war alles anders.

Japetitis – eine Störung des Mittelhirns und Zentralnervensystems bei Kindern zwischen drei und sieben Jahren, nur eine Gehirnhälfte befallend, ohne eine bestimmte zu bevorzugen. Die geistigen Auswirkungen waren gering, auf Aphasie und manchmal teilweise Alexie beschränkt. Die motorischen Systeme wurden jedoch viel stärker befallen, ebenso die gesamten Zellregenerationssysteme der betroffenen Seite, die sich mit der Zeit verhärtete und bewegungsunfähig wurde. Das auffälligste Symptom war die oberflächliche Pigmentierung. Die erstarrte Seite wurde weiß wie gebleichte Knochen, die andere immer dunkler, was mit einer Rötung begann, die sich langsam vom Rotbraun zum Schokoladebraun steigerte. Die Trennung verlief genau in der Mittellinie, und die Doppelfärbung schritt in allen Fällen auf dieselbe Weise vor, ungeachtet der Hautfärbung vorher.

Es gab keine Heilung.

Es gab keine Therapie.

Es gab nur die Stiftung – Heri Gonzas Stiftung – und sie konnte nur teure Anlagen errichten und sie mit teurem Personal bestücken – und mit Hoffnung. Die Spitzenpersönlichkeiten in Mikrobiologie, Neurologie, Virusforschung, innerer Medizin und praktisch allen anderen Fächern, die Bezug auf die Krankheit haben konnten, dienten alle der Stiftung. Bis jetzt gab es nur 376 bekannte Fälle, die alle in Stiftungskliniken lagen.

Heri Gonza hatte seit Beginn mit der Krankheit zu tun, nachdem er ein Kinderkrankenhaus besucht und die kleine Linda Tresak aus Arkansas gesehen hatte. Als nach einigen Monaten dort vier weitere Fälle aufgetaucht waren, hatte Heri Gonza mit typischem Lärm und Tempo gehandelt. Achtundvierzig Stunden nach dem Bekanntwerden lagen die fünf in einem eigenen Flügel der Klinik, und man verteilte Mobilisierungspläne an Zentren auf der ganzen Welt, damit neue Kliniken eingerichtet werden konnten. Zur Zeit gab es zweiundvierzig davon. Jedes Kind wurde bei den ersten Erscheinungen sofort in eine der Kliniken eingeliefert und – beobachtet. Keine Behandlung. Keine Heilung. Das Weiß wurde weißer, das Dunkel dunkler, die weiße Seite erstarrte langsam, die dunkle Seite wurde dunkler, blieb aber sonst unbeeinflußt; die Sprachstörung nahm stetig, aber sehr langsam, zu; die Prognose war immer schlecht. Schlecht aus Prinzip: ein Organismus in dieser Art von Verfall mochte lange Zeit am Leben bleiben, würde aber früher oder später erliegen müssen.

In einer friedlichen Welt mit stabiler Wirtschaft, wachsender, aber nicht mehr explosiv vermehrter Bevölkerung, war die Japetitis von großem, von größtem Nachrichtenwert.

Das Telethon zielte nicht, wie seine Vorgänger, auf die Taschen der Öffentlichkeit, sondern es sollte eine Peitsche für die schon informierte Welt sein, die Informierten informieren, baldige Entdekkungen und Diagnosen ermöglichen.

Und deshalb eröffnete Heri Gonza, vor einem riesigen grauen Hintergrund mit einem zwölf Meter hohen Abzeichen in der Mitte, Kopf und Schultern eines weinenden Kindes, halb Silber, halb Mahagoni, sein Telethon.

Iris Barran kam erst heim, nachdem es schon längst angefangen hatte. Sie betrat müde die Wohnung und sank erschöpft auf das Sofa, dachte abwesend an Billy, an Dr. Otis. Ihr Affront gegen ihn fiel ihr ein, und sie ärgerte sich, einmal deshalb, weil sie ihn begangen, und zum anderen, weil er so empfindlich reagiert hatte, so unversöhnlich. Sie erinnerte sich an seine Mahnung, gleich ins Bett zu gehen, schlug plötzlich mit der Hand auf die Sofalehne und schaltete das Trideo-Gerät ein.

Die gegenüberliegende Wand des Zimmers, vier Meter hoch, zehn Meter lang, schien in Rauch zu zerlaufen, dann hatte es den Anschein, als setze sich der Raum plötzlich auf der anderen Seite fort, immer weiter, bis zu Heri Gonzas grauem Hintergrund. Überall waren die Geräusche, Gerüche, der Druck der Anwesenheit von Tausenden massierter, hingerissener Menschen. »... und ich schaute hinunter. Das Pferd hatte doch seinen albernen Fuß in meinen albernen Steigbügel gesteckt. ›Liebes Pferd‹, sagte ich, ›wenn du aufsteigst, steig' ich ab!‹«

Das Lachen war eine gewaltige, sanft dröhnende Explosion, wie gewohnt in keinem Verhältnis zur Qualität des Witzes. Heri Gonza besaß die seltenste aller komischen Gaben, die Fähigkeit, seine Wirkungen zu kumulieren, so daß selbst die kleinste noch viel komischer zu sein schien, als sie in Wirklichkeit war.

Sein Gesicht während der großen Lacher zu beobachten, war zu einem nationalen Brauch geworden. Obwohl die Ansteckung des Lachens in seiner Stimme, in der Wortwahl bemerkbar wurde, spielte er alles mit todernster Miene. Ein kleiner, drahtiger Mann mit schnellen, nervösen Bewegungen, hatte er ein Gesicht wie Millionen, ein Jedermannsgesicht. Nur drei Dinge fielen auf: schmale Lippen, verschleierte Augen, undurchdringlich wie Onyx, und erstaunliche Henkelohren. Mit seiner Stimme vermochte er vier Oktaven zu umspannen. Er war ein perfekter Bauchredner, benützte aber nie eine Puppe, sondern unterbrach sich vielmehr mit fremden Stimmen. Was sein Publikum aber vor allem beschäftigte, war sein gewöhnliches, unauffälliges, beinahe unbewegtes Gesicht. Sein Gesicht lachte nie, wenn auch vielleicht im Dialog seine Stimme. Seine Stimme konnte lächeln, sogar weinen, sein Gesicht nicht. Aber bei einem großen Lacher, wenn er lange dauerte, zuckte sein starres, wartendes Gesicht; die schmalen Lippen füllten sich ein wenig: er wird lächeln, er wird *lächeln*! Manchmal, wenn das Gelächter sehr lange anhielt, dehnte sich sein Mund sogar eine Spur, aber dann ging es gleich weiter, und er blieb doch todernst. Was konnte es für irgend jemand bedeuten, ob ein Mensch auf der Welt lächelte oder nicht? Oberflächlich gesehen, nichts, und doch beugten sich Millionen Menschen vor ihren Trideo-Wänden vor und warteten gebannt darauf, ob er lächelte.

Aus diesem Grund hörte jeder, der ihn hörte, jedes Wort.

Iris war dankbar dafür, daß sie abgelenkt wurde von ihren Sorgen, von sich selbst. Sie saß auf dem Sofa und lächelte, wartete und kicherte, wartete und lachte mit der ganzen Welt.

Er baute auf und baute auf, und die Trideo-Kameras schlichen sich an, bis er, bevor sie sich umsah, so nah an der unsichtbaren Wand stand, wie es der Glaube zuließ; und er kam noch näher, schien bei ihr im Zimmer zu sein; und das war eine Kumulation, stärker als die meisten, schneller und geschickter aufgebaut, so daß die letzte Explosion sich nicht mehr lange zurückhalten konnte, keinen Herzschlag mehr, keine Sekunde . . .

Und er hörte mitten im Satz, mitten im Wort auf, fiel auf ein Knie und streckte die Arme zur rechten Seite aus.

»Komm, Schatz«, sagte er leise, fast in Tränen.

Von rechts kam ein kleines Mädchen herangehüpft. Sie war ein wunderschönes kleines Mädchen, ein Bilderbuchkind, mit altmodischen Locken, schwarzen Schuhen, weißen Socken, hellblauem Kleid mit ganz weitem, ganz kurzem Rock.

Aber sie hüpfte nicht, sie hinkte. Sie fiel beinahe hin, und Heri war da, um sie aufzufangen.

Er hielt sie in den Armen, während sie vertrauensvoll zu ihm aufsah, ging zur Mitte der Bühne, drehte sich zum Publikum. Sein Blick war auf ihr Gesicht gerichtet; als er ihn plötzlich ins Publikum richtete, waren die Augen unnatürlich glänzend.

Und er stand da, das war alles, was er tat, geraume Zeit, stand da mit dem Kind in den Armen, während das angestaute Gelächter sich in enttäuschten Ärger verwandelte, zuerst auf den Komiker gerichtet, dann langsam, unter Seufzen, vom Publikum auf das Publikum selbst. Ah, so etwas zu sehen und voll Lachen zu sein: wie schrecklich bin ich!

Es tut mir leid. Es tut mir leid.

Ein kleiner Arm war weiß, einer gerötet. Zwischen den zu winzigen Socken und dem zu kurzen Rock war ein langes, dünnes Bein weiß, das andere gerötet.

»Das ist die kleine Koska«, sagte er nach einer Ewigkeit. Das Kind lächelte plötzlich, als es seinen Namen hörte. Er strich der Kleinen über die Haare und sagte leise: »Sie ist eine kleine Estin, aus dem hohen Norden. Sie spricht nicht viel Englisch, also macht es ihr nichts aus, wenn wir über sie sprechen.« Seine Stimme wurde dunkler. »Sie ist erst gestern zu uns gekommen. Ihre Mutter ist eine gute Frau. Sie hat sie uns sofort geschickt, als sie es bemerkte.« Wieder Stille, dann drehte er das Kind so, daß sie beide ins Publikum blickten, und nun wurde es nur allzu deutlich – die auffallende Blässe ihrer rechten Gesichtshälfte, das zu gleichmäßige Rot der linken, und die scharfe Trennungslinie.

»Wir helfen dir«, flüsterte er, sagte es noch einmal in einer fremden Sprache, und das Kind lächelte ihn vertrauensvoll an.

»Helft mir«, sagte Heri Gonza. »Helft ihr und den anderen, helft uns. Findet diese Kinder, wo sie in der ganzen Welt auch sein mögen, und ruft uns an. Greift nach irgendeinem Telefon und sagt einfach: J . . .S. Also ›JS‹, für ›Japetitis-Stiftung‹. Wir behandeln sie wie kleine Fürsten. Über Trideo stehen sie mit ihren Angehörigen ständig in Verbindung.« Seine Stimme hallte plötzlich. »Ihr Anruf kann uns zu dem Kind führen, das uns bringt, was wir wissen müssen. Ihr Anruf – *Ihr Anruf!* – kann uns helfen, ein Gegenmittel zu finden.« Er kniete nieder und stellte das Kind vorsichtig auf die Beine. »Und wer ihr auch seid, wo ihr auch seid, ihr Ärzte, Wissenschaftler, Studenten, Lehrer ... wenn irgend jemand, irgendwo, eine Vermutung, eine Vorstellung, eine Methode hat, zu helfen – dann rufen Sie mich an. Sofort, hier –« Er deutete nach oben, und über seinem Kopf schwebte eine Rufnummer – »und sagen Sie es mir. Ich melde mich sofort, ich spreche persönlich mit jedem, der helfen kann. Helft, o helft.«

Das letzte Wort hallte und hallte durch die Luft. Die tiefe Bühne hinter ihm wurde langsam dunkel, und nur die beiden Gestalten, der kniende Mann und das kleine goldhaarige Mädchen, waren von Licht umflutet. Er ließ ihre Hände los, sie drehte sich mit schüchternem Lächeln um und ging über die riesige Bühne. Es schien ewig zu dauern, und beim Gehen zog sie ein bißchen den linken Fuß nach.

Als sie fort war, blieb nichts zu betrachten als Heri Gonza. Er hatte sich nicht bewegt, aber die Beleuchtung hatte eine schimmernde Silhouette aus ihm gemacht, vor dem endlosen Schwarz hinter ihm ... ein kniender Mann, ein Licht im unendlichen Dunkel ... Hoffnung ... langsam verblassend, aber noch da, noch vorhanden ... nein? Oh, da ...

Irgendwo ein Singen, der blasseste aller blaßblauen Flecke in der Mitte. Das Singen lauter, eine mächtige Stimme aus der Vergangenheit, eine uralte, fast vergessene Bandaufnahme von einer der bewegendsten Wiedergaben, die die Welt je erlebt hat, vor allem für einen Augenblick wie diesen: Mahalia Jackson mit dem ›Vater unser‹ ...

Heri Gonza hatte nicht gesagt ›Laßt uns beten‹. So etwas würde er nie tun, nicht in einer weltweit ausgestrahlten Sendung. Da war nur der kniende Schatten, und der blaue Schimmer weit dahinter in der Schwärze. Niemand, der das sah, konnte sich dem Bann ganz entziehen, konnte das jemals vergessen. Iris Barran schon gar nicht, erschöpft, Herz und Hirn bis zum Zerreißen angespannt; Iris Barran war von dem Schauspiel zermürbt. Sie dachte nur an das letzte Wort: Helft!

Sie sprang zum Telefon, wählte mit zitternden Fingern die Nummer, die sie noch immer vor sich sah, und als sich eine junge Dame zeigte, stieß sie hervor: »Heri Gonza – schnell!«

»Augenblick, bitte.« Sekunden danach tauchte ein anderes, noch schöneres Mädchen auf. »JS-Telethon.«

»Heri Gonza.«

»Ja, gewiß. Ihr Name?«

»I-Iris Barran. Doktor Iris Barran.«

Das Mädchen hob abrupt den Kopf.

»Nicht die –«

»Ja, ich habe den Nobelpreis bekommen. Bitte – geben Sie mir Heri Gonza.«

»Augenblick, bitte.«

Dann kam ein junger Mann mit gewellten Haaren, klingendem Bariton und interessierter Mine – Burcke, von der Sendestation. Er gab sie weiter an einen jovialen, dicken Mann mit klugen Augen. Iris hätte schreien mögen. Ein weltweiter Appell dieser Art mußte aber zu zahllosen Anrufen geführt haben, das war ihr klar. Sie begriff dunkel, daß ihr Name und Gesicht, erst heute in den Schlagzeilen, sie schon bis obenhin geführt hatten. Sie dachte an das Gespräch mit Dr. Otis . . . und plötzlich starrte sie in das Gesicht von Heri Gonza. Instinktiv blickte sie auf die Bildwand. Auch dort war Heri Gonza, vor einer Solidofon-Säule mitten auf der Bühne, die mit dem Rücken zum Publikum aufgestellt war, so daß nur der Komiker in die Vertiefung blicken konnte.

»Dieses Gesicht erkenne ich überall!« sagte er scharf.

»Oh«, sagte sie schwach, »Mr. – äh –«, und dann fiel ihr ein, daß es zu seinen Eigenheiten gehörte, sich niemals Mister nennen zu lassen. Sie sagte: »Heri Gonza, ich – ich bin Iris Barran, und ich –« Sie begriff, daß ihre Stimme im Trideo nicht zu hören war. Dafür empfand sie Dankbarkeit.

»Ich weiß, wer Sie sind. Ich kenne auch Ihre Lebensgeschichte.« Er fragte mit plötzlich quakender Stimme: »Na u-u-und?«

»Sie wissen, daß ich eben den Nobelpreis bekommen habe. M – äh, Heri Gonza, ich möchte helfen, mehr als alles andere in der

Welt möchte ich helfen. S-soll ich den Geldpreis Ihnen geben ... ich meine, der Stiftung?«

Sie wußte nicht, was sie auf dieses unglaubliche Angebot hin erwartet hatte. So weit hatte sie nicht vorausgedacht. Was sie nicht erwartet hatte, war ...

»Was?« schrie er so laut, daß sie den Kopf einzog. »Hören Sie, ich bin bis jetzt ohne Sie ausgekommen und komme weiter ohne Sie aus. Sie bekommen von mir, verstehen Sie, und ich gebe. Was Sie haben, will ich nicht. Ich bin nicht hier, um Ihnen was Gutes zu tun. Wissen Sie, was Sie sind, Sie sind falsch verbunden, adieu.« Und bevor sie noch einen Ton herausbrachte, winkte er mit der Hand, und die Verbindung war abgeschaltet.

Betäubt vom Schock, wandte sie sich langsam der Trideo-Wand zu, wo Heri Gonza über die Bühne zum Publikum schritt. Er zeigte mit dem Daumen auf das Telefon und sagte: »Witzbolde rufen da an, können Sie sich das vorstellen? In einem solchen Augenblick. Es gibt Witzbolde, Witzlosbolde, und –« genau die richtige Pause; irgendwo im Publikum lachte jemand auf, und dann erscholl es im Chor – »Horowitzbolde.«

Iris sank in den Telefonstuhl und bedeckte das Gesicht mit den Händen. Geraume Zeit konnte sie nicht einmal denken. Schließlich stand sie schwerfällig auf und ging zum Sofa. Ihre Hand erstarrte, bevor sie die Trideo-Wand abschalten konnte. Heri Gonza war wieder am Bühnentelefon.

»Oh, Gottes Segen für Sie, Bruder, und vielen Dank. Passen Sie auf. Sie rufen die JS in Johannesburg an und vereinbaren eine Besprechung mit den dortigen Ärzten. Sie hören sich Ihre Vorschläge an ... Nein, Bruder, R-Gespräch, klar. Was ist los, sind Sie pleite? Ich hab' eine Nachricht für Sie, Freund, denn Sie sind ein feiner Kerl, jawohl: Sie sind nicht mehr pleite. Ein Mann wie Sie? Ich habe schon einen Jungen losgeschickt, mit einem Beutel Gold für Leute wie Sie, Bruder ... na, na, keinen Dank, bitte, das mag ich nicht. Adieu.« Er schaltete mit einer Geste ab und wandte sich dem Publikum zu: »Ein Mann mit einer Idee – klein, groß, wer weiß? Aber er will helfen – also Gottes Segen.«

Donnernder Applaus. Iris schaltete ab.

Sie ging ins Bad und wusch sich das Gesicht. Das gab ihr Kraft genug, sich zu duschen und umzuziehen. Danach konnte sie beinahe wieder normal denken.

Wie hatte er das tun können?

Sie drehte und wendete unmögliche Alternativen und Erklärungen. Sein Telefon war eine Attrappe; er konnte sie nicht sehen, wußte nicht, wer in der Leitung war. Oder er wollte komisch sein, und sie war zu müde, um das zu verstehen. Oder . . . oder . . . es hatte keinen Zweck; es war wirklich geschehen, er hatte gewußt, was er tat, er hatte einen Grund.

Aber welchen Grund? Warum? Warum?

Und er hatte sie nicht helfen lassen wollen. Das war schlimmer als die Grobheit, die Beleidigung. Er wollte sie nicht helfen lassen.

Was tun? Sie mußte helfen; sie würde helfen. Vor allem jetzt, mit diesem nutzlosen Geld, das ihr zustand; sie brauchte es nicht, und es mochte etwas ausrichten und dafür sorgen, daß Billy wieder heimkam.

Nun gut, dann Heri Gonza bloßstellen. Ihn auch demütigen. Eine Pressekonferenz geben. Mitteilen, was sie angeboten hatte, von wem das Angebot gekommen war. Er würde das Geld nehmen und sich dazu noch entschuldigen müssen.

Sie stand auf; sie setzte sich wieder. Nein. Er hatte gewußt, was er tat. Er hatte gewußt, wer sie war. Sie wußte ziemlich viel über Heri Gonza. Er wirkte wild und impulsiv und war es nicht. Er leitete seine vielen Unternehmungen mit eiserner Faust; er verwaltete sein Vermögen selbst, kümmerte sich selbst um die Engagements. Er machte keine Fehler. Er hatte sie zurückgewiesen, und die Stiftung würde es ebenfalls tun: die Stiftung *war* Heri Gonza. Er hatte seine Gründe, und wenn sie sich gegen ihn hätte wehren können, hätte er es nicht getan.

Sie durfte nicht helfen.

Außer –

Sie lief zum Telefon, wählte 5, das Register erschien. Sie wählte H–O–R und drückte auf den Knopf ›Langsam‹, bis sie bei den ›Horowitz‹ war. Es gab nur wenige. Die meisten Leute mit diesem Namen hatten Geheimnummern; viele waren sogar so weit gegangen, sich andere Namen zuzulegen.

George Horowitz, erinnerte sie sich.

Er war nicht aufgeführt.

Sie wählte die Auskunft und fragte. Das Mädchen lächelte mitleidig und sagte, die Nummer sei geheim.

»Ihr Name, bitte?«

Iris nannte ihn und fügte hinzu: »Sagen Sie ihm bitte, daß es sehr wichtig ist.«

Der Schirm wurde dunkel, dann tauchte ein Männerkopf auf. Er sah sie an und sagte: »Doktor Barran?«

»Doktor Horowitz.«

Sein Gesicht wirkte zu sanft, um die groben Antworten gegeben zu haben, die man ihm zuschrieb. Seine Augen versicherten ihr auf eine unerklärliche Weise, daß er nicht der Narr sein konnte, für den ihn viele hielten. Er trug eine altmodische Außenbrille; seine Haare waren schütter; er war jünger, als sie angenommen, und er war häßlich. Felsschroffen sind häßlich, Baumstämme, der Sturz des Habichts, die Tatze des Bären, wenn Schönheit nur in geraden Linien und Seide gesehen wird. Iris Barran fand diese Art von Häßlichkeit nicht abstoßend.

»Kommen Sie bei der Krankheit voran?« fragte sie rundheraus.

Er sagte auf seltsame Weise, so, als kenne er sie schon lange und könne beurteilen, wieviel sie begreifen konnte: »Ich habe alles von oben bis zur Mitte und von unten etwa ein Drittel. Dazwischen – nichts, und keine Möglichkeit, etwas zu bekommen.«

»Können Sie noch weiterkommen?«

»Das weiß ich nicht«, sagte er offen. »Ich kann versuchen, Wege dafür zu finden, und wenn ich einen finde, kann ich auf ihm weitergehen.«

»Wäre Geld nützlich?«

»Kommt darauf an, von wem es ist.«

»Von mir.«

Er sagte nichts, legte den Kopf auf die Seite und sah sie an.

»Ich habe den – ich bekomme Geld«, sagte sie. »Sehr viel Geld.«

»Das habe ich gehört«, sagte er und lächelte. Er schien sehr kräftige Zähne zu haben, nicht weiß, nicht gleichmäßig, einfach makellos und perfekt. »Liegt ziemlich weit ab von meinem Gebiet, Ihre theoretische Physik, und ich verstehe nichts davon. Ich freue mich, daß Sie ihn bekommen haben. Wirklich. Sie haben ihn verdient.«

Sie schüttelte den Kopf und sagte: »Ich war überrascht.«

»Warum denn? Nach neunzig Jahren erschreckender Verwirrung haben Sie der Wissenschaft den Begriff der Parität wiedergegeben, wenn auch kaum so, wie man es erwartet hat«, meinte er mit einem leisen Lachen.

Sie hatte nicht gewußt, daß das ihre Leistung war; so hatte sie das nie gesehen. Ihr Beweis für den Schwerkraftfluß war eine subtile Sache, nur mit Symbolen mitzuteilen. Selbst sie hatte keine Entsprechung in Worten dafür gefunden; aber dieser Mann da schon.

Wenn das nicht sein Gebiet ist und er erkennt das Wesentliche so klar, dachte sie, wie gut muß er auf seinem eigenen Gebiet sein?

»Können Sie das Geld brauchen?« fragte sie. »Nützt es etwas?«

»Mein Gott«, sagte er, »und ob ich es gebrauchen kann . . . Ob es etwas nützt, Doktor, das kann ich nicht beantworten. Ich könnte weitermachen damit. Es muß mich nicht ans Ziel bringen. Warum haben Sie an mich gedacht?«

Würde es ihn verletzen, wenn er es wußte? fragte sie sich und gab sich selbst die Antwort: es würde ihn verletzen, wenn ich nicht ehrlich wäre.

»Ich habe es – der Stiftung angeboten«, sagte sie. »Man wollte nichts davon wissen. Ich weiß nicht, warum.«

»Aber ich«, sagte er und hob sofort die Hand. »Nicht jetzt«, sagte er, ihre Frage abwehrend. Er hob eine Karte hoch: ›Sprechleitung angezapft‹.

»Wer –«

»Die Welt ist voll von schlauen Amateuren«, sagte er. »Sagen Sie, warum wollen Sie ein solches Opfer bringen?«

»Ach – das Geld. Es ist kein Opfer. Ich habe genug, ich brauche es nicht. Und – mein kleiner Bruder. Er leidet daran.«

»Das wußte ich nicht«, sagte er voll Mitgefühl. Er machte eine Geste, die sie nicht verstand.

»Was?«

Er schüttelte den Kopf, berührte die Lippen und wiederholte die Geste, winkte, deutete auf sich, auf sein Zimmer. Ah. Kommen Sie zu mir.

Sie nickte, sagte aber nur: »Es war mir ein großes Vergnügen, mit Ihnen sprechen zu können. Vielleicht sehen wir uns bald.«

Er drehte die Karte um; offensichtlich hatte er sie schon oft verwendet. Es war ein Lageplan des Stadtviertels. Sie kannte sich sofort aus, folgte seinem Finger und nickte eifrig.

»Hoffentlich wirklich bald«, sagte er.

Sie nickte wieder und stand auf, um zu zeigen, daß sie schon unterwegs war. Er lächelte, und der Schirm wurde dunkel.

Die Straßen waren wie ausgestorben; fast alle verfolgten das Telethon. Man wußte, daß er mindestens sechsunddreißig Stunden senden wollte.

Sie fand das Sportartikelgeschäft, das er ihr auf seiner Karte gezeigt hatte, sofort und trat in den dunklen Eingang. Sie schaute sich um, sah niemand und versuchte die Tür zu öffnen. Sie war abgesperrt und wunderte sich über die Heftigkeit ihrer Enttäuschung. Plötzlich hörte sie ein leises Klicken, sie drehte den Knopf, und die Tür ging auf. Sie schlüpfte hinein und schloß sie hinter sich, hörte befriedigt, wie sie wieder abgesperrt wurde.

Sie stieg zwei Treppen hinauf, wieder öffnete sich eine Tür, und da stand Horowitz, mit ausgestreckten Händen. Sie ergriff sie gern, und einen wortlosen Augenblick lang standen sie so da, lautlos lachend, bis er eine ihrer Hände losließ und sie hereinzog. Er schloß die Tür, drehte sich um und lehnte sich daran.

»Na!« sagte er. »Tut mir leid, diese Geheimnistuerei.«

»Es war sehr aufregend.« Sie lächelte. »Wie in einem Kriminalroman.«

»Kommen Sie, setzen Sie sich«, sagte er und ging voraus. »Sie müssen die Unordnung hier entschuldigen. Ich muß mir alles selbst machen.« Er nahm ein Gestell mit Reagenzgläsern und einen alten Bunsenbrenner von einem Sessel und bot ihn ihr an. Er mußte zweimal durch das ganze Zimmer gehen, bevor er einen Platz für die Gegenstände fand. »Preis des Ruhms«, sagte er spöttisch und setzte sich auf einen hohen Stapel Zeitschriften. »Wo dieser Clown einen Witz aus Horowitz macht, treiben andere Leute ein modisches Spiel. Jagt Horowitz. Spürt ihn auf. Wenn es ihnen gelänge, würden sie einbrechen und mein Labor demolieren. Sie wissen ja.«

Sie schauderte.

»Die Menschen . . . sind so . . .«

»Sagen Sie es nicht, was es auch war«, meinte Horowitz. »Wir leben in einer ruhigen Zeit, Doktor, und haben uns von unseren

Jagd- und Spürtrieben noch nicht weit fortentwickelt. Wahrscheinlich sind Sie noch nicht auf die Idee gekommen, daß Ihre Art Mathematik und meine Art Biologie auch Jagd und Spurensuche sind. Ein großes Talent ist nur das Mittel dazu, allein zu jagen. Ein bißchen Begabung bedeutet, daß man ab und zu alleine jagt.«

»Aber . . . warum müssen sie Sie jagen?«

»Warum jagen Sie Schwerkraftphänomene?«

»Um sie zu verstehen.«

»Um ihnen als Geheimnis ein Ende zu machen. Sie auf Ihre Größe zurechtzustutzen. Sie zu unterwerfen. Sie sind mit einem besonders verfeinerten Verstand ausgestattet, also nennen Sie Ihre Eroberung Erkenntnis. Der Nächstbeste ist mit einem Eisenrohr ausgestattet und erreicht damit seinen Sieg.«

»Sie sind erstaunlich«, sagte sie. »Sie lieben Ihre Feinde wie –«

»Liebe deine Feinde wie dich selbst. Das kann man nicht teilen. Wie sehr ich die Menschen liebe, ist eine Funktion davon, wie sehr ich Horowitz liebe, und danach haben Sie mich nicht gefragt. Ich habe mich selbst nicht danach gefragt und werde es auch nicht tun. Mein Gott, ist das gut, wieder mit jemand reden zu können. Wollen Sie etwas trinken?«

»Nein«, sagte sie. »Wie sehr lieben Sie Heri Gonza?«

Er stand auf, hieb mit der Faust in die andere Hand und setzte sich wieder. Seine ganze Sanftheit war weggeblasen.

»Das ist die Ausnahme. Man kann alles verstehen, was die Menschheit macht, wenn man es versucht, aber nicht die Unmenschlichkeit eines Heri Gonza. Der Unterschied ist, er weiß, was böse ist und was nicht, und schert sich nicht darum. Ich meine nicht ein angelerntes Moralwissen, am Knie der Mutter erfahren, von der Art, wie es den Eisenrohrschwinger zwischen den Hieben überfällt, vor allem hinterher. Ich meine ein klares, analytisches, deduzierendes, hochintelligentes Wissen von jeder Handlung und jeder Konsequenz. Unterschätzen Sie diesen Teufel nicht.«

»Er . . . scheint . . . Ich meine, er liebt Kinder«, sagte sie einfältig.

»Ach, kommen Sie. Er gibt keinen Cent für seine kostbare Stiftung aus, den er nicht als Steuer an den Staat abführen müßte. Ist Ihnen das nicht klar? Er tut nichts, was er nicht tun muß, und er liebt diese Kinder nicht. Er gebraucht sie. Er benützt die scheußlichste Krankheit, die der Mensch seit langer Zeit kennengelernt hat, dazu, sich im Mittelpunkt zu halten.«

»Aber wenn die Stiftung ein Heilmittel findet, wird er –«

»Jetzt haben Sie den Finger auf die Stelle gelegt, die niemand in der Welt außer mir zu begreifen scheint – weshalb ich nicht mit der Stiftung zusammenarbeite. Aus zwei guten Gründen. Erstens bin ich ihr weit voraus. Ich brauche die Stiftung und alle diese modernen Einrichtungen nicht. Ich bin der Natur der Japetitis näher als irgendeiner von denen. Zweitens, mit meiner ganzen Liebe, meinem ganzen Verständnis für die Menschen, möchte ich nicht herausfinden, was ich fürchte, herauszufinden, wenn ich dort arbeiten würde, und man fände ein Gegenmittel.«

»Sie meinen, er – er würde es zurückhalten.«

»Vielleicht nicht für immer. Vielleicht würde er darauf sitzen, bis er es leergemolken hat. Jahre. Manche würden inzwischen sterben. Manche sind schon nahe dran.«

Sie dachte an Billy und biß sich in die Hand.

»Ich habe nicht gesagt, daß er das tun würde«, sagte Horowitz leiser. »Ich sagte, ich möchte nicht in der Lage sein, das herausfinden zu müssen. Ich möchte nicht wissen, daß ein Mitmensch dazu fähig wäre. Jetzt wissen Sie, warum ich alleine arbeite, was das auch kosten mag. Wenn ich die Japetitis heilen kann, werde ich es sagen. Ich werde es tun, werde es beweisen. Deshalb stört mich seine billige Verfolgung nicht. Wenn ich Erfolg habe, kann er dann keinen Profit daraus ziehen.«

»Wen wollen Sie heilen?«

»Was?«

»Er hat sie alle. Er ist jetzt im Trideo, mit einem Telethon, der größten Schau der letzten zehn Jahre, und hämmert auf den Leuten herum, daß sie ihm jeden Fall sofort schicken sollen.«

»Der Logiker«, flüsterte er. »O mein Gott, daran habe ich gar nicht gedacht.« Er ging durch das Zimmer und setzte sich wieder. Sein Gesicht war bleich. »Aber das wissen wir nicht. Bestimmt würde er mir einen Patienten geben. Einen einzigen.«

»Das könnte Sie das Heilmittel kosten. Sie würden es hergeben müssen, Sie könnten nicht anders, sonst wären Sie derjenige, der es zurückhält.«

»Ich will jetzt nicht darüber nachdenken«, sagte er heiser. »Ich kann es nicht. Ich finde das Mittel. Das zuerst.«

»Vielleicht mein Bruder Billy –«

»Denken Sie nicht darüber nach!« rief er. »Er hat schon etwas gegen Sie. Stehen Sie ihm nicht noch mehr im Weg. Er wird Ihren Billy nicht hinauslassen, das wissen Sie. Wenn Sie etwas unternehmen, macht er Sie fertig.«

»Was hat er gegen mich?«

»Das wissen Sie nicht? Sie sind eine Nobelpreisträgerin – was für ein Nachrichtenwert! Sie sind eine Frau und sehen gut aus. Sie stehen im Blick der Öffentlichkeit, oder jedenfalls bis morgen mittag, sobald die Reporter auftauchen. Glauben Sie auch nur eine Sekunde, er würde Sie oder sonst jemand an seiner Publizität teilhaben lassen? Hören Sie, die Japetitis ist sein alleiniges Eigentum, sein Monopol, und er teilt nicht. Was haben Sie erwartet, daß er das Geschenk in seinem miesen Telethon mitteilt?«

»Ich – ich – h-habe ihn dort angerufen.«

»Nein!«

»Er tat so, als käme der Anruf von Ihnen. Aber – aber gleichzeitig sagte er mir ... o ja, er sagte: ›Was Sie haben, will ich nicht. Ich bin nicht hier, um Ihnen Gutes zu tun.‹«

Horowitz breitete die Hände aus.

»Quod erat demonstrandum.«

»Oh«, sagte sie, »wie schrecklich.«

In diesem Augenblick sprengte jemand mit einem Fußtritt die Tür auf.

Horowitz sprang mit blutrotem Gesicht auf. Ein massiver Mann im offenen, flatternden Mantel zwängte sich herein. Er hatte ein langes Pferdegesicht mit blauen Bartschatten. Seine Augen wirkten unendlich traurig.

»Nur Ruhe«, sagte er. »Ruhe, dann passiert nichts.« Er zog einen Handschuh mit dünnen Kabeln aus und steckte ihn ein.

»Flannel!« fauchte Horowitz. »Wie sind Sie hereingekommen?« Er trat vor, zog den Kopf ein. »Sie verschwinden sofort, sonst –«

»Nein!« schrie Iris und packte Horowitz' Unterarm. Der andere Mann war viel größer und kräftiger.

»Keine Sorge, Lady«, sagte der Mann namens Flannel schläfrig.

Er hob die rechte Hand, und eine konische Nadelpistole glitzerte. »Er ist schon brav – nicht wahr, mein Junge? Sonst kommst du ein paar Wochen ins Bettchen.«

Er zwängte sich vorbei und öffnete die drei Türen des Labors – zu Badezimmer, Schlafzimmer, Kammer.

»Wer ist er? Kennen Sie ihn?« flüsterte Iris.

»Ich kenne ihn«, knurrte Horowitz. »Heri Gonzas Leibwächter.«

»Nur die beiden«, sagte Flannel.

»Gut«, sagte eine neue Stimme, und ein zweiter Mann kam herein, zog einen Schlapphut und öffnete den langen, weiten Mantel. »Hallo, Kinder«, sagte Heri Gonza.

Es blieb lange Zeit still, dann sank Horowitz auf den Zeitschriftenstapel, stützte das Kinn auf die Hände und sagte angewidert: »Ach, Herrgott noch mal.«

»Doktor Horowitz«, sagte Heri Gonza mit einem freundlichen Nicken, und: »Doktor Barran.«

»Ich d-dachte, Sie machen eine S-sendung«, sagte Iris lahm.

»Gewiß, gewiß. Alles ist möglich, wenn man es nur versteht. Im Augenblick macht Chitsie Bombom eine Solonummer, und sie ist für zwei Zugaben gut. Dann kündigt eine Solidoaufnahme von mir die Kneipenspieler an. Ein langer Einakter und eine Pantomime. Ich habe sogar ein Ballett, falls das hier länger dauert.«

»Unecht bis ins Mark, selbst bei der Arbeit«, sagte Horowitz. »Schnell und ruhig und dann raus hier.«

»Bitte«, sagte der Komiker leise, »ich bin nicht hergekommen, um mit Ihnen zu streiten. Damit möchte ich Schluß machen. Hier und jetzt und endgültig.«

»Wir haben etwas, das er möchte«, sagte Horowitz zu Iris.

Heri Gonza schloß die Augen und sagte: »Sie machen mir das schwerer, als es sein muß. Was kann ich tun, um zu einem friedlichen Gespräch zu kommen?«

»Zum einen schnauft Ihr Gorillafreund, und das stört mich«, sagte Horowitz. »Er soll aufhören.«

»Flannel«, sagte Heri Gonza, »raus.«

Der massive Mann funkelte sie an, ging zur Tür, öffnete sie und blieb auf der Schwelle stehen.

»Ganz«, sagte der Komiker. Flannels breiter Rücken war ein einziger Protest, aber er ging hinaus und schloß die Tür.

Heri Gonza sank plötzlich auf ein Knie vor Iris und griff nach ihren Händen.

»Als erstes möchte ich mich dafür entschuldigen, wie ich Sie am Telefon behandelt habe, Doktor Barran. Ich mußte es tun – ich hatte keine Wahl, wie Sie gleich begreifen werden. Ich habe versucht, zurückzurufen, aber Sie waren schon fort.«

»Sie sind mir hierher gefolgt! Oh, Doktor Horowitz, das tut mir leid!«

»Ich brauchte Ihnen nicht zu folgen. Ich wußte schon vor zwei Tagen über das hier Bescheid, Horowitz. Aber ich bedaure, daß ich mit Gewalt eindringen mußte.«

»Ich erliege der Neugier«, sagte Horowitz. »Warum hat meine Alarmanlage nicht funktioniert? Ich habe Flannels Händeabdruck-Eliminator gesehen, aber der Alarm hätte ansprechen müssen.«

»Die Schlösser waren schon da, als Sie sich einmieteten, nicht? Nun, wer, glauben Sie, hat sie anbringen lassen? Ich zeige Ihnen, wo der Schalter ist, bevor ich gehe. Aber geben Sie mir eines zu: Wäre ich sonst hereingekommen, um mit Ihnen zu reden?«

»Gebe ich zu«, sagte Horowitz mürrisch.

»Also, Doktor Barran. Ich entschuldige mich bei Ihnen, und eine Erklärung bekommen Sie auch. Glauben Sie mir, es tut mir wirklich leid. Ich möchte zweitens akzeptieren, mit dem allerherzlichsten Dank, das Geld, das Sie mir angeboten haben. Ich möchte es, ich brauche es, und es wird mehr nützen, als Sie sich vorstellen können.«

»Nein«, sagte Iris sofort. »Ich habe es Doktor Horowitz versprochen.«

Heri Gonza seufzte, stand auf und lehnte sich an den Labortisch. Er sah traurig auf die beiden hinunter.

»Nur zu«, sagte Horowitz. »Sagen Sie uns, warum Sie Geld brauchen.«

»Das einzige, was ich von Ihnen beiden nicht erwartet habe, ist Dummheit«, sagte Heri Gonza scharf. »Glauben Sie wirklich, daß ich, wenn ich einen Zwei-Millionen-Dollar-Vertrag unterschreibe, zwei Millionen auf die Bank bekomme? Seien Sie nicht kindisch. Mein Laden ist einfach zu groß, als daß man etwas verstecken könnte. Überall hacken Steuergeier aus Stadt, Bundesstaat und Bund herum. Ich bin eine Firma und werde laufend kontrolliert. Ich habe nicht einmal ein Gehalt; ich nehme mir, was ich brauche, und ich muß Rechenschaft darüber ablegen. Wenn ich beenden will, was ich mit der Krankheit angefangen habe, brauche ich viel mehr Geld als das, was ich stückweise herausziehen kann.«

»Dann nehmen Sie es von der Stiftung – dazu ist sie da.«

»Ich möchte das eine damit machen, was ich nicht darf. Nämlich das einzige, was dieses entsetzliche Problem lösen kann – lösen muß!«

»Das einzige, was es da gibt, ist ein Flug zum Japetus.«

Darauf sagte Heri Gonza gar nichts – überhaupt nichts. Er wartete nur.

»Er meint es ernst«, sagte Iris Barran. »Ich glaube, er meint es wirklich ernst.«

»Sie sind ein großer Manager«, sage Horowitz schließlich, »und Sie können viele Wege abkürzen, aber das geht nicht. Eines wird die Regierung – werden alle Staaten mit ihren Streitkräften – auf jeden Fall verhindern, nämlich eine neuerliche Landung und Rückkehr von einem außerirdischen Himmelskörper – vor allem Japetus. Sie haben fast vierhundert sterbende Kinder an den Händen, und die ganze Welt hat Angst.«

»Lassen wir das einen Augenblick beiseite«, sagte der Komiker ernsthaft. »Nehmen wir einmal an, es ginge. Horowitz, soviel ich weiß, haben Sie alles über den Japetitis-Virus, was Sie brauchen, bis auf ein kleines Zwischenglied. Ist das richtig?«

»Das ist richtig. Ich kann aus Nukleinsäure einen Ersatzvirus synthetisch herstellen und die Krankheit hervorrufen. Aber sie erlischt von selbst. Es besteht ein Unterschied zwischen meinem synthetischen Virus und dem natürlichen, und ich weiß nicht, welcher. Geben Sie mir zehn Stunden auf Japetus und eine halbe Chance, dann habe ich den Originalvirus unter einem Elektronenmikroskop. Dann kann ich ein Duplikat herstellen, einen lebensfähigen Virus, der die Krankheit zu verursachen vermag. Sobald ich den habe, wird das Antigen mit unseren heutigen Techniken zu einem Fabrikprodukt. Wir haben binnen einer Woche Impfstoff fässerweise für die Kinder.«

Heri Gonza breitete die Hände aus.

»Dann ist das also das Problem. Das Gesetz erlaubt den Flug nicht, bis wir das Gegenmittel haben. Das Gegenmittel bekommen wir nicht, bis wir den Flug machen.«

»Ein Nobelpreis bringt viel Geld, aber ein Raumschiff kann man damit nicht kaufen«, meinte Iris.

»Das Schiff habe ich.«

Zum erstenmal richtete Horowitz sich auf.

»Was für ein Schiff? Wo ist es?«

»Ein Fafner. Sie haben es gesehen, oder Bilder davon. Ich benütze es meist zum Globetrotten und für Ausflüge mit Prominenten. Es ist ein raumtüchtiges Fahrzeug, zwölf Mann Besatzung, zwölf Passagierkabinen, läßt sich aber wunderbar steuern, und ich habe den besten Piloten der Welt, Kearsarge.«

»Kearsarge, Gott, ja. Aber hören Sie, raumtüchtig, das gilt für Mars und Venus. Nicht für den Saturn.«

»Sie wissen nicht, was mit dem Schiff gemacht worden ist. Es hat jetzt Schlafplätze für vier Personen. Ich habe ein Labor und eine Werkstatt einbauen lassen, der Rest ist nichts als Antrieb, Abschirmung und Treibstoff. Verdammt, es könnte zum Pluto fliegen!«

»Sie meinen, Sie haben schon daran gearbeitet?«

»Mann, ich mache das seit eineinhalb Jahren. Sie wissen ja nicht, was ich mit meinen Direktoren und den Banken alles getrieben habe. Ich kann keinen Cent mehr herausquetschen, ohne daß alles grell beleuchtet ist. Doktor Barran, begreifen Sie jetzt, weshalb ich Sie so behandeln mußte? Sie waren ein Geschenk des Himmels, mit Ihrem großartigen Angebot, Ihrem persönlichen Engagement. Verstehen Sie etwas von Astrogation?«

»Ich – o je. Die Prinzipien kenne ich gut. Ja, ich könnte es schaffen, mit etwas Unterricht.«

»Den bekommen Sie. Hören Sie zu, ich will das Geld nicht sehen. Sie beide fahren morgen hin und sehen sich das Schiff an, dann statten Sie es mit allem aus, was Sie noch brauchen. Essen, Treibstoff, Wasser und Luft reicht für zwei Flüge, nicht nur für einen.«

»Mein Gott«, sagte Horowitz.

»Ich sorge für die Astrogationskunde, Doktor Barran. Sie werden etwas erfinden müssen, Geheimprojekt oder langer Solourlaub, irgendwas. Sie, Horowitz, können ohne Mühe untertauchen.«

»Gewiß, dank Ihnen.«

»Verdammt, diesmal sind Sie willkommen«, sagte der Komiker und lächelte beinahe. »Sie werden noch ein Besatzungsmitglied brauchen. Dafür sorge ich vor dem Start.«

»Und das Schiff? Was werden Sie sagen?«

»Probeflug nach Überholung. Defekt im Weltraum, Reparatur, Rückkehr – etwa so. Überlassen Sie das Kearsarge.«

»Ich gebe offen zu, daß ich das nicht kapiere«, sagte Horowitz. »Steuerlich ist da nichts abzuschreiben, und es kostet Sie eine Stange Geld. Was haben Sie davon, Sie Scharlatan?«

»Das können Sie fragen«, meinte der Komiker traurig.

»Sie ernten den Ruhm?«

»Nein, ich kann nicht, ich will ihn nicht. Ich darf mit dieser Sache nicht in Verbindung stehen – sie würde mich ruinieren. Außerirdische Landung, das Leben aller Kinder riskiert – Sie wissen, was man reden würde. Nein, Sir, das ist Ihr Bier, Horowitz. Sie tauchen unter, Sie treten eines Tages mit der Lösung auf. Ich schlucke die bittere Pille, als guter Verlierer. Sie bekommen Ihren Direktorposten wieder, wenn Sie ihn wollen. Happy-End. Alle Kinder werden gesund.« Er sprang in die Höhe und klappte viermal die Absätze zusammen, bis er landete.

Horowitz sagte leise: »Heri Gonza, was ist mit Ihnen und den Kindern?«

»Ich mag sie.« Er knöpfte seinen Mantel zu. »Gute Nacht, Doktor Barran. Verzeihen Sie mir noch einmal und denken Sie nicht zu schlecht von mir.«

»Nein«, sagte sie lächelnd und gab ihm die Hand.

»Aber warum lieben Sie die Kinder so sehr?« fragte Horowitz.

Heri Gonza zuckte die Achseln und zeigte ein todernstes Lachen. »Hatte nie welche«, sagte er. Er ging zur Tür und blieb wie angewurzelt vor ihr stehen. Seine Schultern zuckten. Er fuhr plötzlich herum, und das berühmte starre Gesicht war naß, verzerrt, der Mund gequält und schief. »Kann nie welche haben«, flüsterte er und rannte buchstäblich aus dem Zimmer.

*

Die Wochen vergingen, die Monate. Bei den Japetitis-Fällen gab es seltsame Schwankungen, und man hoffte schon, die Viruswirkung lasse nach. Dann wurde es wieder schlechter.

Es kamen auch nicht mehr so viele Fälle vor. In einem Jahr hatte es nur drei gegeben, allerdings verursachten sie große Unruhe, weil sie gleichzeitig in einem belgischen Dorf auftauchten, wo es die Krankheit bislang nicht gegeben hatte.

Heri Gonza trat noch immer jede Woche auf und verblüffte sein riesiges Publikum mit seiner Vielseitigkeit, schauspielernd, singend, tanzend, als Clown. Und dazwischen – manchmal sogar während der Sendungen – sorgte er treu für die JS. Er besuchte regelmäßig seine Kinder, jedes einzelne von den über vierhundert. Er war ein großer Mann, ein großer Komiker, keine Frage, bis hin zu seinem letzten Auftritt.

Er wußte nicht, daß es sein letzter war, leider, denn mit diesem Wissen wäre er mehr als gut gewesen; er wäre großartig gewesen.

Er war aber gut und innerhalb und außerhalb einer hervorragenden Varietéschau tätig, stand außerhalb der Bühne und sang perfekt, während die berühmten Sänger an der Rampe nur die Lippen bewegten, entpuppte sich als eine der Japanerinnen beim Kunstradfahren, gesellte sich, mit einem federnden Gerät, zu einer Reihe von Delphinen, die aus einem Bassin sprangen, um dem Wärter Fische aus der Hand zu holen.

Er spielte, wie er es vorzog, in einem großen Atelier ohne Zuschauer, aber mit Publikumsplayback. Schade, daß er bei dieser Sendung nicht lächelte. Als es vorbei war, legte er eine Trainingsjacke um die Schultern und ging auf Burcke zu.

»Na, wie war's, Burcke, alte Gurke?«

»Wie nie zuvor«, sagte Burcke.

»Och, Sie sind selber prima«, sagte der Komiker. »Sehen wir es uns an.« Zu seinen größten Freuden gehörte die entspannte Vorführung hinterher, wenn er im Vorführraum sitzen und sich ansehen konnte, was er eben gezeigt hatte. Er und Burcke und ein paar interessierte Mitwirkende, Helfer und privilegierte Außenstehende versammelten sich im Vorführraum. Man trank Bier und unterhielt sich zuerst. Als er endlich beiläufig winkte, wurde es still, und der Vorführer drehte den Schalter.

Titel und Vorspann mit ziehender Wolkendecke als Hintergrund. Vorspann ausgeblendet, Kamera fährt auf Wolken zu, die sich verdünnen und Bergkette zeigen. Hinab durch Wolken, über großem, dunstigem See schweben. Wasser brodelt, schäumt, Ufer schießen plötzlich zusammen, und das Wasser steigt in einer dicken Säule durch die Wolken. Leerer See hebt sich aus den Wolken, entpuppt sich als Heri Gonzas offener Mund. Kamera fährt zurück und zeigt das ganze Gesicht. Verwirrter Ausdruck. Hand hoch, in den Mund, holt lebendigen Goldfisch heraus.

Gonza: Willkommen bei der Heri-Gonza-Show, diese Woche ›Wie ihr es seht.‹ Ha, was ist das? Ein Berg. Ha, was ist auf dem Berg? Eine Bergziege. Ha, was ist die Bergziege? Ein Ziegenberg. Leute, Kamera auf mich, das wird zu albern. Hierher, Heri 's hier. Hehe, hoho, hier kommt die Show.

Bild wird unscharf und ganz schwarz. Trommel.

Heri ließ die Bierdose sinken und funkelte die Wand an.

»Mensch, soviel Schwarz habt ihr gesendet?«

»Gewiß«, sagte Burcke ruhig.

»Mensch, das macht man doch bloß am Jüngsten Tag. Was glaubt ihr, worauf die Leute da warten? Es hält sie fest, aber dann muß ein Knüller kommen.«

»Der kommt«, sagte Burcke.

»Die Pferdenummer, ja?«

»Nein«, sagte Burcke.

Dunkle Bühne. Schreibtisch, Scheinwerfer. Kamera fährt darauf zu, Burcke, die Zähne zusammengebissen. Bei einem so offenen und interessierten Gesicht wirkt das sehr grimmig.

Burcke: Heute abend bringt Ihnen die Heri-Gonza-Show eine wahre Geschichte. Die Rollen werden zwar von Schauspielern gespielt und bestimmte Szenen sind aus Zeitgründen verkürzt, aber es sind wahre Ereignisse, die bis ins Detail bewiesen werden können.

»Was soll denn das, zum Teufel noch mal?« schrie Heri Gonza. »Habt ihr das gesendet? Ist das ausgestrahlt worden, während ich mich mit der Pferdenummer abgerackert habe?«

»Hinsetzen«, sagte Burcke.
Heri Gonza setzte sich wie betäubt.

Burcke am Schreibtisch. Greift nach Buch und klopft darauf.

Burcke: Das ist ein Schiffslogbuch, das Logbuch der ›Fafner 203‹. Wie es auf diesen Schreibtisch kommt, auf Ihre Bildwand, ist, ich muß Sie warnen, eine schockierende Geschichte. Die ›Fafner‹ ist ein Zwölfkabinen-Luxuskreuzer mit zwölf Mann Besatzung, einschließlich Stewards und Kombüsenmannschaft. So war die ›Fafner 203‹ vor dem Umbau. Man konstruierte sie um, so daß jetzt vier Schlafplätze da sind, kein Platz mehr, zwei Kabinen sind umgebaut als Werkstatt und Biologielabor, alles andere Antrieb, Treibstoff und Vorräte. Die Besatzung bestand aus Dr. Iris Barran, Mathematikerin –

Einblenden Vordeck der ›Fafner‹, Mädchen am Computer.

Dr. George Horowitz, Mikrobiologe –

Bebrillter Mann kommt herein, geht zu Mädchen, das lächelt.

Yeager Kearsarge, Chefpilot –

Kearsarge ist ein Zwerg mit langem, knochigem, verbissenem Gesicht. Er kommt aus schwarzem Vordergrund und geht zur Steuerkonsole.

Sam Flannel, Frachtbegleiter –

Licht dehnt sich aus, Kamera erfaßt großen Mann, angeschnallt in Beschleunigungsliege, im Schlaf oder bewußtlos.

»Verstehe«, sagte Heri Gonza im Vorführraum. »Ein Witz. Das Ganze ist ein Witz. Nicht schlecht gemacht, Freunde.«

»Das ist kein Witz, Heri Gonza«, sagte Burcke. »Hinsetzen.«

»Es muß ein Witz sein«, sagte Heri Gonza leise. »Ein Bier für mich. Ich sollte mich entspannen und den lustigen Witz genießen.«

»Da. Und jetzt Ruhe.«

Burcke: . . .Mission im krassen Widerspruch zu Recht und Gesetz. Ziel: Japetus. Zweck: Beschaffung des Virus oder der Sporen der gefürchteten Kinderkrankheit Japetitis, der Theorie zufolge, daß die Prüfung der Viren in ihrer natürlichen Umgebung ihre genaue innere Struktur bloßlegen und zu einem Gegenmittel, oder wenigstens zu einem Impfstoff führen wird. Schiffseigentümer und Leiter der Mission: Heri Gonza. Nach vierzehn Stunden Flug ...

Ausblenden Burcke und Schreibtisch. Kamerafahrt zum Vordeck. Horowitz geht zu Kabine, schaut zu Flannel hinein. Berührt Flannels Gesicht. Kehrt zu Computer und Iris zurück.

Horowitz: Er ist noch immer bewußtlos. Raumfahrer ist der harte Bursche keiner.

Iris: Ich kann immer noch nicht fassen, daß er hier ist. Warum wollte Heri ihn bloß dabeihaben?

Horowitz: Vielleicht verrät er es uns.

Kleine Explosion. Schrilles Heulen.

Kearsarge: Ein Stein! Ein Stein!

Iris (*angstvoll*): Was für ein Stein?

Kearsarge hastet zu Reibungshaken am Schott, reißt Helme herunter, wirft Horowitz und Iris zwei zu, hetzt mit zwei weiteren in die Kabine. Schiebt einen über Flannels schlaffhängenden Kopf, öffnet Sauerstoffventil. Setzt eigenen Helm auf. Geht zurück und hilft erst Iris, dann Horowitz.

Iris: Was ist denn los?

Kearsarge: Kein Grund zur Sorge, Lady. Ein Meteorit. Nur ein kleiner. Ich flicke das.

Steuerkonsole gibt plötzlich lautes Zischen und eine Dampfwolke von sich.

Iris: Oh! Was ist das?

Kearsarge: Weiß ich auch nicht.

Kearsarge geht zur Konsole, kniet nieder, schaut darunter. Brummt, tastet herum.

Horowitz: Was ist es denn?

Kearsarge: Normal ist es nicht, das ist alles, was ich weiß.

Horowitz kniet neben ihm nieder und starrt hinein.

Horowitz: Was ist das?

Kearsarge: Unterseite des Hauptantriebsschalters. Draht war dort befestigt und riß den Zünder heraus, als wir starteten.

Horowitz: Und löste das Zeitschaltwerk aus ... Wann war das?

Kearsarge: Etwa 14.30 nach dem Start.

Horowitz: Können Sie es abmachen? Ich möchte feststellen, was darin war.

Kearsarge montiert das Ding ab, gibt es Horowitz, der es mit ins Labor nimmt.
Überblenden in Kabine, Nahaufnahme von Flannels behelmtem Kopf. Er öffnet die Augen, starrt leer vor sich hin. Er ist krank, blaß, irr vor Angst. Plötzlich hebt er mühsam den Kopf, hebt angeschnalltes Handgelenk, um auf die Uhr zu sehen. Beginnt auf einmal zu schreien und sich aufzubäumen. Die Auslöser befinden sich neben den Händen, aber er kann sie nicht finden. Iris und Kearsarge stürzen herein. Kearsarge bleibt stehen und peilt die Lage, dann löst er die Gurte. Sie fallen herunter; Flannel springt brüllend zur Tür, rennt den Zwerg um, schleudert Iris an die Türkante. Sie schreit. Kearsarge rafft sich auf, rennt Flannel nach wie ein Terrier einem Stier. Flannel stürzt zur Rettungsboot-Kapsel, zerrt daran.

Kearsarge: Was, zum Teufel, machen Sie denn da?

Flannel: 14.30 ... 14.30 ... Ich muß raus, ich muß raus ...
(schreit auf)

Kearsarge: Nicht ziehen da, Sie verdammter Narr! Das ist nicht die Luke, das ist der Auslöser! Wir rotieren wegen der Schwerkraft – das Boot schießt hundert Meilen davon!

Flannel: Oh, laßt mich raus, es ist zu spät!
Kearsarge stößt beide Hände so unerwartet hoch, daß Flannels Griff sich lockert und er nach hinten stürzt. Kearsarge springt auf ihn, dreht das Sauerstoffventil zu und springt zurück. Flannel wankt zur Bootskapsel, greift wieder nach dem falschen Hebel, aber seine Knie knicken ein. Im Helm färbt sich sein Gesicht purpurrot. Horowitz kommt aus dem Labor gestürmt. Kearsarge streckt den Arm aus und hält ihn zurück, und gemeinsam verfolgen sie, wie Flannel zusammensackt, hinstürzt, sich windet. Er greift mit beiden Händen nach dem Helm, zerrt schwach daran.

Horowitz: Lassen Sie ihn um Gottes willen den Helm nicht abnehmen!

Kearsarge: Keine Sorge. Das geht nicht.
Flannel erschlafft und rührt sich nicht mehr. Kearsarge geht zu ihm und öffnet das Ventil ein wenig. Er winkt Horowitz, und sie schleppen ihn gemeinsam zurück in die Kabine, heben ihn mühsam auf die Liege und schnallen ihn an.

Horowitz: Was ist passiert? Ich hatte die Hände voller Reagenzien im Labor.

Kearsarge: Raumtollheit. Manchmal passiert das nach der Bewußtlosigkeit. Er wollte raus, mit dem Boot.

Horowitz: Hat er was gesagt?

Kearsarge: Lauter Quatsch. ›14.30, 14.30‹, schrie er. Es sei zu spät, er müsse hinaus.

Horowitz: Das Ding unter der Konsole ist um 14.30 losgegangen. Er wußte davon.

Kearsarge: So? Was war es?

Horowitz: Cyanidgas. Wenn der Meteoriteneinschlag nicht gewesen wäre und uns gezwungen hätte, die Helme aufzusetzen, wären wir hin.

Kearsarge: Nur er nicht. Er wollte auf sein und auf die Uhr gukken, und wenn es knallte, wollte er im Boot sein, auf dem Heimweg, und wir wären weitergeflogen, bis der Meiler ausgefallen wäre, irgendwo beim Algol.

Horowitz: Können Sie die Gurtauslöser so einrichten, daß er nicht an sie herankommt?

Kearsarge: Sicher.

Ausblenden. Scheinwerfer erfaßt Burcke an der Seite.

Burcke (*als Sprecher*): Sie holten eine Erklärung aus Flannel heraus, die aber keinen befriedigte. Er sagte, er wisse nichts von Cyanidgas. Heri, der wisse, daß er leicht raumkrank werde, habe ihm erklärt, wenn es so schlimm werde, daß er es nicht mehr aushalte, könne er jederzeit mit dem Rettungsboot zurückkommen. Wenn er das tun wolle, müsse er es aber vor 14.30 nach dem Start tun, sonst reiche der Treibstoff nicht für Bremsen, Rückstart und Landemanöver. Er blieb dabei, daß nicht mehr dahinterstecke. Er wollte nicht sagen, was er an Bord tue, außer der Feststellung, Heri Gonza wünsche, daß er sich um Heris Interessen kümmere.

Die Sache wurde auch durch lange Diskussionen nicht klarer. Heri konnte das Scheitern der Expedition nicht gewünscht haben, konnte nicht wollen, daß sein Raumschiff aus dem Sonnensystem hinausgeschleudert wurde. Man kam widerstrebend zu dem Schluß, daß ein Feind von Heri Gonza für die Sabotage verantwortlich sein mußte – jemand, den sie einfach nicht kannten.

Die Wochen vergingen – keine angenehmen, in dieser Umgebung, ohne jeden Zwischenfall, bis auf Iris Barrans verwirrende Entdeckung, daß das Schiff doch keinen Astrogator brauchte: was der erfahrene Kearsarge nicht mit dem Kopf bewältigte, übernahm der Computer spielend. Warum hatte Heri Gonza dann darauf bestanden, sie mit Astrogationskunde vollstopfen zu lassen?

Schnelle Kamerafahrt auf den Saturn, bis er einen Viertelkreis ausfüllt. Die Monde reihen sich auf.

Heri Gonza verfolgte die Verbindungssequenz, als der Saturn heranglitt und die Monde wie abgerissene Perlen vorbeirollten und der kleine Japetus herantrieb. Japetus ist nicht ein Mond wie die meisten, rund oder abgeflacht, sondern ein Felsklumpen, ein fliegender Berg von guten fünfhundert Meilen Durchmesser. Und vor ihnen lag die Lösung des Rätsels der schwankenden Helligkeit. Irgendeine unbekannte Katastrophe hatte den Japetus gespalten, so daß er eine glatte Seite hat, beinahe vierhundert Quadratmeilen flache Ebene – oder Kliff, je nachdem, wie man es betrachtet – aus hellgrauem Basaltgestein. Da der Japetus dem Saturn immer dieselbe Seite zuwendet, erscheint er in der westlichen Elongation immer heller, in der östlichen dunkler, weil die Albedo der glatten Seite viel höher ist als die des zerschrundeten Teils der Oberfläche.

»Burcke, Burcke, alte Gurke«, murmelte der Komiker staunend, »wer schreibt Ihnen nur die Drehbücher? Wer schreibt Ihnen die lausigen Drehbücher?«

Dokumentaraufnahme einer Landung von ›Fafner‹, Heck voraus, auf Felsebene, Horizont undeutlich, das Schwarz des Weltraums nah herangezogen. Scharfrandiges, unverwittertes Gestein. Aufnahme der gespreizten Landebeine. Leiter ausgefahren. Zwei Gestalten in Raumanzügen fahren hinunter, die beiden anderen klettern.

Nahaufnahme, alle vier am Raumschiffheck.

Horowitz (*Filtermikrofon*): Funkprobe. Versteht ihr mich?
Alle: Ja. Gut sogar.

Horowitz: Jeder nimmt eine Richtung. Geradeaus hinausmarschieren, Heckflosse als Peilpunkt, und wenn ihr über unseren Flammkreis hinaus seid, schabt ihr alle zwei Meter das Gestein ab, bis ihr so weit draußen seid, daß der Horizont am Schiffsrumpf ein Drittel hochgestiegen ist. Klar? Nicht weiter. Und ich kann es euch jetzt schon fast sagen, wir werden überhaupt nichts finden. Keinen Virus, keine Sporen, nichts. Mein Gott, hier im Schatten sind es nicht mehr als zwölf oder dreizehn Grad Kelvin. Aber . . . na los.

Burcke (*im Off*): Schaben und springen, schaben und springen. Bei dieser Schwerkraft bewegt man sich nicht schnell, stößt man sich nicht fest ab, sonst schwebt man davon und braucht Minuten, um wieder herunterzukommen. Schlurfen und kratzen, kratzen und fegen, kratzen und hüpfen. Sie brauchten Stunden.

Nahaufnahme Kearsarge, hinunterblickend.

Kearsarge: Da ist etwas.

Nahaufnahmen von den anderen drei beim Drehen der Köpfe.

Horowitz: Was ist es?

Kearsarge: Flammspuren. Ganz wild durcheinander. Wissen Sie was? Swope hat sein Schiff gekippt. Ich kann sehen, wo er heruntergekommen ist, wo er startete, bis zum großen Rand da vorne entlangscharrend.

Flannel: Ein Wunder, daß es ihm nicht auseinandergefallen ist.

Kearsarge: Das ist es. Bei dieser Schwerkraft konnte er zwar den Rumpf nicht demolieren, aber er riß alle Antennen ab, denn da sind sie: Landung, Entfernungsmessung, Sendeantennen – jede einzelne, bei Gott. Kein Wunder, daß er so auf die Erde hinuntergeknallt ist. Man kann eine ›Fafner‹ nicht mit Handsteuerung landen, aber man kann es versuchen, und er versuchte es. Der arme Swope.

Horowitz: Alles hinüber zu Kearsarge. Vielleicht hat Swope etwas mitgenommen, als er hier dahinscharrte.

Großaufnahme der vier bei der Arbeit an langer Flammspur und bei Scharrspuren.

Burcke (*im Off*): Sie füllten ihre Probenbeutel und brachten sie an Bord, dann führten sie zweiundsiebzig Stunden lang an Staub und Gestein alle Untersuchungen durch, die Horowitz sich auszudenken vermochte . . . Er hatte mit seiner ersten Vermutung völlig recht gehabt. Der kleine Mond Japetus birgt so wenig Leben wie das Innere eines Sterilisierapparats.

Schnitt auf Vordeck, aber senkrecht gekippt, Steuerung am höchsten Punkt, der Boden dort, wo das Achterschott war. Iris schlurft langsam herum, legt magnetisierte Platten auf einen Stahltisch. Im Hintergrund beschäftigt sich Flannel mit kleinem Elektronenmikroskop, beobachtet Bildschirm und dreht Objektivschrauben. Kearsarge in offener Rettungsboot-Kapsel, bei der Arbeit.

Luftschleuse öffnet sich, Horowitz kommt herein, im Raumanzug, mit Beutel. Er ist müde. Iris hilft ihm, den Helm abzunehmen.

Horowitz: Ich habe genug. Fliegen wir heim. Wir haben mehr getan als unsere Pflicht.

Iris: Was ist ›heim‹? Kenne ich nicht.

Horowitz: Sind Sie dafür, Kearsarge?

Kearsarge: Jederzeit, sobald Sie aufhören, die Felsen abzustauben.

Horowitz: Was machen Sie da drinnen?

Kearsarge: Nur eine Überprüfung. Ich dachte, Sie wollten vielleicht mit dem Boot die andere Mondseite umfliegen.

Horowitz: Nein, Sir. Ich bin zu Fuß nah genug hingekommen. Ich sage, wir sind hier fertig. Da kann einer mit Bleistift und Papier zu Hause sitzen und die Dichte der submikroskopischen Gewächse berechnen, die es hier geben müßte, damit man davon am Rumpf überhaupt etwas heimbringen kann. Wir würden bis zu den Hüften drinstecken. Der Japetitis-Virus stammt nicht vom Japetus, und das, Freunde, steht fest und ist amtlich.

Kearsarge (*unsichtbar*): Ach du lieber Gott. (*Er schießt heraus, aschfahl.*) George, kommen Sie her.

Iris: Was ist denn?

Sie geht hin und verschwindet einen Augenblick im Raumboot, zusammen mit Kearsarge und Horowitz. Man hört sie aufstöhnen. Dann steigen sie der Reihe nach heraus und starren Flannel an. Er spürt die Stille, hebt den Kopf und begegnet ihren Blicken.

Flannel: Was hab' ich denn, ein blaues Geweih oder was?

Horowitz: Zeigen Sie es ihm, Kearsarge.

Kearsarge winkt. Auf seinem kantigen Gesicht zeigt sich ein Ausdruck grimmiger Belustigung.

Kearsarge: Komm, schau her, Kleiner. Dann kannst du unserem Klub beitreten.

Widerstrebend geht der große Mann zur Kapsel und folgt Kearsarge ins Rettungsboot. Kamera fährt nach, richtet sich auf Instrumentenbrett, schwingt darunter und blickt hinauf.

Am herausragenden unteren Ende des Hauptantriebknüppels ist eine silberne Büchse mit einem kleinen Zylinder am vorderen Ende verdrahtet.

Flannel (*deutet hilflos darauf*): Ist das – ist das das gleiche Ding wie –

Kearsarge: Ein bißchen kleiner, aber soviel Cyanidgas braucht man ja für ein Boot nicht.

Flannel *(zornig):* Wer, zum Teufel, hat das angebracht? Sie?

Kearsarge: Ich nicht, Freund. Ich habe es nur gefunden.

Horowitz: Es war die ganze Zeit dran, Flannel. Kearsarge hat recht: Sie gehören auch zum Klub. Sind Sie sicher, daß es Heri Gonza war, der gesagt hat, Sie sollen das Boot nehmen?

Flannel: Na klar. Er kann damit nichts zu tun gehabt haben. *(Er begreift plötzlich)* Menschenskind! Ich hätte ja –

Horowitz: Wir haben Zeit genug, uns darüber zu unterhalten. Packen wir unser Zeug zusammen und hauen wir ab.

Flannel (*zu niemand*): Menschenskind.

Heri Gonza lehnte sich im Vorführraum zurück, schlürfte sein Bier und verfolgte die Dokumentaraufnahme eines Fafner-Schiffes beim Start auf einer felsigen Ebene.

»Den ganzen Quatsch haben Sie wirklich aus dem Buch, Burcke?«

»Jede Einzelheit«, sagte Burcke, den Blick auf der Bildwand.

»Sie wissen ja, wie es ist im Weltraum, man muß etwas anfangen mit seiner Zeit. Manchmal schreibt einer, manchmal sind es Märchen, und manchmal kann man aus einem Märchen eine prima Sendung machen. Aber ein Märchen bleibt es auch dann. Verstehen Sie?«

»Ja.«

»Das ist heute abend wirklich ausgestrahlt worden?«

»Gewiß.«

Heri Gonza sagte leise, ganz leise: »Armer Burcke. Armer, armer, alter Burcke.«

Großaufnahme, Hände, die im Logbuch blättern. Kamera fährt zurück und zeigt Burcke mit Buch. Er hebt den Kopf, und als er zu sprechen beginnt, klingt seine Stimme ernst.

Burcke: Zeit zum Nachdenken, Zeit, sich zu besprechen. Zeit, alle Teile zur selben Zeit am selben Ort zusammenzusetzen und zu sehen, wie sie zusammenpassen.

Abblenden, Schwärze; aber es ist keine Schwärze: es ist sternenbesetzter Weltraum. Kamerafahrt zum Raumschiff, ein Silberfisch mit scharlachroter Schwanzflosse. Gummilinse, Auflösung durch Rumpfwand, Blick auf Vordeck. Die vier sitzen entspannt herum, wollen nachdenken, bevor sie reden, wollen bedachtsam reden. Horowitz und Kearsarge sitzen am Tisch und beachten das Schachbrett nicht. Iris liegt auf dem Deck, einen zusammengerollten Beutel unter dem Kopf. Flannel kniet vor einer Patience. Horowitz beobachtet ihn.

Horowitz: Ich denke gern über Flannel nach.

Flannel: Was denn?

Horowitz: Ach – über die Alternativen. Über das Wenn und Aber. Was würde Flannel tun, wenn dies oder jenes anders gewesen wäre.

Flannel: So etwas bringt nichts ein – ›wenn dieses‹, ›wenn jenes‹. Dieses ist geschehen, jenes ist geschehen, aus. Meinen Sie etwas Bestimmtes?

Horowitz: Allerdings. Unterstellt, daß Sie eine Aufgabe hatten, nämlich zu verschwinden und uns bei Beginn des Fluges unserer Cyanidbombe zu überlassen –

Flannel: Ich hab' euch schon tausendmal gesagt, daß da nichts verabredet war. Ich wußte nichts von dem verdammten Giftgas.

Horowitz: Angenommen, Sie hätten davon gewußt. Wären Sie mitgeflogen? Wenn Sie mitgeflogen wären, hätten Sie uns einen Tip gegeben? Und jetzt kommt die Frage, die ich meine: Wenn die erste Bombe versagt hätte – was der Fall war – und es hätte keine zweite gegeben, um Ihnen zu beweisen, daß Sie zum Klub der Verurteilten gehörten, hätten Sie dann auf dem Heimweg versucht, das Problem zu lösen?

Flannel: Ich habe mir überlegt, was ich tun soll.

Horowitz: Und was haben Sie entschieden?

Flannel: Nichts. Sie haben die Bombe im Boot gefunden, und ich hab' aufgehört, nachzudenken.

Iris: Warum? Spielte das wirklich eine Rolle?

Flannel: Und was für eine. Heri Gonza hat mir gesagt, ich soll vor 14.30 ins Rettungsboot steigen, heimfliegen und ihm sagen, wie es gelaufen ist. Wenn da nur *eure* Bombe gewesen wäre, könnte es sein, daß Heri Gonza euch aus dem Weg räumen wollte. Durch einen Zufall klappte es nicht, und ich arbeite für ihn und frage mich, ob ich da nicht eingreifen soll, wo die Bombe versagt hat.

Iris: Dann fanden wir die zweite Bombe, und Ihre Meinung hat sich geändert. Warum?

Flannel: Was seid ihr eigentlich alle, verblödet? Heri Gonza *hat zu mir gesagt, ich soll zurückkommen und ihm sagen, wie es gelaufen ist.* Wenn er das sagt und dann für mich eine Bombe einbauen läßt, wie soll ich zurückkommen und ihn unterrichten? Da ist einer doch ein Idiot, wenn er zu jemand sagt, mach das, und dann richtet er es so ein, daß der es nicht machen kann. Heri Gonza ist kein Idiot, das wißt ihr ganz genau. Also: Wenn er meine Bombe nicht hereingeschmuggelt hat, dann die eure auch nicht, weil jeder sofort sehen kann, daß das ein und derselbe war. Und wenn er eure Bombe nicht montiert hat, dann will er euch auch nicht umbringen, also hab' ich aufgehört, mir den Kopf darüber zu zerbrechen. Ist das einfach genug für euch?

Iris: Ich weiß nicht, ob es einfach ist, aber wunderschön ist es auf jeden Fall.

Horowitz: Na, wenigstens einer von uns glaubt an Heri Gonzas gute Absichten. Ich sehe nur immer noch nicht ein, was für einen Sinn es hatte, Sie überhaupt erst an Bord zu bringen, wenn Sie doch gleich wieder das Weite suchen sollten.

Flannel: Ich auch nicht. Aber muß ich alles verstehen, was er mir aufträgt? Ich hab' vieles für ihn gemacht und mich nicht ausgekannt. Sie auch, Kearsarge.

Kearsarge: Stimmt. Ich lenke den Eimer von hier nach dort, von hüben nach drüben, und sonst achte ich auf nichts, aber wenn ich auf etwas achte, dann vergeß' ich's, aber wenn ich es nicht vergesse, rede ich nicht darüber. So will er es haben, und wir kommen gut miteinander aus.

Iris: Ich glaube trotzdem, daß Heri Gonza uns alle umbringen wollte.

Horowitz: Was ist das – Intuition? Und – sollte das nicht eigentlich heißen ›will‹?

Iris: ›Will‹, ja. Er will uns alle umbringen. Nein, das ist nicht Intuition. Es ergibt sich schlüssig. Beinahe schlüssig. Etwas fehlt noch.

Flannel: Ach, ihr seid ja nicht bei Trost.

Kearsarge: Genau.

Horowitz (*gutmütig*): Haltet mal den Mund. Weiter, Iris. Vielleicht ergibt es sich für Sie schlüssig, aber für mich ist es eine Intuition. Weiter.

Iris: Also, unterstellen wir als Arbeitshypothese, daß Heri Gonza unseren Tod wünscht – von uns vieren. Er möchte sogar mehr: er möchte, daß wir aus dem Kosmos verschwinden – keine Leichen, keine Gräber, nichts.

Kearsarge: Aber *warum* denn?

Horowitz: Nur schön zuhören. Wir fangen mit den Morden an und kommen zum Motiv. Ihr werdet schon sehen.

Iris: Nun also, das Schiff übernimmt die Beseitigung. Das Giftgas – beide Giftgasbomben – töten, und das geht so schnell, daß das Schiff weiter beschleunigt, immer weiter, bis der Treibstoff verbraucht ist, und auch danach. Wir drei sind im Schiff; Flannel stürzt mit einem Raumboot ab, und wenn sich da jemand wirklich Gedanken macht, dann nicht lange. Trägt das Boot übrigens irgendwelche Embleme, Kearsarge?

Kearsarge: Immer.

Iris: Würden Sie mal nachschauen? Danke. Also, was ist mit den Spuren, die wir hinterlassen? Nun, wir sind illegal gestartet, haben also niemand verständigt und keine Genehmigungen verlangt. Sie, George, hatten sich vorher schon vor Heri Gonzas Nachstellungen versteckt. Kearsarge ist so oft auf unbestimmt lange Zeit unterwegs, daß man ihn bald vergessen würde; Flannel – nichts für ungut, Flannel – ich glaube kaum, daß sich jemand große Gedanken machen würde, wenn er nicht mehr wiederkäme. Was mich angeht, so brachte mich Heri Gonza selbst dazu, eine Geschichte zu erfinden, wonach ich auf ein Jahr geheime Forschungsarbeiten betreiben wolle. Was ist los, Kearsarge?

Kearsarge: Ich hätt' es nicht geglaubt. Keine Embleme. Abgefeilt, gespachtelt und lackiert. Die Nummer vom Antriebsblock entfernt. Modellname am Instrumentenbrett demontiert, sogar das. Ich ... ich hätt' es nicht geglaubt.

Horowitz: Jetzt hören Sie sich also besser an, was sie zu sagen hat.

Iris: Keine Embleme. Sogar der kleine Absturz vom armen Flannel ist also ausreichend getarnt. Apropos Flannel, ich wiederhole, daß es die Glaubwürdigkeit strapaziert, ihn so an Bord zu bringen – außer man unterstellt, daß er deshalb an Bord sollte, um beseitigt zu werden wie wir. Ich bin jedenfalls ganz eindeutig unter falschen Voraussetzungen mitgenommen: Heri Gonza hat mir nicht nur erklärt, er brauche einen Astrogator für den Flug, was nicht stimmte, sondern ich mußte dafür auch büffeln.

Jetzt können wir schnell mal einen Blick auf das Motiv werfen. George Horowitz hier ist das Nächstliegende. Er war dem Komiker schon seit langem ein Dorn im Auge. Er war nicht nur zu dem Schluß gekommen, daß Heri Gonza in Wirklichkeit die Japetitis gar nicht heilen will – er sagte es, so oft und laut er konnte. Außerdem ist George ganz nahe daran, die Krankheit zu besiegen, was Heri Gonza solche Angst macht, daß er die Patienten geradezu hortet, um George nicht an sie heranzulassen. Außerdem kann er George nicht leiden.

Warum Flannel umbringen? Hat er Sie satt, Flannel? Haben Sie etwas verbockt, was er Ihnen aufgetragen hatte?

Flannel: Er braucht mich doch nicht umzubringen, Miss Iris. Er könnte mich jederzeit hinauswerfen. Das wäre schlimm für mich, aber ich würde ihn nicht belästigen. Das weiß er.

Iris: Dann muß es daran liegen, daß Sie zuviel wissen. Sie müssen etwas über ihn wissen, was so gefährlich ist, daß er sich nicht sicher fühlt, bis Sie tot sind.

Flannel: So wahr ich hier sitze, Lady, da gibt es überhaupt nichts. Wirklich nichts. Ich weiß nichts.

Horowitz: Da ist der Schlüssel, Iris. Er weiß nicht, daß er es weiß.

Kearsarge: Dann gilt das für mich auch, denn wenn es etwas gibt, was ich weiß und wofür er mich umbringen müßte, dann weiß ich nicht, was es ist.

Iris: Sie haben gesagt ›Schlüssel‹. Schlüssel und Schloß. Eine Kombination. Wenn man das, was Flannel weiß, mit dem in Verbindung bringt, was Kearsarge weiß, wird es für Heri Gonza gefährlich. Etwa so.

Flannel und Kearsarge glotzen einander an und zucken gleichzeitig die Achseln.

Horowitz: Ich kann euch ein Beispiel davon geben, daß wir alle etwas wissen, was für ihn gefährlich wäre. Wir wissen jetzt, daß der Krankheitsvirus nicht vom Japetus stammt. Und das bedeutet, daß der arme Swope nicht dafür verantwortlich war, daß er auf die Erde gelangte, und ferner, daß die Schlußfolgerung, die kleine Tresak – der erste Krankheitsfall – habe sich am Wrack des Raumschiffs infiziert, unberechtigt war.

Flannel: Ich bin mit dem Foto von der Kleinen zu Heri Gonza gegangen. Es gefiel ihm.

Iris: Wie sind Sie dazu gekommen?

Flannel: Das hab' ich die ganze Zeit gemacht. Er wollte das.

Horowitz: Daß Sie ihm Fotos von kleinen Mädchen bringen?

Flannel: Mädchen ... Buben ... aber nur hübsche. Ich wußte schließlich ganz genau, welche ihm gefielen. Er verwendete sie in seiner Sendung.

Iris und Horowitz starren einander einen Augenblick lang entsetzt an, dann stürzen sie sich beinahe körperlich auf Flannel.

Iris: Haben Sie ihm jemals das Bild irgendeines Kindes gezeigt, das später erkrankt ist?

Flannel (*verblüfft*): W– ... ich weiß nicht.

Iris (*mit großer Lautstärke*): Denken Sie nach! Denken Sie nach!

Horowitz (*ebenfalls lautstark*): Doch! Doch! Die kleine Tresak – das Foto von ihr ist gemacht worden, bevor sie die Krankheit hatte!

Flannel: Ja, die. Und die kleine blonde, die er im Telethon vorstellte, die nicht Englisch konnte, aus Estland, aber Sie lassen mich nicht nachdenken.

Horowitz: Was?

Kearsarge: An das kleine, blonde Mädchen erinnere ich mich. Die habe ich aus Estland eingeflogen.

Iris: Vor oder nach Ausbruch der Krankheit?

Kearsarge (*achselzuckend*): Darauf hab' ich nicht geachtet. Sie ... sie kam mir gesund vor. Wirklich süß, die Kleine.

Iris: Wie lange vor dem Telethon war das?

Kearsarge: Ungefähr eine Woche. Ich kann es Ihnen auf den Tag genau sagen. (*Er steht auf, geht zu einem Spind, bringt ein Notizbuch, in dem er blättert.*) Hier, da steht es. Neun Tage vorher.

Iris (*halblaut*): Beim Telethon hat er gesagt, drei Tage ... erste Symptome.

Horowitz (*erregt*): Darf ich das sehen? (*Greift nach dem Buch, blättert hastig, wirft es auf den Tisch, rennt ins Labor, kommt mit Kartei zurück, sucht fieberhabt, zieht Karte heraus.*) Iris, nehmen Sie Kearsarges Buch. Also. Ist er am neunten Mai nach Belem geflogen?

Iris: Am sechsten.

Horowitz: Rom, um den zwölften März herum.

Iris: Am zwölften März, März – hier. Am elften.

Horowitz: Noch einer, Indianapolis, Mitte Juni.

Iris: Genau. Am fünfzehnten. Was haben Sie da?

Er wirft die große Karte hin.

Horowitz: Krankengeschichten. Chronologisch geordnet nach bekanntem oder geschätztem Datum der ersten Symptome, um irgendein Schema zu finden. Kein Wunder, daß es das nie gab. Gott im Himmel, wenn er in Australien eine Klinik haben wollte, dann traten in Australien Fälle auf.

Flannel (*verwirrt*): Ich weiß nicht, wovon ihr redet.

Kearsarge (*grimmig*): Ich schon, glaube ich.

Iris: Glauben Sie *jetzt*, daß es sich lohnt, Sie umzubringen – Sie, die ihn auf dem Globus genau plazieren können, jedesmal, wenn ein Kind erkrankt ist?

Kearsarge (*heiser*): Es lohnt sich, mich umzubringen. Ich ... wußte nichts davon.

Flannel (*über der Kartei*): Hier ist eine, die ich in Bellefontaine gesehen habe, damals, sie trug ein rotes Kleid. Und der Kleine da, sein Foto war in einer Illustrierten, die ich in Little Rock auf der

Straße fand, und ich mußte bis nach St. Louis fahren, um ihn zu finden.

Kearsarge springt auf einen Stuhl und trifft Flannel mit einem Fußtritt am Schädel.

Flannel (*aufheulend*): Huu-auu! Für was soll denn das gut sein? Du kleiner –

Horowitz: Aufhören, ihr zwei. *Aufhören*! Schon besser. Für so etwas haben wir hier keinen Platz. Lassen Sie ihn in Ruhe, Kearsarge. Seine Zeit kommt schon. Helf mir der Himmel, Iris, ich hatte das die ganze Zeit vor der Nase und habe es nicht gesehen. Ich habe Ihnen sogar einmal gesagt, ich sei so nahe dran, weil ich einen Virus synthetisch herstellen könnte, der die Krankheit tatsächlich verursachte – sie aber nicht aufrechterhalten könne, ja? Ich war ja von der fixen Idee besessen, daß es sich um eine außerirdische Krankheit handelte. Warum? Weil sie sich verhielt, wie von einem synthetischen Virus erzeugt, und *das gibt es bei keinem irdischen natürlichen Virus*. Serum von diesen Kindern reagierte immer so – es rief eine Form von Japetitis hervor, die nach etwa drei Monaten abflaute. *Wenn man der verdammten Sache ein Ende machen will, braucht man nur aufzuhören, den Virus zu spritzen!*

Iris: Oh, dieser Mann, dieser wunderbar clevere Mann und seine Familie auf der ganzen Welt, die kleinen Lieblinge, die hübschesten, die er finden konnte, die regelmäßig zu besuchen er nie, niemals versäumte ... (*Sie fängt plötzlich an zu weinen.*) Er h-hat mir so l-leid getan! Erinnern Sie sich an den Abend, als er ... sich entblößte, um uns zu sagen, daß er selbst k-keine Kinder haben kann?

Kearsarge: Von wem reden Sie da – von Heri Gonza? Menschenskind, er hat eine Ex-Ehefrau und drei Kinder, für die er bezahlt, in Spanien, eine zweite in Paris, mit fünf Kindern, davon drei von ihm, und die in Pittsburgh – Mann, der Herr ist doch dauernd in Schwierigkeiten. Er *haßt* Kinder – ich meine, er haßt sie wirklich.

(Iris beginnt zu lachen. Wahrscheinlich Hysterie.)

Abblenden zu Schwärze, dann Blick in den Weltraum mit seinen

Sternen. Wieder Schwärze, dann Lichtkreis, überblenden auf: Burcke, am Schreibtisch. Er schließt Logbuch.

Burcke: Das ist, leider, eine wahre Geschichte. Die ›Fafner 203‹ landete nachts vor sechs Tagen auf einem kleinen Acker in einiger Entfernung von hier, und Dr. Horowitz rief mich an. Nach ausführlicher Besprechung entschied man sich dafür, die unglückselige Geschichte so zu präsentieren, verfaßt von vier Menschen, die sie wirklich erlebt haben. Sie sind jetzt hier bei mir. Und hier ist ein übel verleumdeter Mann, gewiß einer der größten medizinischen Forscher, die es gibt – Doktor Horowitz.

Horowitz: Danke. Als erstes möchte ich allen, zu denen meine Stimme dringt, versichern, daß wahr ist, was hier über die Japetitis gesagt wurde: Es handelt sich um eine synthetische Störung, die ihrer Natur nach harmlos ist und, wenn sie auftritt, nach zwei bis zwölf Wochen von selbst vergeht. Nicht ein einziges Kind ist daran gestorben, und diejenigen, die am längsten die Opfer der Krankheit gewesen sind – manche bis zu zwei Jahren – sind unzweifelhaft ›sehr gut behandelt‹ worden. Meine drei Begleiter und ich sollten natürlich ermordet werden, aber es war unser wichtigstes Bestreben, dafür zu sorgen, daß das nicht weiterverfolgt wird.

Burcke: Ich möchte in meinem eigenen Namen und im Namen meiner Kollegen von Herzen das größte Bedauern für jedes Maß an Belästigung und Qual aussprechen, das diese Sendegesellschaft und ihre Stationen ungewollt verursacht haben. Um das zu unterstreichen, durchleiden wir mit Ihnen die Vorführung des folgenden kurzen Films, der erst vor zwei Tagen in der JS-Klinik in Montreal aufgenommen wurde. Was Sie in meiner Hand sehen, ist ein dünner Gummihandschuh, auf der Hand nahezu unsichtbar. An den Fingerspitzen befindet sich ein mikroskopisch kleiner Wald von dünnen, scharfen Stahlspitzen, nur ein paar Hundertstel Millimeter groß. Und dieses Metalletui, in jede Jackentasche passend, enthält den synthetischen Virus in Gel-Form.

Überblenden auf:

Wilde Fröhlichkeit in einer Klinikstation. Kinder in verschiedenen Stadien der Japetitis, die sich vor Lachen über den hüpfenden, brummenden, gurgelnden, quakenden, lustigen Mann ausschütten, der von Bett zu Bett geht, guck mal, du! und guck! ein Kind nach dem anderen am Nacken tätschelnd, und zwischen den Betten jedesmal die Fingerspitzen in die Jackentasche tauchend.

Überblenden auf Burcke.

Burcke: Gute Nacht, meine Damen und Herren, liebe Kinder . . . *Es tut mir leid.*

Im Vorführraum wurde es hell. Niemand war mehr bei Heri Gonza als Burcke: Alle anderen waren leise aufgestanden, hatten die letzten Szenen von der Tür aus verfolgt und sich davongestohlen.

»Ihr habt das wirklich gesendet?« fragte der Komiker, um ganz sicherzugehen.

»Ja.«

Heri Gonza sah ihn ausdruckslos an und ging zur Bühnentür. Sie öffnete sich vorher, und vier Personen kamen herein. Flannel, Kearsarge, Horowitz, Iris Barran.

Wortlos trat Flannel auf den Komiker zu und hieb ihm die Faust in den Magen. Heri Gonza sank ächzend langsam auf den Boden.

Horowitz sagte: »Wir haben uns lange überlegt, was wir mit Ihnen machen sollen, Heri Gonza. Flannel wollte unbedingt einen einzigen Faustschlag anbringen und ließ sich das nicht ausreden. Wir anderen waren der Meinung, daß Sie zu töten zu gut wäre für Sie, aber wir wollten Sie erledigen. Deshalb haben wir dieses Drehbuch geschrieben. Jetzt sind Sie tot.«

Heri Gonza stand nach einer kurzen Pause auf und ging durch die Bühnentür und hinaus auf die riesengroße, schier endlose Bühne. Da stand er allein, die ganze Nacht, und am Morgen war er verschwunden.

Hochzeit mit Medusa

»Dir polier' ich die Fresse, Al«, sagte Gurlick, »ich brech' dir das Genick. Ich spreng' deinen Laden in die Luft, und dich mit, und deinen ganzen Fusel dazu, wer mag den schon? Hörst du, Al?«

Al hörte ihn nicht. Al stand in seinem Lokal, drei Straßen entfernt, hinter der Bar, wahrscheinlich noch rot im Gesicht vor Empörung, den langen, kahlen Kopf noch immer zur leeren Tür wendend, durch die Gurlick geflüchtet war, noch immer wiederholend, was alle seine Gäste eben miterlebt hatten: Gurlick, aus der feuchten, kalten Nacht geduckt hereinschlurfend, katzbuckelnd vor Al, die Bartstoppeln in einem schiefen, gelbzähnigen Grinsen dehnend, den Kopf auf die Seite gelegt, die fahlgrünen Augen mit dem fleckigen Weiß halb geschlossen.

»Kommt da rein«, würde Al zum viertenmal innerhalb von neun Minuten mitteilen, »mit seinem ›guter, alter Al‹ und ›hallo, Kumpel‹, und ›kennst mich ja, Al‹, und ›wie wär's mit einem Kleinen, na, du weißt schon‹, und ich sage nur, ›ich kenne Sie schon, Gurlick, da ist die Tür, von mir bekämen Sie keinen Sand, wenn wir am Strand wären‹, und er spuckt einfach, direkt auf die Theke, und rennt raus und steckt noch mal den Kopf rein und nennt mich einen –« Scheinheilig würde Al das Wort nicht in den Mund nehmen. Und der Rye-mit-Angostura an der Tür würde weise nicken und sagen: ›Die Mutter eines Menschen muß einem ehrenwert sein, was auch sonst sein mag‹, während das große Bier sein Glas umklammern würde, warm wie Kinderbrei und ohne Blume, um zu erklären: ›Sie hatten recht, Al, vollkommen recht.‹

Gurlick, jetzt vier Straßen entfernt, blickte über die Schulter und sah keinen Verfolger. Er wurde langsamer und zog die Schultern hoch. Er verfluchte Al, und das Bier, und den Rye-mit-Angostura, und erklärte, er werde mit jedem von ihnen fertig, auch mit allen gemeinsam.

Davon war natürlich keine Rede. Er hatte es nicht in sich. Es wäre ein gewisser Erfolg gewesen, und für Gurlick war es schon zu spät, als daß er, ohne Unterstützung, noch so etwas Neues und Unbekanntes wie Erfolg hätte erreichen können. Sein erster Atemzug war ungelegen und mühsam gekommen, und von da an hatte er noch nichts richtig gemacht. Er bettelte schlecht und stahl, wenn es absolut ungefährlich war, was selten vorkam, und er raubte Betrunkene aus, vorausgesetzt, sie waren völlig bewußtlos, allein und nicht zu beobachten. Er schlief in Lagerhäusern, Güterwaggons, abgestellten Lastautos. Er arbeitete nur im äußersten Notfall und mußte trotzdem erst noch die zweite Woche durchstehen.

»Die tranchier' ich«, murmelte er. »Ich zerleg' sie –«

Er schlich in eine Gasse und tastete sich an der Mauer zu einer Abfalltonne vor, die er kannte. Es war eine Restauranttonne, und manchmal ...

Er hob den Deckel, und dabei sah er etwas Blasses weggleiten und auf den Boden fallen. Es sah aus wie ein Brötchen, und er griff danach und verfehlte es. Er bückte sich danach, und ein Teil der dunstigen Wand neben ihm schien sich abzulösen und fest und behaart zu werden; es krabbelte an seinen Beinen vorbei. Er ächzte und stieß mit dem Fuß zu, bösartig, krampfhaft.

Sein Fuß traf voll, und das Wesen erhob sich in die Luft und fiel am Zaun hart herunter, im trüben, feuchten Licht von der Straße. Es war ein kleiner, weißer Hund, fast verhungert. Er japste zweimal leise, versuchte aufzustehen und konnte nicht.

Als Gurlick sah, daß er hilflos war, lachte er laut und stieß zu und trat darauf herum, bis er tot war, und mit jedem Tritt wurde seine Rache mächtiger. Da fiel Al, da kippten die beiden Gäste, da einer für die Bullen, einer für alle Richter und Gefängnisaufseher, und ein kräftiger für alle Leute in der Welt, denen etwas gehörte, und zum Schluß einer für den Regen.

Bis er fertig war, war ein recht großer Mann aus ihm geworden.

Außer Atem ging er keuchend zur Tonne zurück und tastete herum, bis er die Semmel fand. Sie war feucht und glitschig, aber es war ein halber Hamburger, den irgendein Verworfener nicht aufgegessen hatte, und nur darauf kam es an. Er wischte ihn an seinem Ärmel ab, was sich auf Ärmel und Brötchen kaum auswirkte, und schob ihn in den Mund.

Er trat hinaus ins Licht und blickte durch den Nebel hinauf zu den kantigen Schultern der Gebäude, die herumstanden, um ihn zu beobachten. Er war ein Mann, der für das, was ihm Rechtens gehörte, gekämpft und getötet hatte.

»Laßt euch bloß nicht mit mir ein«, knurrte er die Stadt an.

Eine Art Rausch erfaßte ihn. Er fühlte sich so wie am Beginn des Traums, den er oft träumte, auf einem Fußweg an einem See, guter Laune, stark und erwartungsvoll, weil er wußte, daß er am Ufer auf das Kleiderbündel stoßen würde. Den Traum hatte er jetzt nicht, das wußte er; es war zu kalt und zu naß, aber er straffte trotzdem die Schultern. Er marschierte los und schaute hinauf. Er warnte die Welt vor sich. Er sagte, er werde sie schütteln und zu Boden werfen und ihr ins feiste Gesicht treten.

»Ihr merkt schon noch, daß Dan Gurlick da vorbeigekommen ist«, sagte er.

Diesmal hatte er völlig recht, denn nun hatte er es in sich.

Es war im Hamburger gewesen, und vorher im Pferd, aus dem die Bulette zum größten Teil stammte, und vorher in zwei Vögeln, einem nach dem anderen, die es für eine Beere gehalten hatten. Und vorher . . . aber das ist schwer zu sagen.

Beim ersten Vogel spürte es, daß es am falschen Ort war, und es unternahm nichts, ebenso beim zweiten. Als es, zusammen mit einem Maulvoll Gras, von dem Pferd verschlungen worden war, hatte es zunächst Hoffnung gehegt. Es hatte sich aufgerichtet und den Verdauungstrakt bald verlassen, um sich zwischen Zellen und Fasern in ein Ganglion zu zwängen.

Dort spürte es eine neue Enttäuschung, und das war auch höchste Zeit – sobald es in die Neuron-Ketten drang, würde sich seine Natur unwiderruflich verändern, und es hätte sein ganzes Leben bei dem Pferd bleiben müssen. So kam es auch, aber nachdem das Metzgermesser es verfehlte, die Fleischmaschine es würgte, zwickte, dehnte, konnte es seiner Aufgabe noch immer nachgehen, wenn die Zeit kam.

Acht Monate in der Tiefkühltruhe berührten es nicht, ebensowenig heißes Fett. Der Junge, der in die sich daraus ergebende Bulette biß, war das einzige menschliche Wesen, das es jemals sah. Es sah aus wie eine gekochte Rosine, oder schlimmer. Der Junge erklärte das auch, bekam einen anderen Hamburger, und der Rest des ersten landete auf der Abfalltonne, wo Gurlick ihn fand und um ihn kämpfte.

Es regnete heftig. Gurlicks Hochstimmung verschwand, seine Schultern stiegen hoch, sein Kopf zog sich ein. Er schlurfte durch die Nässe und sank bald wieder auf die gewohnte Ebene barbarischen Elends hinab. Und dort blieb er eine Weile.

Das Mädchen hieß Charlotte Dunsay und arbeitete in der Buchhaltung. Sie war offen und sonnig und sehr hübsch. Haar von sattem Braun mit rubinroten Glanzlichtern, topasfarbene Augen, die eigentlich nur bestimmte Blondinen haben. Eine Figur, die Paul Sanders von der Arzneimittelabteilung für Verschwendung hielt, als er erfuhr, daß ihr Mann bei der Handelsmarine war und die Australienstrecke befuhr. Schon Stunden, nachdem sie in der ganzen Firma Aufsehen erregt hatte, war ihr fröhliches, aber unerschütterliches: ›Danke, nein, wirklich nicht‹ überall bekannt.

Paul faßte das als glatte Herausforderung auf, hielt aber Distanz und wartete ab. Als verlautete, daß das Schiff ihres Mannes am großen Barrier-Riff beschädigt worden war und mühsam Tasmanien erreicht hatte, um dort repariert zu werden, hielt Paul die Zeit für gekommen. Er wettete sogar mit einem Kollegen.

Er hatte den Zeitpunkt – Samstag abend –, den Ort – ihre Wohnung, da sie nie ausging – und die Frau. Er brauchte nur noch hinzugelangen. Er wußte auch, wie.

Am Samstag abend, so spät, daß nicht mehr viele Leute in den Gängen unterwegs waren, aber noch so früh, daß sie noch nicht im Bett sein konnte, betrachtete Paul Sanders sich kurz in einem Spiegel ihres Apartmenthauses, zwinkerte sich zu und klopfte dann an ihre Tür. Er hörte leise, schnelle Schritte und atmete plötzlich schwer, wie jemand, der ein Schluchzen unterdrücken will.

»Wer ist da? Was ist los?«

»Bitte«, stöhnte er an der Türfüllung, »bitte, bitte, Mrs. Dunsay, helfen Sie mir!«

Sie öffnete die Tür sofort einen Spalt.

»Oh, Gott sei Dank«, stieß er hervor und drückte dagegen. Sie sprang zurück, die Hände am Mund, er schlüpfte hinein und schloß die Tür mit dem Rücken. Sie wollte eben zu Bett gehen, wie er kaum zu hoffen gewagt hatte. Der Morgenrock war ein bißchen sehr vernünftig, aber was er vom Nachthemd sehen konnte, war gut, sehr gut.

»Lassen Sie nicht zu, daß sie mich kriegen!« sagte er heiser.

»Mr. Sanders!« Sie kam näher. »Niemand kriegt Sie. Setzen Sie sich hin, bis keine Gefahr mehr besteht. Oh!« ächzte sie, als er den Mantel aufklaffen ließ, um den Riß und den Blutfleck zu zeigen. »Sie sind verletzt!«

Er biß die Zähne zusammen, knöpfte den Mantel zu, lächelte verkrampft und sagte: »Nur ein Kratzer.« Dann sackte er zusammen, griff nach dem Türknopf, zog sich daran hoch und lächelte. Es war überwältigend.

»Oh – oh, kommen Sie und setzen Sie sich«, rief sie.

Sie half ihm, sich aufs Sofa zu setzen, Mantel und Hemd auszuziehen. Es war wirklich nur ein Kratzer, und sie schien das viele Blut nicht bemerkenswert zu finden. Ein paar Kubikzentimeter aus dem Plasmalabor erzielen eine große Wirkung.

Sie holte Schere, Verbandszeug, warmes Wasser, knipste eine Tischlampe an, und er sagte, er wolle ihr lieber nichts erzählen, weil er gar nicht hier sein sollte ... sie dürfe von solchen Dingen nichts wissen ... er sei ja so idiotisch gewesen ... und so weiter, bis sie darauf bestand, daß er ihr alles erzählen könne, wenn er sich dann nur besser fühle.

Er bat sie, etwas mit ihm zu trinken, bevor er anfange, denn danach werde sie es nicht mehr tun, und sie hatte nichts als Sherry, aber damit war er einverstanden. Er leerte ein Röhrchen aus seiner Tasche in sein Glas und konnte es mit ihrem vertauschen, und beim ersten Schluck runzelte sie die Stirn und starrte ins Glas, aber er redete schon wie ein Wasserfall, und sie mußte aufpassen.

Nach zwanzig Minuten verstummte er. Sie sagte nichts, sondern starrte ein wenig betäubt auf ihr Glas, das sie mit beiden Händen festhielt. Er nahm es ihr weg und prüfte ihren Puls. Er war langsamer als normal, und sehr viel kräftiger. Das Glas war zwar nicht leer, aber sie hatte genug getrunken. Er rückte näher.

»Wie fühlen Sie sich?«

Nach ein paar Sekunden sagte sie langsam: »Ich fühle ...« Ihre Lippen bewegten sich, sie schüttelte ein wenig den Kopf und starrte ihn aus Topasaugen an, die ganz schwarz geworden waren.

»Charlotte ... Lottie ... einsame, kleine Lottie. Du bist einsam. Du bist so allein gewesen. Du brauchst mich, kleine Lottie«, murmelte er und beobachtete sie prüfend.

Als sie nichts sagte, sich nicht rührte, öffnete er ihren Morgenrock und zog ihren Arm aus dem Ärmel.

»Das brauchst du nicht mehr«, flüsterte er. »Dir ist warm, so warm . . .« Er befreite ihren anderen Arm und ließ den Morgenrock heruntergleiten. Sie schien nicht zu begreifen, was er tat.

Er nahm sie langsam in die Arme. Sie hob die Hände, wie um ihn abzuwehren, aber sie schienen keine Kraft zu haben. Ihr Kopf näherte sich dem seinen, bis ihre Wange an der seinen lag.

»Ich darf das nicht tun, Paul«, sagte sie leise. »Laß es nicht zu. Harry ist der . . . es hat nur ihn gegeben. Es darf nie einen anderen geben. Ich . . . mit mir ist etwas geschehen. Hilf mir, Paul. Hilf mir. Wenn ich das mit dir mache, kann ich nicht mehr leben. Ich werde sterben müssen, wenn du mir jetzt nicht hilfst.«

Sie klagte ihn in keiner Weise an.

Nicht ein einziges Mal.

Das Wrack des alten Lastwagens stand vergessen am nie besuchten Außenrand eines Schrottplatzes. Gurlick besuchte ihn nicht; er wohnte meistens darin. Manchmal war es dafür zu kalt, und in der heißesten Sommerzeit blieb er wochenlang fern, aber die meiste Zeit leistete er ihm gute Dienste. Er hielt den Wind und fast den ganzen Regen fern; er war schmutzig, dunkel und kostenlos.

In diesem Lastauto, zwei Tage nach seiner Begegnung mit dem Hund und dem Hamburger, wurde er aus tiefem Schlaf geweckt von . . . nennen wir es ›die Meduse‹.

Sein Kopf tat nicht direkt weh. Es war auch nicht, was Gurlick gelegentlich einen ›verrückten‹ Kopf nannte. Im Gegenteil, er schien ein geräumiges, eisiges und penibles Gleichgewicht zu halten, etwas, das wie eine metrische Läsion an der Innenfläche seines Denkens lag.

Er fühlte sich beinahe fähig, das Ding anzusehen, aber obwohl es in seinem Kopf war, existierte es in einer erschreckenden *Richtung*, und zu Anfang konnte er sich nicht überwinden, dorthin zu blikken.

Aber dann begann das Ding sich auszubreiten und zu wachsen, und nach einigen schwankenden, stöhnenden Augenblicken war nichts mehr in seinem Kopf *als* das neue Licht, das sich öffnende Fenster, das auf zwei Galaxien und Teil einer dritten hinausblickte, durch die Augen und Hirne zahlloser Milliarden von Individuen, Kulturen, Schwärmen, Scharen, Rudeln, Mengen, Paaren, Herden,

Rassen, Haufen und anderen Arten und Quantitäten von Gruppen und Gruppierungen, Komplexen, Systemen und Paarungen, für welche die Sprache noch keine Ausdrücke hat; lebend im flüssigen Zustand, im festen, gasförmigen und in vielen anderen mit Kombinationen und Abwandlungen dazwischen; schwimmend, fliegend, kriechend, grabend, marin, verwurzelt, überspült; und unterschiedlich bebeint, bewimpert und beflügelt; mit Bewußtseinszuständen, die man Schleich-Hirn, Spreng-Hirn, Plansch-Hirn, Erregungs-, Sprung- oder Murmel-Hirn nennen konnte, und andere Denkweisen, zu zahlreich, zu schwierig oder zu grauenhaft zu erwähnen.

Und, über allem, das Zentralbewußtsein des Wesens selbst – wenngleich ›zentral‹ irreführend ist; das Schwarm-Hirn durchdringt – die Meduse, die galaktische Qualle, das Überbewußte des grenzenlosen Tiers, von dem die Bewohner eines Planeten hier ein Nerv und dort ein Organ waren, wo ganze Kulturen spezialisierte Ganglien darstellten; das Wesen, von dem Gurlick jetzt ein Glied und ein Teil war, auch wenn er nur ein kleineres Atom in einem einfachen Molekül einer primitiven Zelle war – dieses mächtige Bewußtsein nahm Gurlick wahr, und er es.

Er betrachtete es nur so lange, um zu wissen, daß es da war, dann sperrte er neun Zehntel seines Hirns vor dem bloßen Gedanken. Wenn man Gurlick eine Seite aus den Schriften Immanuel Kants vorlegte, würde er sie sehen; er könnte vielleicht sogar eine Anzahl der Wörter lesen, aber er würde keine Zeit oder Mühe darauf verschwenden. Er würde sie sehen und wegschieben oder sehen, ohne zu sehen und warten, bis sie verschwände.

Beim Aussäen hatte die Meduse nun ihren runzligen Rogen in manch einer phantastischen Höhlung abgelegt. Und wenn eine dieser verstreuten Sporen überhaupt überlebte, dann überlebte sie in und verbunden mit der Person und der Gattung, in der sie sich befand.

War die Wirts-Ganzheit ein Fisch, so blieb er ein Fisch, handelte als Fisch, dachte als Fisch; und wenn er eine ›Person‹ wurde, wie die Biologen die einzelnen Polypen nennen, aus denen die unfaßbaren Kolonien bestehen, die Hydromedusen genannt werden, dann weist sie fischliche Dinge nicht ab. Im Gegenteil; es lag im Interesse der Meduse, ihre mannigfaltigen Teile in den Medien spezialisiert zu lassen, in denen sie sich entwickelt hatten; der Fisch blieb nicht nur ein Fisch, sondern in vielen Fällen verstärkte sich sein Wesen noch.

Deshalb blieb er, indem er Gurlick in sich hineinzog, im ungleichen Wechselfluß von sich selbst zu Gurlick und umgekehrt – einfach Gurlick.

Was Gurlick von der Umwelt der Meduse sah, betrachtete er nicht. Was die Meduse spürte, war nur das, was Gurlick spüren konnte, und – bedauerlicherweise für den Stolz unserer Gattung – Gurlick selbst. Sie konnte nicht, wie man annehmen könnte, jedes Teilchen von Gurlicks Wissen und Erfahrung herausreißen, noch konnte sie Gurlicks Welt auf andere Weise betrachten als durch Auge und Hirn des Mannes selbst. Antworten mochte es da auf die von der Meduse gestellten Fragen geben, aber sie standen nicht zur Verfügung, bis Gurlick sie selbst formulierte.

Das war bei ihm schon immer ein langsames Verfahren gewesen. Er dachte wörtlich, und seine Konstruktionen wurden mit annähernder Sprechgeschwindigkeit gebaut. Das Endergebnis war außergewöhnlich; die unwiderstehlichen Forderungen pfeilten aus der Unermeßlichkeit in ihn hinein, querten Lichtjahre mit beträchtlich geringerer Schwierigkeit als bei der Durchdringung von Gurlicks dünner, zäher Schicht subjektiver Unschärfe, von Nichtswissen-wollen, Nichts-verstehen, Nichts-verstehen-wollen. Aber sie erreichten ihn doch, die mächtigen Stimmharmonien, mit denen das Super-Wesen Ideen vermittelte . . . und wurden beantwortet, wann Gurlick dazu fähig war, wie er es vermochte und laut, mit seinen eigenen Worten.

»Okay, *okay*«, sagte er, als der majestätischste, komplexeste, erfinderischste und potenteste Intellekt im ganzen bekannten Universum Gehör verlangte. »Was willste?«

Gurlick hatte keine Angst. So unglaublich das erscheinen mag, man muß sich darüber klar sein, daß er nun ein Glied, ein Bestandteil des Wesens war, obwohl sein innerstes Wesen dabei intakt blieb.

Die Meduse gab nicht nach. Gurlick wollte nicht hören, wollte einfach nicht . . . und mußte doch, nützte den einfachsten Ausweg und beschränkte sich auf grollendes Murren. Man kann bezweifeln, ob sonst irgend jemand auf der Erde sich bei dem Invasor so schnell heimisch gefühlt hätte.

»Was willste?«

Die Meduse sagte ihm, was sie wollte, ungläubig, wie jemand, der das absolut, total Naheliegende erläutert, und erntete Leere von Gurlick. Ein Augenblick Fassungslosigkeit, dann wurde die Forderung nachdrücklich wiederholt.

Und Gurlick begriff noch immer nicht. Wenige Menschen hätten verstanden, denn nicht viele haben sich bemüht, die Natur des Schwarm-Bewußtseins zu begreifen – wie es sein muß, ein solches Bewußtsein zu besitzen, und ferner, nichts davon zu ahnen, daß es eine andere Art von Bewußtsein überhaupt geben kann.

Die Meduse hatte seit Äonen im ganzen Weltraum Intelligenz nur als Erscheinung der Gruppe kennengelernt, so daß sie gar nicht in der Lage war, die Begriffe ›Intelligenz‹ und ›Gruppe‹ zu trennen. Daß eine einzelne Wesenheit irgendeiner Gattung eines einzigen Gedankens ohne das Wirken von Gruppenmechanismen auch nur fähig sei, lag außerhalb ihrer Erfahrung und ihrer sonst beinahe vollständigen Allwissenheit. Sich mit einem Individuum einer Gattung in Verbindung zu setzen, hatte, jedenfalls bislang, bedeutet, mit der gesamten Gattung in Kontakt zu treten.

Gurlick saß am Boden des alten Lastwagens, ohne sich für die Sondierung und Prüfung zu interessieren. Eine Menge Geschwätz von jemand, der mehr als er von Dingen wußte, die er nicht verstand. Wie immer.

Öh!

Es war etwas ohne Sicht, Geräusch und Berührung gewesen, aber es traf wie alle drei, durchtränkte ihn kurz mit unerträglicher Spannung, wich dann zurück und ließ ihn schlaff und durchgeschüttelt zurück. Irgendwo hatte sich ein mächtiger Generator eingeschaltet und seine Energie übermittelt, und das richtete vieles in ihm an, und alles tat weh und nichts davon war erwünscht.

Er war einfach nicht der richtige Leiter für eine solche Kraft. Er war ein massiver Block in einem Rohrsystem, ein Luftstrom in einer elektrischen Schaltung, das falsche Material am falschen Platz, und das Output-Ende war nirgends angeschlossen.

Das Maß an Verwirrung in der Meduse war spektakulär. Seit alters hatte es stets irgendwo ein Segment gegeben, das mit einer Antwort auf etwas zu dienen vermochte; nur hier nicht.

Dieser schlagartige Zufluß hätte in der Psyche jedes rationalen

Wesens auf der Erde explodieren müssen, ein Netzwerk von ungreifbaren, unzerreißbaren Fäden, die zu Gurlick und durch ihn zur Meduse selbst führten. So war es immer gewesen – nicht fast immer, sondern immer. So breitete sich das Wesen aus. Nicht durch Feldzug, Angriff, Belagerung, Konsolidierung, Eroberung, sondern durch Kontakt und Einströmen.

Von Methansumpf zu luftleerem Fels, von Sonne zu Sonne durch zwei Galaxien und Teil einer dritten zuckten die Botschaften, sortierend, durchkämmend, Testhypothesen aufstellend, kalkulierend, extrapolierend. Und diese Zuckungen nahmen die Färbung von Furcht an. Die Meduse hatte noch nie Furcht gekannt. Die Erde hatte also einen Schild, und ein Schild ist fast soviel wie eine Waffe. Er *war* eine Waffe, im Wörterbuch der Meduse, denn Ausdehnung war für ihr Bestehen ein so grundlegender Faktor wie das Göttliche für die Religiösen, wie Atem oder Herzschlag für ein Tier. Die Erde war plötzlich weit mehr als eine Beere, die der Mammut mitverschlang. Die Menschheit mußte nun aufgesaugt werden, nach allen Maßstäben des Prinzips, der umfassenden Ethik, des Lebens.

Und es mußte geschehen durch Gurlick, denn die Aktion der ›Spore‹ in ihm war unwiderruflich, und kein anderes menschliches Wesen konnte davon betroffen sein. Die Erde war körperlich zu weit entfernt vom nächsten medusenbeherrschten Planeten, als daß ein größerer Ansturm oder auch nur eine Forschungsexpedition möglich gewesen wäre.

Nein, es mußte durch Gurlick geschehen, der mit Gedankenemanationen manipuliert werden mochte – werden mußte, die von physischen Gesetzen unabhängig sind.

Während Gurlick nach dem Energiestoß schlaff dahockte, stellte die Meduse Tausende von Berechnungen an. Aus den Überlegungen einer raumfahrenden Kultur tief im Kohlensack-Nebel kam ein Gedanke in Form einer spekulativen Analogie:

Als Schutz gegen dichte Konzentrationen kosmischen Staubs hatten diese Wesen Raumschiffe gebaut, die bei Annäherung an eine Wolke in Hunderte stromlinienförmiger Teile zerfielen und sich wieder vereinigten, sobald die Gefahr vorbei war. Konnte es sich dabei um etwas handeln, was auch die Menschheit getan hatte? Hatte sie einen eingebauten Mechanismus, wie der Schwanz des

Backenhörnchens, die ausstoßbaren Eingeweide der Seegurke, der das Schwarm-Bewußtsein bei Kontakt von außen zerfallen ließ, in zweieinhalb Milliarden Einzelteile wie diesen Gurlick?

Das schien es zu sein. Aber wie konnte es ungeschehen gemacht und das Gesamtbewußtsein der Menschheit wiederhergestellt werden? Darin lag die Antwort für die Meduse. Die Menschheit vereinigen – sie dachte: wiedervereinigen – und das einzige dann noch bestehende Problem würde das Einströmen sein.

»Mach das noch mal, und ich bin hin, verstehste?« keuchte Gurlick.

Die Meduse fragte Gurlick, was er wollte.

»Laß mich in Ruh«, sagte Gurlick.

Die Antwort darauf war ein glattes Nein, mit einer leisen Regung der zerrüttenden Energie, die schon einmal angewendet worden war. Gurlick wimmerte, und die Meduse fragte wieder.

»Was ich will?« flüsterte Gurlick. Er gebrauchte vorübergehend keine Worte, aber die Begriffe waren da. Haß und zerschlagene Gesichter, und der Geschmack von Schnaps, und ein Kleiderbündel am Ufer eines Teiches; sie sah ihn da sitzen und erschrak; dann lächelte sie und sagte: Hallo, Hübscher. Was er wollte? . . .

Die Meduse begann Versprechungen zu machen. Die Belohnungen wurden überaus lebhaft beschrieben.

»Na klar, klar«, sagte Gurlick schließlich. »Das stell' ich fest, wie man die Leute wieder zusammenbringen kann. Und dann, Mann, dann tret' ich ihnen in die Fresse.«

So kam es, daß Daniel Gurlick leise lachend seinen alten Lastwagen verließ, um die Welt zu erobern.

Dimity Carmichael lehnte sich zurück und sah das weinende Mädchen lächelnd an.

»Sex ist schließlich völlig unnötig«, sagte sie zu Caroline.

Caroline kniete auf dem Teppich, das Gesicht in einem Kissen verborgen. Sie war vor einiger Zeit hereingetaumelt, hatte etwas von einem Zahnarzt gestammelt, wie weh es getan habe, sie sei nicht mehr heimgekommen . . .

Dimity hatte ihr Fragen gestellt, bis Caroline in Tränen ausgebrochen war.

»Ich weiß schon lange, was du treibst. Und endlich hat es dich erwischt.« Und anschließend hatte Dimity erklärt, wie unnötig Sex sei. »Etwas Gutes hat er dir jedenfalls nicht gebracht. Warum hast du nachgegeben, Caroline? Du hättest es nicht zu tun brauchen.«

»Ich habe es getan, ich habe doch –«

»Unsinn. Sag, du wolltest es, und wir kommen der Wahrheit näher. Niemand *muß*.«

Caroline sagte etwas von Liebe.

»Liebe ist das nicht, Caroline. Liebe ist alles andere, was zwischen Mann und Frau sein kann, ohne *das*.«

Caroline schluchzte.

»Das ist die Probe, weißt du«, sagte Dimity Carmichael. »Wir sind menschliche Wesen, weil es Verschmelzungen zwischen uns gibt, die bei – sagen wir, bei – Kaninchen nicht vorkommen. Ist ein Mann bereit, für eine Frau ein großes Opfer zu bringen, kann das ein Beweis für Liebe sein. Rücksicht, Galanterie, Güte, gemeinsame Freude an Büchern und Musik – damit beweist sich ein Mann, nicht durch seine Fähigkeiten als Rammler.«

Caroline schauderte. Dimity Carmichael lächelte.

»Ich kann es einfach nicht so sehen wie du«, sagte Caroline schließlich.

»Du wärst aber viel glücklicher.«

»Ich weiß, ich weiß –«, schluchzte Caroline.

»Du kannst es, wenn du willst. Selbst nach dem Leben, das du gelebt hast – oh, ich weiß genau Bescheid – das läßt sich alles auslöschen und wird dich nie mehr stören. Wenn du dir von mir helfen läßt.«

Caroline schüttelte erschöpft den Kopf. Es war keine Ablehnung, sondern Zweifel, Verzweiflung.

»Was soll ich tun?« sagte Caroline.

»Erzähl mir, was geschehen ist – alles.«

»Du weißt, was geschehen ist.«

»Ich meine nicht heute nachmittag. Ich brauche die Ursache. Ich will wissen, was dich zu dem Ganzen gebracht hat.«

»Ich sage dir seinen Namen nicht.«

»Sein Name ist Legion«, sagte Dimity. »Er kümmert mich nicht. Du sollst beschreiben, was geschehen ist, das dich so weit gebracht hat.«

»Oh«, sagte Caroline leise. Sie wurde plötzlich rot. »Ich – ich weiß nicht, w–wann es war.«

»Spielt auch keine Rolle. Such es dir aus. Nehmen wir das erstemal bei dem letzten. Erzähl mir, was war – alles.«

»Warum?«

»Du wirst sehen. Also Punkt. Seid ihr beim Tanzen gewesen?«

»In einem Drive-In.«

»Und dann hat er dich –«

»Heimgebracht – zu sich. Wir tranken noch etwas, und dann – passierte es. Das ist alles.«

»*Was* passierte?«

»Oh, ich kann nicht, ich kann nicht darüber reden! Verstehst du das nicht?«

»Nein. Es geht um etwas, Caroline. Tu, was ich dir sage. Erzähl einfach.«

Caroline sah sie an und begann hastig zu sprechen. Dimity hörte eine Weile zu, dann unterbrach sie.

»Du mußt genau erzählen, wie es war. Ihr seid im Wohnzimmer gewesen. Du mußt dir das vorstellen – Vorhänge, Bilder, alles. Das Sofa stand vor dem Kamin, ja?«

Caroline beschrieb stockend das Zimmer, mußte schildern, was sie angehabt hatte. Sie redete und redete.

»Sag nicht es«, unterbrach Dimity einmal. »Es gibt Namen dafür. Gebrauch sie.«

»Oh, ich – ich kann einfach nicht.«

»Gebrauch sie.«

Caroline gebrauchte sie. Sie versuchte zu schildern, was sie empfunden hatte. Sie mußte berichten, was er gesagt hatte.

»Ah–h–h–h!« schrie Caroline plötzlich leise auf. »Ahhh ... ich dachte, er liebt mich! Ich glaubte, daß er mich liebt!« Sie weinte. »Das ist alles ...«

»Nein. Du hast gehen müssen, dich fertigmachen müssen. Hm? Was hat er gesagt? Was hast du gesagt?«

Und schließlich blieben keine Fragen mehr.

»Wie fühlst du dich?« fragte Dimity Carmichael.

Caroline ließ die Arme sinken und starrte an die Decke. Sie blickte dann forschend in Dimitys Gesicht.

»Ich fühle mich – scheußlich«, sagte sie schließlich. Sie setzte sich auf und bedeckte das Gesicht mit den Händen. »Durch das Erzählen war es, als hätte ich alles noch einmal erlebt. Aber – aber es war, als tue man es vor anderen Leuten. Vor –«

»Vor mir?«

»Ja, aber nicht genau.«

»Du hast es vor jemand anderem getan – vor dir selbst. Du wirst nie wieder in eine solche Situation kommen«, sagte Dimity Carmichael, »ohne dich das erzählen zu hören, jede Einzelheit, jeden Anblick, jedes Geräusch. Nur wird es nicht Wochen auseinander sein, wie jetzt, sondern gleichzeitig.«

»Aber durch das Erzählen wird es so ... billig, beinahe ... komisch.«

»Das kommt nicht vom Erzählen, sondern der Akt selbst ist lächerlich, ungraziös, zu banal für den entsetzlichen Preis, den man dafür bezahlt. Jetzt kannst du ihn sehen wie ich, jetzt wirst du ihn nicht mehr anders sehen können. Wasch dir das Gesicht.«

Sie tat es und sah viel besser aus, als sie zurückkam. Sie zog ihre Jacke an und griff nach Mantel und Tasche.

»Ich gehe. Ich fühle mich viel besser.«

»Du fängst an, so zu empfinden wie ich.«

»Oh!« rief Caroline an der Tür. »Oh, ich möchte so gern so sein wie du! Wär' ich nur immer gewesen wie du!« Und sie ging.

Dimity Carmichael saß lange Zeit mit geschlossenen Augen da. Dann ging sie ins Schlafzimmer und zog sich aus. Sie mußte sich baden; sie fühlte sich stolz. Sie dachte plötzlich an das Gesicht ihres Vaters, dem ein solcher Stolz anzusehen gewesen war. Er hatte in der Versitzgrube eine Verstopfung beseitigt, die sonst niemand beheben wollte. Es war ihm unbeschreiblich übel geworden, aber als er völlig verdreckt heraufgekommen war, war es mit dieser Art von Stolz geschehen.

Sie zog einen Bademantel an, für die sieben Schritte zum Badezimmer. Als das Wasser die richtige Temperatur hatte, zog sie ihn aus und trat unter die Dusche. Sie lächelte noch einmal über das, was Caroline erzählt hatte, dann kam das Beste am Duschen, das, worauf Dimity sich am meisten freute.

Sie drehte den Kaltwasserhahn voll auf und rüstete sich mit ganzer Seele, ganzem Leib für diesen reinen – doch gewiß sexlosen – Augenblick totaler Empfindung.

Als das flüssige Feuer der Kälte sie einhüllte, öffneten sich die Lippen Dimity Carmichaels, die Zähne preßten sich zusammen, der Atem wurde zischend eingesogen.

Gurlick steckte das Kinn zwischen die Schlüsselbeine, zog die Schultern hoch und scharrte mit den Füßen.

»Ich komm' dahinter«, versprach er murmelnd. »Sag mir bloß, was du brauchst, ich komm' schon dahinter. Aber dann geht es los.«

An der Ecke begegnete er, was auf den ersten Blick einem übelriechenden Lumpenbündel gleichsah. Er wollte vorbeigehen, blieb aber stehen. Oder wurde zum Stehen gebracht.

»Is' nur Freddy«, sagte er angewidert. »Der weiß doch nichts.«

»Has'n Fünfer?« fragte das Bündel und streckte eine schmutzige Hand aus.

»Na klar hab' ich gesagt, einer weiß Bescheid, aber doch nicht der«, brummte Gurlick.

»Hast'n Fünfer? Oh – Danny. Hast'n Fünfer, Danny?«

»Na gut, na gut, ich frag' ihn!« sagte Gurlick zornig und wandte sich Freddy zu. »Halt's Maul, Freddy. Du weißt, daß ich keinen hab'. Hör mal, ich muß dich was fragen. Wie könnten wir alle wieder zusammengebracht werden?«

Freddy glotzte ihn an.

»Wer – du und ich? Was heißt ›zusammengebracht‹?«

»Hab's dir doch gesagt!« sagte Gurlick, nicht zu Freddy; dann wimmerte er unter dem gemischten Druck von Drohung und Versprechen und sagte: »Sag mir bloß, ob wir's können oder nicht, Freddy.«

»Was'n los mir dir, Danny?«

»Sagst du's jetz', oder nicht?«

Freddy blinzelte und schien im Begriff zu sein, sich geistig anzustrengen.

»Mich friert«, sagte er schließlich. »Seit drei Jahren friert mich. Haste was zu trinken dabei, Danny?«

Niemand war in der Nähe, also gab Gurlick ihm einen Tritt.

»Dummer Hund«, sagte er, zog das Kinn ein und schlurfte weiter. Freddy sah ihm eine Weile nach, bis er die verklebten Lider nicht mehr offenhalten konnte.

Zwei Straßen weiter sah Gurlick jemand anderen und wollte über die Straße. Er durfte nicht.

»Nein!« jammerte er. »Nein, nein, nein! Du kannst nicht jeden fragen, den du siehst.« Was er auch erwidert bekam, es hatte den gehörigen Nachdruck, denn er winselte: »Du brings' mich schön in die Klemme, wart nur ab.«

Fragen mußte er; er tat es. Die Klempnersfrau, einen Kopf größer als er, doppelt so schwer, fegte die Stufen. Er trat vor sie hin und krächzte: »Wie können wir wieder zusammengebracht werd'n?«

Sie begann gellend zu lachen. Er ließ sie stehen und ging zum Park. Dumpf verfluchte er die Frau und alle Weiber und alle ihre Männer und ihre sämtlichen Vorfahren und Nachkommen.

Im Park entdeckten ihn drei Halbwüchsige und sprangen wie toll um ihn herum. Einer ließ sich hinter ihm auf Hände und Knie fallen, die beiden anderen rempelten Gurlick an, daß er über das Hindernis kippte. Zuschauer sammelten sich, und die drei Jugendlichen ließen Gurlick aufstehen, nur um ihn gleich wieder umzustoßen. Schlagartig ließen sie von ihm ab und verschwanden in der Menge.

»Weitergehen! Schluß da! Weitergehen!« sagte ein Polizist. Die Menge zerstreute sich sofort. Gurlick, auf allen vieren, wurde von dem Polizisten hochgerissen.

»Was ist los mit Ihnen?«

Eine Dame kam heran und schimpfte über Halbstarke.

»So«, sagte der Polizist. »Ein Halbstarker, was?«

»Dreckskerle«, schluchzte Gurlick.

Der Polizist wehrte das empörte Geschnatter der Dame ab.

»Regen Sie sich nicht auf«, knurrte er. »Ich mache das schon. Also, was haben Sie zu sagen?« herrschte er Gurlick an.

Gurlick wimmerte und preßte die Hände an den Kopf. Schlagartig bedrängte ihn nichts so sehr wie der Druck in seinem Schädel. »Is' mir egal, ob da viele Leute sin', verlang jetzt nicht, daß ich frag'!«

»Was sagen Sie da?« brummte der Polizist.

»Okay, okay«, schrie Gurlick der Meduse zu und sagte zu dem Polizisten: »Ich möcht' nur wissen, wie wir wieder zusammenkommen.«

»*Was?*« »Wir alle«, sagte Gurlick. »Alle Menschen auf der Welt.«

»Er redet vom Weltfrieden«, sagte die empörte Dame. Man lachte. Jemand erklärte den Umstehenden, der Stadtstreicher fürchte sich vor den Kommunisten. Ein anderer hörte das und verstand, Gurlick sei ein Kommunist. Er vertraute das seinem Nachbarn an. Der Polizist bekam es zum Teil mit und schüttelte Gurlick.

»Reißen Sie hier die Schnauze nicht auf, sonst kassier' ich Sie.«

»Ja, Sir, ja, Sir«, murmelte Gurlick und schlurfte geduckt davon.

»Also, Schluß jetzt. Weitergehen, weitergehen –«

Gurlick begann zu laufen. Er war außer Atem, bevor er anfing, so daß sein Atem nur bis zum Parkrand reichte, wo er ans Geländer taumelte und wimmernd keuchte. Eine Hand legte sich auf seine Schulter, und er zuckte heftig zusammen.

»Keine Sorge«, sagte die empörte Frau. »Ich wollte Ihnen nur sagen, daß nicht alle Menschen auf der Welt grausam und gemein sind.«

Gurlick starrte sie an und bewegte die Lippen. Sie war um die Fünfzig, bebrillt, sehr ernsthaft.

»Denken Sie ruhig weiter an den Weltfrieden«, sagte sie. »Reden Sie auch davon.«

Er konnte noch nicht sprechen. Er schluckte.

»Sie armer Mann.« Sie kramte in ihrer Handtasche und fand einen Vierteldollar. Sie sah ihn an, seufzte, als sei er ein Erbstück, und gab ihn ihm. Er steckte die Münze ein, ohne sich zu bedanken.

»Wissen Sie's?« fragte er und preßte die Hände an die Schläfen. »Ich muß es rauskriegen, wissen Sie? Ich muß.«

»Was rauskriegen?«

»Wie die Leute wieder zusammengeführt werden können.«

»Oh«, sagte sie. »O je.« Sie dachte nach. »Ich fürchte, ich weiß nicht recht, was Sie meinen.«

»Siehste?« sagte er zu seinem inneren Quälgeist. »Keiner weiß es – keiner!«

»Bitte, erklären Sie es ein bißchen«, bat die Frau. »Vielleicht gibt es doch jemand, der Ihnen helfen kann, wenn ich es nicht kann.«

Gurlick sagte hoffnungslos: »Es sind die Hirne von den Leuten, wissen Sie, wie die alle wieder zusammenkommen.«

»Ach, Sie armer Mann . . .« Sie sah ihn mitleidig an, überzeugt davon, daß auf jeden Fall *sein* Hirn wieder zusammengesetzt werden mußte. »Ich weiß was! Doktor Langley ist der richtige Mann für Sie. Ich mach' für ihn einmal die Woche sauber, und wenn einer was vom Gehirn versteht, dann er. Er hat eine Maschine, die so Wellenlinien kritzelt, und er kann sie lesen und einem sagen, was man denkt.«

Gurlicks vage Vorstellung von einem solchen Gerät jagte zu den Sternen und löste eine elektrisierende Wirkung aus.

»Wo is'n das?«

»Die Maschine? In seiner Praxis. Er erzählt Ihnen alles davon; er ist sehr freundlich. Mir hat er es auch erklärt, obwohl ich nicht ganz –«

»Wo *is'n* das?«

»In seiner Praxis. Ach, Sie meinen, wo. Na, Deak Street 13, erster Stock. Von hier aus können Sie's fast sehen. Da, wo das Haus mit dem –«

Wortlos senkte Gurlick das Kinn, zog die Schultern hoch und zog los.

»O je«, murmelte die Frau sorgenvoll. »Hoffentlich stört er Doktor Langley nicht. Aber das tut er ja nicht, er glaubt an den Frieden.« Sie kehrte ihrer guten Tat den Rücken und machte sich auf den Heimweg.

Gurlick störte Dr. Langley nicht lange, und er brachte ihm wirklich den Frieden.

In Rom gab es einen geisteskranken Jungen, in Afrika einen zornigen Krieger, dem nachts die Yamswurzeln gestohlen wurden, und es gab einen Dieb, der sie stahl. Überall auf der Welt taten Menschen, von ganzem Herzen, die schwierigen Dinge, die sie tun mußten, um menschliche Wesen zu sein, und lernten, was sie lernen mußten, bezahlten, was es sie kostete. Vier Milliarden . . . vier Milliarden subjektive Planeten, manche einander nah umkreisend, andere weit draußen, kalt, in der einsamen Dunkelheit; aber alle getrennt, isoliert, vereinzelt. Kommissar, Bauer, Potentat, die Kinder, die Alten, die Wahnsinnigen, die Benachteiligten – jeder im Grunde allein.

Guido, der römische Junge, war während der Schlacht von Anzio geboren und eineinhalb Jahre danach von einem UNRRA-Team gefunden worden, bei wildlebenden Kindern. Er war voller Musik, bis zu einem Grad, der sogar in einem Land voller Musik auffiel. Er konnte pfeifen, bevor er zu sprechen vermochte, und er pfiff jede Melodie, sobald er sie ein einzigesmal gehört hatte. Ein Schäfer von Korfu nahm ihn auf und prügelte dem Jungen die Musik in den nächsten zehn Jahren aus dem Leib, oder vielleicht prügelte er sie hinunter.

Der Schäfer war ein Schmuggler, und er brauchte zwar den kräftigen Rücken des Jungen und seine beschwielten Hände, aber er wollte nichts an ihm haben, was Aufmerksamkeit erregen konnte. Guido wagte keinen Ton zu singen. Der Schäfer spürte es, wenn die Musik in dem Jungen hochstieg, und er schlug ihn nieder und trat ihn und seine ungeborenen Melodien. Als die Verbindung zwischen Musik und Bestrafung stark genug war, kam keine Musik mehr aus dem Jungen – und zuviel unzerstörbare, ununterdrückbare Musik war in ihm.

Nach dem Tod des Schäfers verwandelte Guido sich in etwas nicht ganz Menschliches. Er beging eine Reihe einfallsreicher Lästigkeiten, die lange im Getümmel der Stadt untergingen, da sie nichts miteinander zu tun haben schienen. Er zerschlug einige Glasmalereien, brach einem Bettler das Bein am Randstein, nahm einem Kind das Spielzeug weg und warf es in den Fluß; er verwüstete eine Druckerei.

Schließlich fand ein Kriminalbeamter mit besonderem Scharfsinn den roten Faden, der das Ganze zusammenhielt; denn die Glasfenster gehörten zur Kirche Mariä Verkündigung, und der Chor übte; der Bettler sang für sein Abendessen; das Spielzeug war eine Harmonika; in der Druckerei wurden Noten gedruckt. Dem Kriminalbeamten gelang es, Guido eine Geige zu besorgen, und für Guido gab es einen grellen Lichtblitz, und später sollte Musik aus ihm explodieren . . .

Und Mbala, der Krieger, begann nachts seinen Yams-Acker zu bewachen, was dem Brauch nach die Pflicht seines toten Vaters war, so, wie Mbala eines Tages sterben und dann die Yamswurzeln seiner Söhne bewachen würde. Aber Mbalas Glaube war erschüttert, denn sein Vater sollte gegen Teufel auf der Hut sein, nicht gegen

Menschen, und es war eindeutig ein Mensch, der die Yamswurzeln stahl.

Nuyu, der Dieb, hatte auch einmal an solche Dinge geglaubt, aber er glaubte nun an nichts mehr als an seine eigenen geschickten Hände.

In ihrer eigenen Theologie waren Mbala und Nuyu Zweifler, beziehungsweise Atheisten.

Und eines Nachts, während Mbala wachte und Nuyu sich versteckte, sank vom Himmel eine leuchtende Kugel herab. Sie glitt am Rand des Yams-Ackers hernieder, berührte den Boden nicht ganz und schwebte langsam um das Feld herum; wo sie vorbeikam, war das dichte Unterholz um das kultivierte Land gerodet, und eine dünne, weiße Schicht aus kaltem Stoff erschien dort, um sich nach ein paar Minuten in Wasser zu verwandeln.

Die Kugel war eine automatische Maschine ohne Insassen, und das Kraut, das sie erntete und verarbeitete, war Futterwicke, die eine hohe Affinität für Selen besitzt, und die Erbauer der Maschine brauchten alles Selen, das sie bekommen konnten.

Aber für Nuyu, den Dieb, der sich dort verbarg, war das Vergeltung nicht nur für seine jetzigen Sünden, sondern auch für alle früheren, gekleidet in die seltsame Gestalt eines Geistes, der die Yams bewachte – Erinnerung an die Legenden seiner Kindheit, über die er so lange gelacht hatte!

Und für Mbala war das sein Vater, der nicht nur den Dieb entdeckte – denn der kam heulend und zitternd gerannt, um sich in reumütigem Entsetzen an Mbala zu pressen –, sondern gleichzeitig auch mehr Land für ihn rodete.

Als die Kugel verschwunden war, hinaufstürzend, nach Norden – wo sie mehr Wicken entdeckt hatte –, brachte Mbala nicht, wie er vorgehabt, den Dieb um. Statt dessen kehrten sie einträchtig ins Dorf zurück, jeder auf dem Gipfel einer Gattung jener seltenen Ekstase, der religiösen Erleuchtung: der eine bestätigt, der andere bekehrt.

Dies waren Leute, dies sind Anekdoten, die wegen des Elements des Außergewöhnlichen erwähnt werden. Aber jeder lebende Mensch hat eine solche, für sich einmalige Geschichte dessen, was in ihm ist, wie es von den Kräften um ihn geformt wird, wie er diese Kräfte auslegt. Hier sieht ein Mensch eine Maschine als einen Gott, und dort sieht ein Mensch einen Gott als lediglich eine Art zornigen Arguments; und ein anderer gebraucht das zornige Argument anderer ganz so, als sei es eine Maschine. Und trotz seiner Fähigkeit, mit seinen Mitmenschen zusammenzuarbeiten, in ihren Vibrationen etwas Sympathie zu erregen, bleibt er isoliert; keiner weiß genau, was der andere fühlt.

Auf dem absoluten Höhepunkt der Empfindung nähert sich der Mensch der Bewußtlosigkeit . . . wogegen? Nun, im Verhältnis zu allem rings um ihn, nie gegen sich selbst.

»Sin' Sie Doktor Langley?«

Der Arzt sagte: »Guter Gott.«

»Sie wissen was über Hirne«, sagte Gurlick.

»Wer hat Sie hergeschickt?« fragte der Doktor.

»Wissen Sie, was man tun muß, um die Hirne von den Leuten wieder zusammenzutun?«

»Was? Wer sind Sie? Was wollen Sie eigentlich?«

»Hör'n Sie«, sagte Gurlick, »ich muß das rauskriegen. Wissen Sie Bescheid oder nicht?«

»Ich bedaure«, sagte der Doktor eisig, »aber eine Frage, die ich nicht verstehe, kann ich nicht beantworten.«

»Sie versteh'n also nichts von Hirnen.«

Der Doktor saß an einem großen Schreibtisch und sah ihn an.

»Das habe ich nicht gesagt«, antwortete er. Er überlegte: Den Kerl hinauswerfen? Ihm nachgeben? Oder ihn studieren? Er sah die funkelnden Augen, den zitternden Mund, die angstgetriebene Aggression.

»Eines wollen wir gleich klarstellen«, fuhr er fort. »Ich bin kein Psychiater. Ich meine, ich behandle keine Leute, die Probleme haben. Ich bin Physiologe, spezialisiert auf das Gehirn. Mich interessiert nur, wie Gehirne leisten, was sie leisten. Wenn das Gehirn ein Motor wäre, könnte man sagen, ich sei der Mann, der die Betriebsanleitung schreibt, die der Mechaniker studiert, bevor er sich an die Arbeit macht. Das ist alles, was ich bin, damit wir hier keine Zeit verschwenden. Wenn ich Ihnen jemand empfehlen soll, der Ihnen helfen kann bei –«

»Sagen Sie mir nur das eine, das genügt«, knurrte Gurlick.

»Was meinen Sie?«

Gurlick blies zornig durch die Nase und sagte nach Rücksprache mit seinem neuen Feind: »Einmal haben alle auf der Welt nur dieses eine Hirn gehabt, versteh'n Sie? Jetzt sind sie alle auseinander. Sie müssen mir nur sagen, wie man sie wieder zusammenbringt.«

»Sie scheinen ziemlich sicher zu sein, daß alle – wie war das? – einmal dasselbe Hirn hatten.«

Gurlick lauschte in sich hinein, dann sagte er: »Es muß so gewesen sein.«

»Weshalb?«

»Na, alles. Häuser, Autos, Werkzeug, Strom, alles. So was geht nicht, wenn die Leute nicht alle mit einem Kopf denken.«

»Es ist aber so gegangen. Die Menschen können zusammenarbeiten, ohne – zusammen zu denken. Das meinen Sie doch, nicht – daß sie alle gleichzeitig denken, wie das Bienenvolk?«

»Bienen, ja.«

»So war es aber bei den Menschen nicht. Wie kommen Sie denn darauf?«

Zwischen den Sternen wurde überrascht gerechnet, und es gab nur eine Folgerung – vorausgesetzt, der Doktor log nicht –, die man Gurlick mitteilte. Er strengte sich an, sie zu formulieren.

»Es war wohl so, daß alle auseinandergebrochen sind, jeder ist jetzt für sich, keiner weiß mehr was davon. Ich nicht, Sie nicht, wie Sie und ich und alle damals zu einem einzigen großen Hirn gehört haben.«

»Das würde ich nicht glauben, selbst wenn es wahr wäre«, sagte Langley.

»Sicher nicht«, sagte Gurlick. »Ich muß immer noch rausbringen, wie man sie alle wieder zusammenklebt.«

»Von mir nicht. Ich weiß es nicht. Warum gehen Sie nicht einfach und –«

»Sie haben eine Maschine, die weiß, was man denkt«, sagte Gurlick plötzlich.

»Ich habe eine Maschine, die so etwas durchaus nicht tut. Wer hat Ihnen überhaupt von mir erzählt?«

»Zeigen Sie mir die Maschine.«

»Kommt nicht in Frage. Hören Sie, das war recht interessant, aber ich habe zu tun und kann mich nicht mehr mit Ihnen unterhalten. Wenn Sie die Freundlichkeit hätten –«

»Sie müssen sie mir zeigen«, sagte Gurlick zischend.

Der Doktor schob sich erschrocken ein Stück von seinem Schreibtisch weg.

»Da drüben steht sie. Sie können nichts damit anfangen. Ich versuche nicht, Ihnen etwas zu verbergen – Sie verstehen nur nichts davon.«

Gurlick trat an das Gerät und starrte es an.

»Wie nennen Sie das Ding?«

»Das ist ein Elektroenzephalograph. Sind Sie zufrieden?«

»Woher weiß es, was man denkt?«

»Das weiß es nicht. Es fängt elektrische Impulse vom Gehirn auf und verwandelt sie in Wellenlinien auf einem Papierstreifen.«

»Machen Sie's auf«, sagte Gurlick.

»Was?«

»Aufmachen. Ich muß 'reinschauen.«

»Hören Sie mal! Ich –«

»Ich muß es sehen!« zischte Gurlick.

Der Doktor seufzte, öffnete eine Schublade, zog eine Broschüre heraus, blätterte darin und schlug sie auf.

»Da ist ein Bild der Maschine. Das ist ein Schaltdiagramm. Wenn Sie damit etwas anfangen können, verrät es Ihnen mehr als ein Blick in das Gerät. Hoffentlich sagt es Ihnen, daß das Ding viel zu kompliziert ist für jemand ohne Ausb–«

Gurlick griff nach der Broschüre und starrte sie an. Seine Augen wurden trüb und wieder klar. Er legte die Broschüre weg und zeigte darauf.

»Die Linien da sind Drähte?«

»Ja . . .«

»Und das?«

»Ein Gleichrichter. Eine Röhre. Sie wissen, was eine Röhre ist.«

»Wie Radioröhren. Strom in den Drähten da?«

»Das kann Ihnen doch n-«

»Die kleinen Striche? Erdung. Hier und da und da.«

Gurlick legte einen schmutzigen Finger auf das Trafo-Symbol.

»Das ändert den Strom, ja?«

Langley nickte betroffen.

»Der normale Strom kommt da rein. Ein anderer dort raus. Was kommt hier rein, hm?«

»Das ist der Detektor. Der Eingang. Die Elektroden. Ich meine, ein Gehirn, an das die Maschine angeschlossen wird, führt hier Strom zu.«

»Is' nich' viel.«

»Is' wirklich nich' viel«, äffte der Doktor nach.

»Haben Sie so einen Streifen mit den Wellenlinien?«

Wortlos öffnete der Doktor eine Schublade, fand ein EEG und warf es ihm hin. Gurlick betrachtete es lange, verglich es mit dem Diagramm und warf es hin.

»Okay. Jetzt weiß ich Bescheid.«

»Worüber?«

»Was ich wissen wollte.«

»Hätten Sie vielleicht die Güte, mir zu verraten, was Sie da herausgefunden haben?«

»Mensch«, sagte Gurlick angewidert, »woher soll'n ich das wiss'n?«

Langley schüttelte den Kopf.

»Na, wenn Sie es gefunden haben, brauchen Sie sich hier ja nicht mehr aufzuhalten.«

»Schnauze«, sagte Gurlick, legte den Kopf auf die Seite und schloß die Augen. Langley wartete.

Es war, als verfolge man ein Telefongespräch, nur gab es da kein Telefon.

»Wie soll ich'n das machen?« klagte Gurlick einmal, und später: »Dafür brauch' ich Geld. Nein, kann ich nicht. Kann ich nicht, sag' ich, da komm' ich in'n Knast ... was meinst du, was er macht, wenn ich das mitnehm'?«

»Mit wem reden Sie denn da?« fuhr ihn Langley an.

»Weiß nich'«, sagte Gurlick. »Schnauze jetzt.« Er richtete den Blick auf das Gesicht des Doktors und sagte nach einer Pause: »Ich brauch' Geld.«

»Ich gebe nichts. Verschwinden Sie endlich.«

Gurlick kam mit allen Anzeichen innerlicher Getriebenheit um den Schreibtisch herum und wiederholte seine Forderung. Er sah zum erstenmal, daß Doktor Langley in einem Rollstuhl saß.

Das machte für Gurlick einen Riesenunterschied.

Henry war groß. Er war körperlich groß und hatte ein erstaunlich erwachsenes Gesicht, was ihn um so lächerlicher erscheinen ließ, wenn er Tag für Tag die Schule absaß und weinte. Er weinte nicht jämmerlich oder zornig, sondern beinahe lautlos und schnüffelnd. Er tat, was man von ihm verlangte, aber er sprach nicht, und er wollte nicht spielen oder tanzen oder lachen. Er saß nur steif da und schnüffelte. Henry war fünf, und der Kindergarten war schlimm für ihn. Das Leben war schlimm für ihn.

»Das Leben ist hart«, pflegte sein Vater zu sagen, »und der kleine Feigling muß das lernen.«

Henrys Mutter war anderer Meinung, aber insgeheim. Sie belog alle Beteiligten – ihren Mann, Henrys Lehrerin, den Schulpsychologen, den Rektor und Henry selbst. Sie erzählte ihrem Mann, sie gehe vormittags einkaufen, aber statt dessen saß sie im Kindergarten in einer Ecke und sah Henry weinen. Nach zwei Wochen machten ihr der Psychologe und der Schulleiter klar, daß sie nach Hause gehörte, nicht in die Schule, und daß Henry sich der Wirklichkeit der Schule nicht stellen werde, bis er sie ohne seine Mutter erlebe.

Sie gab ihnen recht, weil sie immer allen recht gab, die eine klare Meinung hatten, erklärte dem starren Henry, daß sie draußen warten werde, und marschierte hinaus. Sie übersah dabei völlig, daß Henry sie durch das Fenster beobachten und verfolgen konnte, wie sie zu ihrem Wagen ging, einstieg und davonfuhr. Wenn ihm noch etwas von seiner Fassung geblieben war, dann wurde sie einige Minuten später vollends zerstört, als sie, nachdem sie um den Block gefahren war und ihren Wagen heimlich abgestellt hatte, über den Rasen schlich und den Rest des Vormittags zum Fenster hineinschielte.

Henry sah sie sofort, aber die Lehrerin und der Rektor kamen wochenlang nicht dahinter. Henry saß weiter steif da und schluchzte ab und zu, fragte sich dumpf, was an der Schule so schrecklich war, daß seine Mutter alles unternahm, um ihn davor zu schützen, und empfand stummes Entsetzen.

Henrys Vater tat gegen Henrys Feigheit, was er konnte. Es schmerzte ihn, denn er war überzeugt davon, daß er die nicht von ihm haben konnte, aber das wußten vielleicht die anderen Leute nicht.

Er erzählte Henry Gespenstergeschichten und schickte ihn dann im Dunkeln zu Bett. In Henrys Zimmer gab es eine Lüftungsklappe. Sein Vater hatte ein Laken darübergelegt und schob, als Henry im Bett war, einen Stock durch den Schacht und stöhnte dazu. Die wabernde weiße Gestalt entlockte Henry weder Geräusch noch Bewegung, also ging der Vater lachend hinauf.

Henry stand steif und aufrecht im Dunkeln. Sein Vater machte Licht, sah ihn sich an und verprügelte ihn.

»Fünf Jahre alt«, sagte er, als er herunterkam, »und macht noch in die Hose.«

Er sprang Henry hinter den Ecken an, versteckte sich in Schränken und gab Tierlaute von sich, er befahl ihm, hinauszugehen und acht- und zehnjährige Jungen auf die Nase zu boxen, und versohlte ihn, wenn er sich weigerte, aber er schien aus dem kleinen Weichling nichts anderes machen zu können.

Henry hatte Angst, wenn sich seine Eltern stritten, weil der Vater brüllte und die Mutter weinte, aber er fürchtete sich auch, wenn sie nicht stritten. Inzwischen verwöhnte und verzärtelte ihn seine Mutter heimlich und unsystematisch, gab ihm zu viele Bonbons und Kekse, reagierte aber nicht auf seine stummen oder lauten Hilferufe in Gegenwart des Vaters.

Henrys natürliche Neugier war ausgerottet worden, und er nahm nichts, was ihm nicht eine anerkannte Autorität reichte, er ging nirgends hin und unternahm nichts, wozu man ihn nicht ausdrücklich aufforderte.

So saß der große, traurige kleine Henry weinend im Kindergarten und war sonst überall stumm.

Nachdem Gurlick Dr. Langley mit der Stehlampe niedergeschlagen hatte, kramte er, wie befohlen, überall herum und ging, ausgestattet mit viel Geld, einkaufen. Die Meduse erlaubte ihm, zuerst für sich einzukaufen. Er holte sich einen gebrauchten Anzug und ließ sich rasieren und die Haare schneiden.

Vom Ästhetischen her war die Verbesserung minimal; vom Gesellschaftlichen aus gewaltig. Er konnte bekommen, was er wollte, wenngleich es nicht einfach war, da er die Namen der zu beschaffenden Dinge gar nicht kannte.

Die Metallproben waren am schwersten zu beschaffen; er mußte sich überall umsehen, bevor ein verwirrter Verkäufer von Laborzubehör ihm eine Tabelle des periodischen Systems zeigte. Danach ging es schneller.

Mit Zeigen und Murmeln und Fragen und Nachdenken besorgte er Proben von Nickel, Aluminium, Eisen, Kupfer, Selen, Kohlenstoff und bestimmten anderen Elementen. Er verlangte, konnte aber nicht bezahlen. Deuterium, vier Neuntel reines Tantal und Silber. Das Geschäft für Elektrozubehör machte ihm Schwierigkeiten bei dünnem Draht mit quadratischem Querschnitt, aber jemand schickte ihn zu einem Geschäft für Juwelierwerkzeug, und er bekam endlich, was er brauchte.

Inzwischen hatte er eine Holzkiste, die ein Angestellter mit Schnüren zu einer Art Spind gemacht hatte. Nach einer Auseinandersetzung mit der Meduse, die in seiner Erinnerung forschte, wurde das Ziel bestimmt, eine verlassene Hütte, Meilen von jener Behausung.

Gurlick fuhr mit dem Bus, stieg in einen anderen um, stahl einen Jeep und ließ ihn wieder stehen und ging schließlich zu Fuß weiter, seine Quäler verfluchend.

Dichter Wald, verkrüppelte Fichten und Ahornbäume, Bergland, ein Felsgrat – und die dachlosen Überreste der Hütte.

Mehr als Wasser, mehr als Essen oder in Ruhe gelassen zu werden, wünschte sich Gurlick Schlaf, aber er bekam ihn nicht. Keuchend und schnüffelnd fiel er auf die Knie und öffnete die Kiste. Er nahm die Quecksilberzellen heraus und die Metallproben, die Kabel und Röhrenfassungen, und begann alles zusammenzubauen.

Er wußte nicht, was er tat, und brauchte es nicht zu wissen. Die Arbeit wurde getan von einem Aggregat rechnender Willenswesen, verstreut durch den Himmel, teilweise durch direkten Befehl, teilweise durch indirekte Steuerung, vom Gehirn zum Neuron, den nebelhaften Sumpf von Gurlicks Bewußtsein umgehend.

Als das Ding fertig war, wurde er freigegeben. Er taumelte davon, als sei ein Seil, mit dem er gefesselt gewesen, plötzlich durchtrennt worden. Erschöpft schlief er ein.

Als er einschlief, war das Ding ein Gewirr von Bauteilen, aber als er wieder erwachte, sah es anders aus. Ganz anders.

Was Gurlick gebaut hatte, war in Wirklichkeit kein Materieempfänger, auch wenn sich das Ding so verhielt, als gäbe es das. Es war vielmehr ein Empfänger und Verstärker für ein gewisses

›Band‹ im ›Gedanken‹-Spektrum – wobei diese Ausdrücke nur allgemein und als Analogie zu verstehen sind.

Der erste Empfänger verwandelte Information in Manipulation und baute mit den Elementproben, die Gurlick geliefert hatte, eine zweite, viel leistungsfähigere Maschine. Diese wiederum empfing und manipulierte einen dritten Empfänger und Manipulator, und das war ein Gerät für Höchstleistung.

Binnen Stunden stellten Maschinen Maschinen her, um aus verfügbarer Materie Maschinen zu bauen, die forteilten und lokal unerreichbare Stoffe beschafften, die zurückgebracht und von anderen Maschinen dazu verwendet wurden, wieder andere Maschinen zu bauen, alle mit besonderen Aufgaben, und gewisse von ihnen in ungeheurer Anzahl.

Gurlick erwachte aus seinem Lieblingstraum inmitten einer unfaßbaren rasselnden Stadt. Rings um ihn standen Reihen und Aberreihen von riesigen, blinden Maschinen, die von einem Augenblick zum nächsten weitere Maschinen ausspuckten.

Tankartige Dinger mit langen Schlangenhälsen und Köpfen, umgeben von Trompeten; Silberkugeln, drei Meter Durchmesser, die sich ab und zu lautlos in die Luft erhoben, zu schnell, als daß man es fassen konnte, zu leise; niedrige, breite, massive Geräte, die schneckenartig auf eigenen Wegen dahinglitten, mit einer Projektorschnauze, die einen seltsamen Strahl aussandte; er wäre wie Licht gewesen, wäre er nicht am fernen Ende abgeschnitten gewesen wie von einer unsichtbaren Wand; und bei ihnen, am Gestein entlangschnuppernd, zitternde, zusammensackende Geräte; dann eine Bewegung den Strahl entlang zur Maschine, und hinter der Maschine wurden silbrige Barren gelegt wie Eier, die dünner, kalter Staub zur Seite wehte.

Gurlick erwachte, umgeben davon, blinzelnd und glotzend. Erst einige Minuten danach begriff er, wo er sich befand – auf einer Erdsäule von drei Metern Durchmesser, etwa zehn Meter hoch. Rings umher war, Hunderte von Metern weit, der Boden aufgegraben – und verwendet worden.

Am Rand dieses kleinen Plateaus befand sich ein kleines Gehäuse mit Kuppel, das, als er es betrachtete, aufklappte und ihm eine flache Schale mit heißem, breiigem Inhalt zuschob. Er griff danach und roch daran. Er probierte, zuckte die Achseln, hob die Schale an die Lippen und ließ den Inhalt in seinen Mund rinnen. Die Wärme in seinem Bauch war erst beruhigend, dann verwirrend, dann erschreckend, so, wie sie sich ausdehnte. Er legte die Hände an den Gürtel und setzte sich abrupt, um seine tauben, ungehorsamen Beine anzustarren.

Betäubt hob er den Kopf und sah ein Stelzengerät mit Endlosraupen als Füßen und einem schildkrötenartigen Gehäuse auf sich zukommen, mit einem Durchmesser von vielleicht vier Metern. Es hockte sich auf die Erdsäule, und der Panzer begann sich, wie ein riesiger Kerzenlöscher, herabzusenken. Er konnte nicht sprechen, konnte nicht einmal mehr aufrecht sitzen; er kippte um und lag hilflos da, hinaufstarrend und lautlos schreiend ...

Aber als das Gerät, an dessen Unterseite zahllose Arme mit Werkzeugen in Bewegung waren, ihn bedeckte, wurde er von Zuspruch und Versprechen erfüllt, einer besonderen Stärke – Spezialität: sich stark zu fühlen, aber es nicht zu sein – und beinahe von Frieden. Er erfuhr, daß er sich einer einfachen Operation zu unterziehen habe, und daß das gut sei, oh, so gut. Er erfuhr auch, warum:

Die Spore, die ›Rosine‹, war Leben gewesen, oder sein Surrogat. Sie hatte den Raum physisch, körperlich, durchquert und ihre Funktion und Fähigkeit mit dem Eindringen in Gurlick erschöpft. Die Übertragung der Lebens-Essenz der ganzen Meduse auf die ganze Menschheit war aber etwas, was irdische Maschinen nicht leisten konnten – nicht einmal, wenn sie auf der Erde von den fremden Wesen gebaut wurden. Nur Leben kann Leben übertragen. Eine ganz geringe Veränderung – eine Umstellung von Isotopen in gewissen ionisierten Elementen in Gurlicks endokrinen Drüsen – würde die Mitgliedschaft der Menschheit im Korpus der Meduse zur Gewißheit machen.

Die jetzt im Bau befindlichen Maschinen würden die Einheit der menschlichen Art wiederherstellen – die Meduse ging noch immer davon aus, daß es sich um eine Restoration handelte – ihr Gemeinschaftsgehirn, so daß jede ›Person‹ alle Personen erreichen und von ihnen erreicht werden konnte; aber die Verschmelzung mit der Meduse würde Gurlicks besondere Aufgabe sein und in dem Augenblick stattfinden, wo sein Samen sich mit dem Ovum einer Menschenfrau vermählte – so ähnlich wie – er bekam zwei Bilder übermittelt: zwei Bienen beim Hochzeitstanz, dann ein riesiger, geschäftiger, summender Bienenschwarm – natürlich mit ihm im allmächtigen Mittelpunkt. Aber mit dem Unterschied, gab man ihm zu verstehen, ohne daß er verstanden hätte, daß das auf irgendeine Weise gleichzeitig sein würde.

Als die Maschine sich langsam über ihm schloß, während ihre geschickten Glieder schon den ersten von hundert komplizierten Handgriffen taten, fing sie seinen Traum auf und gratulierte ihm dazu und verlieh ihm Tiefe und Detail, wie seine schöpferische Fähigkeit das vorher nie erreicht hatte, so daß er ihn wirklicher durchlebte als wirklich, vom Anfang bis zum Ende.

Dazu wurde beiläufig versprochen, daß jede Eroberung Gurlicks einen solchen Höhepunkt bringen würde, oder einen noch großartigeren; mochte er sich in seinem Traum suhlen, weil er ihn liebte, aber er sollte auch begreifen, daß es nur einer von vielen war, das Symbol jedes beliebigen, die Qualität aller.

Während also die Maschinen gebaut wurden, um die zerstreute Psyche der Menschheit – ›wieder‹ – zusammenzufügen, präparierte man Gurlick.

Wenn es jetzt nicht ist, wird es nie sein, sagte sich Paul Sanders. Eine Hand zwischen den von dünnstem Stoff bedeckten Schulterblättern des Mädchens, glitt er vorsichtig vom Sofa, stand auf, bückte sich und hob Charlotte Dunsay auf seine Arme.

Dimity Carmichael hatte einen langen Tag hinter sich. Sie stand unter der Dusche, in köstlichster Erwartung, die Hand auf dem Chromgriff mit der Aufschrift ›Heiß-Kalt‹.

In Rom lief ein verrückter Junge, unfähig, Haß zu empfinden, nicht mehr gejagt, nichts in sich als Freude und Leidenschaft für seine Violine, die er unter dem Arm trug. Kein Liebhaber, kein Geizhals, kein Schüler auf der Erde liebte eine Frau, das Geld oder seinen Meister mehr als Guido seine Geige.

Henry, fünf Jahre alt, schlief, wie üblich, flach auf dem Rücken, mit starr angelegten Armen und Beinen. Er hatte einen Alptraum, umgeben von sanften Vätern, einige mit Masken anderer Kinder in seiner Klasse, mit Masken von Ladenbesitzern und Hunden, alle aber lächelnde Väter, die gleich brutal zuschlagen würden.

Und zwischen ihm und all den Vätern war eine liebende Göttin mit weichen Händen voll verbotener Bonbons und Erdnußbutterbrote für kleine Jungen im Dunkeln, wenn man sie ohne Abendessen zu Bett geschickt hatte, weil sie kleine Feiglinge waren; diese Göttin war dazu da, für ihn zu sorgen und ihn zu beschützen, aber wenn die Väter explodierten, war es, als sei die Göttin gar nicht da; und während ihn die Väter mißhandelten, lächelte sie und brachte Bonbons, als ahne sie nichts . . .

Und hinter diesem Alptraum war die Farbe der Hoffnungslosigkeit, die absolute Gewißheit, daß daraus zu erwachen hieß, in ihn einzutreten; Traum und Welt waren eins, verschmolzen und identisch.

Sie verließen den Kral, alle, die Säuglinge auf dem Rücken, die Kinder still und geduckt, die Erwachsenen leise und staunend; und geführt von Mbala, der seinen Glauben wiedergefunden, und Nuyu, der den seinen gefunden hatte. Die Dorfbewohner mußten nicht weit gehen, vom Kral zum Yams-Feld, und doch war es eine Art Pilgerfahrt.

Dies sind Stäubchen unter den Millionen, erwähnt für das an ihnen, was bemerkenswert ist, verschieden aber nur insoweit, als jeder *verschieden* oder *anders* ist. In dieser Geschichte gibt es einen Platz für all jene, die jedem von uns nah genug sind, um ›Du‹ genannt zu werden, und für die viel begrenztere und erlesenere Gesellschaft, die Privilegierten, die berechtigt sind, sich ›Ich‹ zu nennen – so viele dürfen das nicht, keine zwei gleich. *Peón,* Bauer, *Fellahin, Jibaro,* Massenmenschen mit ihren harten Händen: Matador, Seemann, Apotheker, Verkäufer; das ist auch ihre Geschichte.

Gurlick lag eingehüllt und ohne Wahrnehmung, passiv unter den submikroskopischen Manipulationen der Maschine, die seinem Samen die besondere Mitgliedschaft in der Meduse brachte. So beobachtete er auch nicht die Veränderung in den mächtigen Vorgängen um sich herum, als die eierlegenden, schneckenartigen Maschi-
nen – so viele dürfen das nicht, keine zwei gleich. *Peón,* Bauer, *Fel-*
aufgenommen wurde, die ihre Aufgaben erfüllten und sich wieder anderen einverleibten, bis schließlich nur die langhalsigen, tankartigen, trompetenköpfigen Maschinen übrigblieben, und genug Sil-

berkugeln, um sie zu tragen, zahllose Tausende, zu ihren genau bestimmten Zielen.

Es gab keine Vorkehrung gegen ein Scheitern, weil es ein Scheitern nicht geben würde. Die Art des Elektroenzephalographen und der Aufzeichnungen zeigten der transzendenten Wissenschaft der Meduse genau, was im Durchschnittsgehirn fehlte und es hinderte, ein Gemeinschaftsgehirn zu sein.

Das Netz würde vergleichsweise leicht auszuwerfen und zu schließen sein, denn die potente Grundlage der Schwarm-Mentalität war vorhanden, zeigte sich dort, wo Menschen blindlings in den Weg anderer Menschen traten, nur weil andere Menschen sich so bewegten; wo voneinander getrennte Freunde sich impulsiv hinsetzten, um einander gleichzeitige Briefe zu schreiben, wo Menschen in Gruppen ihre Intelligenz durch ihre Anzahl teilten und den Weg von diesem unfaßbaren Quotienten bestimmen ließen, sei es in Kartellen, Ausschüssen, Mobs oder Nationen.

Die mögliche oder wahrscheinliche Natur eines menschlichen Schwarmvolks, erst einmal ›wieder‹-hergestellt, war eine Frage, die kaum erforscht wurde, weil sie kaum von Bedeutung war. Sobald die Menschheit vereinigt war, würde sie sich der Meduse anschließen, weil die Meduse stets – nicht beinahe, nicht in ›praktisch jedem Fall‹, sondern *immer* – in alle Gemeinschaften einströmte, die sie berührte.

So erstarb der Lärm der Fabrik, und die lautlosen Kugeln glitten über die Lager und rafften die langhalsigen Projektore hoch, stürzten davon mit ihnen, fegten zu allen Enden der Welt, bereit, die Projektoren dort aufzustellen, wo ihre Emanationen – zum Teil Schall, zum Teil etwas anderes – Massen von Menschen erreichen konnten.

Sie konnten nicht alle Menschen erreichen, aber die meisten, und der etablierte Schwarm würde die übrigen aufsaugen. Kein Mensch würde entkommen; keiner konnte es; keiner würde es wollen.

Dann würde irgendwo in dieser makellosen, ungeteilten, vielseitig befähigten Wesenheit Gurlick ein winziges Fleckchen von sich ablegen, und im Augenblick der Verschmelzung zwischen ihm und einem lebenden Ovum würde sich die Meduse durch ihre Gesamtheit ausbreiten, wie die Kristallisation in einer übersättigten Lösung.

Nur wieder eine Reihe von UFO-Beobachtungen, dachten die wenigen Beobachter und Empfänger ihrer Beobachtungen in den kurzen Minuten, die ihnen blieben, zu denken, wie sie immer gedacht hatten.

Einige Militärs waren zutiefst betroffen. Etwas, das mit solchen Geschwindigkeiten flog, wie die Radarmessungen das angaben, mußte irgendwo an vorausberechneten Bahnen erscheinen; je höher die Geschwindigkeit, desto genauer die Vorausberechnung.

Die wenigen Aufzeichnungen vom Zucken und Aufleuchten dieser Objekte ergaben Flugbahnen, auf denen die Objekte einfach nicht erscheinen. Es war ausgeschlossen, daß sie bei solchen Geschwindigkeiten innehielten und senkrecht herabfielen; sie taten es aber, und bevor die Theoretiker das ›Unmögliche‹ umdefinieren konnten, wurden sie und alle ihre Mitarbeiter, Kollegen, Bekannten, Mitbewohner, Erben und Rechtsnachfolger von der Notwendigkeit, nachzudenken, befreit.

Es geschah so schnell, in der einen Minute eine heterogene Masse durcheinanderschwirrender Nicht-Kommunikanten, in der nächsten das Ende Babels.

Er stand regungslos da, das Mädchen auf den Armen, um sie auf das Sofa zu legen, und dann, ohne Zusammenzucken, ohne ein Wort des Staunens, stellte Paul Sanders sie auf die Beine und stützte sie, einen Arm um ihre Schultern gelegt, bis ihr Kopf klar wurde und sie alleine stehen konnte.

Gesagt wurde nichts, weil es in diesem Augenblick nichts zu sagen gab. In einem Sekundenbruchteil trat Orientierung transzendentaler Art ein – nichts so Primitives wie wechselseitiges Gedankenlesen, sondern eine augenblickliche und alles durchdringende Bestätigung von Beziehungen, ich zu dir, wir zum Rest der Welt; die Art einer endgültigen und alles andere aufhebenden Entscheidung, und die klare Notwendigkeit sofortigen und bestimmten Handelns.

Gemeinsam verließen Paul Sanders und Charlotte Dunsay die Wohnung. Der Flur war voller Menschen, gar nicht, halb oder ganz angezogen – und sie bewegten sich alle wortlos und zielbewußt. Niemand achtete auch nur im geringsten auf Charlotte in ihrem Nylonnachthemd.

Sie gingen zu den Aufzügen. Sie blieb mit einem halben Dutzend anderer Leute dort stehen, und er öffnete den Notausgang und sprang die Treppe hinauf, zwei Stufen auf einmal nehmend. Auf dem Dach ging er zu dem Häuschen mit Aufzugmotor und Kabeln, drehte das leichte Schloß mit einer Handbewegung auf, öffnete die Tür und trat ein. Er war in seinem ganzen Leben noch nicht hiergewesen, griff aber ohne Zögern nach links, packte einen langen Feuerhaken, der auf dem Gitter lag, und lief damit die Feuertreppe hinunter.

Ohne auf die Etagennummern zu achten, verließ er die Treppe im dritten Stock, bog nach links und rannte durch den Flur. Die letzte Tür auf der rechten Seite ging auf, als er sie erreichte; er schenkte der alten Dame, die sie ihm aufhielt, keinen Blick, und sie sagte auch nichts. Er lief durch Diele, Wohnzimmer und Schlafzimmer, öffnete das Fenster ganz rechts und kletterte hinaus.

Es gab einen schmalen Sims, auf dem er kaum das Gleichgewicht zu halten vermochte, noch dazu mit der schweren Stange, aber er schaffte es. Der Hauptgegner eines balancierenden Menschen ist das Angstgift, das ihn durchdringt: *Ich falle! Ich werde fallen!* aber Paul empfand überhaupt keine Angst. Er schob sich mit schnellen Bewegungen seitwärts, bis er den großen Ringbolzen erreichte, an dem, hinaus und hinab, die riesige Kette hing, an der ein Ende eines massiven Theatervordaches befestigt war. Dort drehte er sich zur Seite, ging in die Hocke, hob die Stange über die Schulter, griff hinunter und schob den Haken durch das vierte Kettenglied. Dann wartete er.

Die Straße unter ihm – was er davon sehen konnte – schien auf den ersten Blick normal bevölkert zu sein, mit etwa so vielen Menschen, wie man um diese Stunde Samstag abends erwarten konnte. Aber dann war zu erkennen, daß niemand schlenderte – alle gingen schnell und zielbewußt; ein, zwei Leute liefen. Er sah Charlotte Dunsay die Straße überqueren und einen Ausstellungsraum mit Computeranlagen betreten. Dort war zwar seit Mittag geschlossen gewesen, aber nun arbeiteten viele Leute eifrig.

Dann kam ein Geräusch und mehr als ein Geräusch, ein tiefes, durchdringendes Heulen, das zuerst in der ganzen Luft und unter der Erde zu entstehen schien, ohne Ursprung. Aber als es lauter wurde, hörte Paul es stärker von links und schließlich von der Ecke des Gebäudes. Das Geräusch wanderte langsam die Straße herauf, um seinen Platz auf der Kreuzung einzunehmen, einer großen, wo sich drei breite Straßen trafen.

Paul Sanders wartete geduldig.

Henry erwachte lautlos aus seinem lautlosen Alptraum. Er glitt aus dem Bett, trabte aus dem Zimmer, vorbei an der offenen Tür seiner Eltern – sie waren wach, aber er sagte nichts, und wenn sie ihn sahen, sagten sie auch nichts. Henry trabte die Treppe hinunter und hinaus in die warme Nacht. Er lief drei Straßen nach Süden, eine nach Westen, zwei nach Süden. Er mochte bemerkt haben oder auch nicht, daß die Verkehrsampeln zwar noch funktionierten, niemand aber sie mehr beachtete, er eingeschlossen. Auf unheimliche Weise bestimmten Autos und Fußgänger Kurs und Geschwindigkeit und behielten sie bei, ohne Rücksicht auf uneinsehbare Biegungen, begegneten einander ohne Zwischenfall und ohne sichtbare zusätzliche Mühe.

Henry nahm schon seit einiger Zeit das beinahe im Unterschallbereich liegende Heulen und sein rasches Anschwellen wahr. Als er die große Kreuzung erreichte, lief er weiter, aber an der Ecke vorbei, wo das Theater stand. Das Geräusch stammte von einer schweren, tankartigen Maschine mit einem langen, biegsamen Hals, und es tönte aus vier Hörnern, die wie quadratische Megaphone oder Lautsprecher aussahen. Der Hals schwang hin und her, kippte die Hörner und änderte ihre Richtung im gleichmäßigen Rhythmus, so daß der Ton zusätzlich ein beunruhigendes Vibrato bekam.

Henry stürmte über die Straße und unter das Seitenstraßen-Vordach. Er erreichte die Maschine in dem Augenblick, als sie in die Kreuzung einfuhr.

Ohne zu stocken, drehte Henry ab und sprang genau in den schmalen Raum zwischen der Antriebsachse der Raupe und ihren Rollen. Sein Blut spritzte, und die Achse drehte deshalb einen Augenblick durch; die andere, noch angetriebene Raupe, riß die Maschine herum, so daß sie auf den Gehsteig unter das Vordach rumpelte.

Genau in dem Augenblick, als das Kind losgesprungen war, und bevor der kleine Kopf und die Hände sich in den Antrieb der Maschine schoben, beugte Paul Sanders sich hinaus und stieß die

Spitze seines Hakens heftig durch das vierte Glied der Kette. Durch den Schwung wurde die Stange um die Kette geschoben, und die Kette verwand sich gewaltsam.

Der Ringbolzen riß kreischend aus der Wand, die Ecke des Vordachs sackte herunter, und als das Gewicht der Kette und Paul Sanders muskulöser Körper sie zusätzlich belasteten, kippte das Vordach ganz herunter und krachte auf die Maschine.

In einem Gewirr von herausgerissenen Ziegeln, Leuchtschriftbuchstaben und Eisenträgern bäumte sich die Maschine mächtig auf, während ihre rutschenden Raupen auf dem Pflaster scharrten und quietschten. Sie konnte sich aber nicht befreien. Ihr langer Hals mit dem vierhörnigen Kopf zuckte und krachte einen Augenblick auf die Straße, dann erstarb das tiefe Heulen und war verschwunden, der Kopf sank herunter und rührte sich nicht mehr.

Vier Männer liefen auf das Wrack zu, zwei mit einem Karren, auf dem ein Schweißgerät lag. Ein Mann nahm sofort mit Maßstab und Mikrometer Maß. Zwei andere nahmen das Schweißgerät in Betrieb und richteten die Flamme auf die Maschine. Der vierte Mann begann das Ding mit Feilen und Kaltmeißel zu demontieren.

Und inzwischen zogen in unirdischer Stille und mit klarer Entschlossenheit Leute vorbei, zu Fuß, in Autos, und gingen ihren Aufgaben nach. Keine Menschenmenge sammelte sich an. Warum auch? Alle wußten ja Bescheid.

Die ganze Dorfbevölkerung, an der Spitze Mbala und Nuyu, gefolgt vom Zauberer, war noch zweihundert Meter von Mbalas Yams-Acker entfernt, als das Ding vom Himmel herabkam. Hier war heller Tag, so daß der geisterhaft leuchtende Mondscheineffekt fehlte, aber die Form des Projektors, an unsichtbaren Bändern unter der Kugel baumelnd, war ausgefallen genug, beispiellos genug, um den Dorfbewohnern ein verblüfftes, angstvolles Stöhnen zu entlocken. Mbala blieb stehen, beugte sich nieder und rief den Namen seines Vaters, und alle folgten seinem Beispiel.

Die Kugel sank rasch auf das Feld herunter, das sich an einer Stelle befand, die man »Stimme des Riesen« nannte – ein flaches Gelände, umgeben von vier großen Schiffsbug-Monolithen, die Folge einer uralten Verwerfung, die den Berg in Nord-Süd-Richtung und noch einmal von Nordwesten nach Südosten gespalten hatte. Es hieß, hier könne einer schreien und auf der ganzen Welt gehört werden. Übertreibung oder nicht, nach dem vom Selen-Spürer gemachten Foto war es eine ideale Stelle für einen der Projektoren, und hier war er.

Die Kugel setzte ihre Last ab und flog wieder hinauf. Der Projektor begann mit seinem Baßgeheul, das durch die Echospalten der ›Stimme des Riesen‹ fegte, zu den Dorfbewohnern rollte und ihren Gesang jäh zum Verstummen brachte.

Einen Augenblick lang herrschte Erstarrung, dann drehte sich die Hälfte der Krieger wie ein Mann um und stürzte durch den Urwald davon. Die übrigen, und alle Frauen und Kinder drängten sich zusammen, über vierhundert Menschen, und strömten den Hang hinauf zum Yams-Acker. Von der anderen Seite her näherten sich die Ngubwe, aus dem Nachbardorf. Man zerstreute sich und besetzte alle Winkel. Eine Stunde lang war nichts zu hören als das tiefe, störende Geheul. Dann kam ein neues Geräusch.

Ein schriller, wütender Ton gellte durch die Luft. Die wartenden Leute erhoben sich. Die Frauen zerfetzten ihre bunte Kleidung, die Männer atmeten tief ein.

Durch die südliche Öffnung stürmten schreiend vier Krieger, gefolgt von einer Herde zorniger Elefanten, drei, vier, sieben – neun im ganzen, ein alter Bulle, zwei junge, vier Kühe und zwei Kälber, erregt, wütend, gehetzt. Die flüchtenden Krieger stoben auseinander und verschwanden in den wartenden Mengen.

Der große Bulle trompetete schrill, fuhr herum und sah fast zweihundert kreischende, hüpfende Menschen vor sich. Er raste weiter, gefolgt von den anderen Elefanten – und stand plötzlich vor diesem lärmenden, funkelnden Ding in der Mitte der Lichtung.

Er heulte auf und stürmte darauf zu. Das lärmende, funkelnde Ding wollte sich auf seinen Raupen entfernen, aber es war nicht schnell genug. Die Elefanten rissen ihm den heulenden Kopf und den Hals ab, kippten es um. Das Heulen verstummte schlagartig, aber die Raupen drehten sich noch eine Weile in der Luft.

Auch in Berlin wurden Elefanten gegen die im Park bei dem berühmten Zoo gelandete Maschine eingesetzt, wenngleich es hier disziplinierter zuging, weil die Tiere dressiert waren und genau das taten, was man ihnen befahl.

In China sank ein Projektor in eine Spalte im Gebirge, unter einen Eisenbahnviadukt, und begann zu heulen. Ein alter Nomade mit Arthritis humpelte heran, zog zwei Bolzen heraus, verschob eine Schiene. Eine halbe Meile entfernt auf dem Gleis verließen Lokomotivführer und Heizer eines Personen-Güter-Zuges mit über vierhundert Menschen wortlos ihre Posten, kletterten über den Tender und koppelten die Lokomotive vom ersten Wagen ab. Augenblicklich stand an jedem Bremsrad in jedem Waggon ein Mann. Der Zug kam zum Stehen, während vorne die Lokomotive über den Viadukt stürzte und den Projektor zerschmetterte, bevor die Maschine sich bewegen konnte.

In Baffin-Land stand eine Gruppe von Eskimojägern erstarrt da und sah einen Projektor auf das Packeis niedersinken, um seine Botschaft hinauszuplärren. Die Jäger brauchten nicht lange zu warten; hoch über der Atmosphäre erschien eine riesige Atlas-Rakete und löste, noch weit unter ihrem Horizont, ein vergleichsweise kleines Splitterchen aus, die Hawk-Rakete.

Die kleine Hawk schrillte herunter, beschrieb einen weiten Halbkreis, um abzubremsen, dann schoß sie auf den Projektor zu und vernichtete ihn.

Von da an erledigten Raketen die meisten Projektoren, allerdings fand man in übervölkerten Bereichen andere Methoden. In Bombay überrannte ein Mob einen Projektor und zerfetzte ihn mit bloßen Händen. Und in Rom zerstörte ein Mann vier Projektoren und kam ungeschoren davon.

Ein Mann?

Ungeschoren?

Ein Junge vielmehr, der plötzlich stehenblieb und in den Lagonda stieg, der in diesem Augenblick am Randstein hielt. Gesteuert wurde der Wagen von einer jungen Frau. Sie hatte nichts zu sagen, sondern fuhr schnell weiter.

Der Junge öffnete plötzlich die Tür, glitt auf das Trittbrett und schob sich zwischen Kühlerhaube und Kotflügel. Er ließ den Geigenkasten unter seinem Arm herunterfallen, öffnete ihn, nahm die Geige heraus, brach sie in zwei Stücke und zog mit den Zähnen vom Hals die vier Wirbel heraus, so daß die Saiten gelöst wurden. Er ließ den Resonanzkörper davonfliegen, nahm das Griffbrett der Geige in die Hand, die Schnecke nach oben gerichtet, zog das Knie aus der Scheinwerferbefestigung und hielt sich dort mit der freien Hand fest, während das Auto weiterraste.

In einer weiten Linkskurve lenkte das Mädchen den Wagen so weit wie möglich auf die linke Spur, gab Gas und schoß diagonal über die Straße und auf den Gehsteig. Im letztmöglichen Augenblick riß sie das Lenkrad herum und vermied einen Zusammenstoß mit dem Geländer, während Guido hochsprang und hinauf, mit nahezu achtzig Kilometern in der Stunde durch die Luft fliegend.

Um ihre Geschwindigkeit auf die Mikrosekunde zu bestimmen, seine Höhe und Flugbahn auf sieben Dezimalstellen, hatten die besten Rechenhirne der Erde ihr Äußerstes getan; alles paßte mit der beobachteten Flugbahn einer herabsinkenden Kugel zusammen, die nicht nur einen, sondern vier Projektoren trug.

Am Scheitelpunkt seiner Parabelbahn schnappten sein freier Arm und beide Beine wie eine Falle um die Köpfe der vier Projektoren, die sich übereinander befanden. Guido kletterte hinauf zum obersten und stopfte seine harten, beschwielten Hände in das Horn. Er brachte es zum Verstummen und, mit drei schnellen Hieben, auch die drei anderen, wobei er den letzten gerade in dem Augenblick traf, als das ganze Paket den Boden berührte.

Die Kugel sprang zornig hoch, verwickelte sich aber in einer riesigen Seilmatte mit Stahlkern, die man wie einen großen Vorhang unter den Viadukt gehängt hatte. Hier warteten stumme, schwitzende Menschen, die nach den Seilen griffen und sie sofort an Betonpfeilern und Stahlträgern verankerten, während die Kugel immer wieder hochwollte, bis sie plötzlich heiß wurde und bleiern zu Boden fiel.

Guido half dabei, sie auseinanderzunehmen, um festzustellen, wie sie funktionierte.

Da steht sie im Wasser, der weiße Körper benetzt, den Kopf auf die Seite gelegt, glitzernde Tropfen im Haar, sie lächelt, sagt: Also, Hübscher, was willst du?

Leises Grollen und grelles Licht: Himmel. Krach! Ein hellerer, unerträglicher Lichtblitz, ein scharfer Geruch nach brennenden Chemikalien, eine erstickende Wolke aus Staub und Rauch, und das Rattern fallenden Schutts. Verwirrung, Bestürzung, Desorientiertheit und wachsender Zorn über den Raub eines Traums.

Der scharfe Befehl an alles Empfindende, mechanisch oder nicht, auf dem ganzen Berg: *Bringt Gurlick hier weg!*

Ein silberner Blitz am Himmel, dann eine seltsame, klebrige, porenerstickende Empfindung, so, als werde man mit warmem Öl übergossen, und unter einem schrumpft der Berg. Dort stehen noch Hunderte von Projektoren, Reihe an Reihe, aber den Stufen nach, wo sie abgestellt wären, müssen es Hunderttausende mehr gewesen sein.

Krach! Ein halbes Dutzend Projektoren bäumt sich himmelwärts auf und stürzt in Trümmern herunter. Da, ein Schwarm Düsenmaschinen. Schau, zwei Silberkugeln, ausweichend, tanzend; dann zielt die weite Kurve einer Suchrakete auf sie, und die Rauchspur und die Explosion erzeugen eine Feuerkugel an einem Rauchfaden. Krach! Krach! Während die zerschrundete Bergseite in der Ferne verschwindet, kann man sehen, wie die abgestellten Projektoren dutzendweise zum Himmel hinaufgejagt werden, und kra-

Nein, kein Krachen diesmal, ein Punkt, ein Bullauge, ein Fenster ins Innerste der Hölle, all die Farben und alle zu grell, wachsend, auch wachsend, zu groß, um so schnell zu wachsen, die Bergspitze erfassend, den Berg, den ganzen Berg im grellen Feuerschein.

Und Minuten danach, klebrig an etwas Unsichtbarem hängend, erschreckend mitten in der Luft unter der Silberkugel, aber weder Wind noch Beschleunigung spürend, beim Dahinhuschen der Kugel in niedriger Höhe, über Hecken, Hindernisse; minutenlang danach sieht man die pastellfarbene Säule steigen und steigen, mit breitem Kopf über dem Land, Hunderte und Hunderte von Metern, ein Dach mit Giebeln bauend, die sich einrollen, oder sind es die krallenden Finger von zahllosen Reihen irgendwelcher Teufel, die innen in der Säule hochgeklettert sind, um höllische Gesichter zu zeigen?

»Saukerle«, wimmerte Gurlick, »wollen *mich* mit Atombomben fertig machen. Haste ihnen gesagt, wer ich bin?«

Keine Antwort. Die Meduse rechnete hektisch. Sie hatte damit gerechnet, das Bewußtsein der Menschheit zu vereinen. Sie hatte die Gewißheit des Erfolgs und die Unmöglichkeit eines Scheiterns richtig vorausgesagt.

Aber *diesen* Erfolg.

Diesen: In den ersten vierzig Minuten zerstörte die Menschheit einundsiebzig Prozent der Projektoren und dreiundvierzig Prozent der Kugeln. Um das zu erreichen, verwendete sie alles und jedes, was zur Hand war, ohne Rücksicht auf die Kosten an Menschenleben und Material:

Sie löschte das Feuer, indem sie es mit ihrem Nerzmantel erstickte. Sie tötete die Klapperschlange, indem sie sie mit ihrem Baby erschlug. Sie handelte, reaktiv und genau und beinahe reflexartig, wie ein Mann mit einem brennenden Stock, und wenn die Hitze sich an einem Finger steigert, löst er sich und zieht zurück, um ihn neu zu fassen, während er an andere Dinge denkt. Sie warf ein Kind in den Antrieb eines Projektors, weil es paßte, und weil es die richtige Menge des richtigen Schmiermittels für genau diesen Zweck genau zu diesem Zeitpunkt lieferte.

Und diesen: In der einundvierzigsten Minute beginnend, startete die Menschheit die erste Präzisionswaffe gegen die Projektoren, nachdem sie einen Suchmechanismus entworfen und gebaut hatte, der Projektoren unfehlbar aufspürte und zerstörte – obwohl sie nicht im elektromagnetischen Spektrum strahlten, nicht einmal im infraroten Bereich – und ihn dann so verkleinerten, daß er in den Sprengkopf einer Hawk paßte.

Und das war nur das erste.

In der einundfünfzigsten Minute – also nicht einmal eine Stunde, nachdem die Meduse den Knopf gedrückt hatte, um das Bewußtsein der Menschheit zu verschmelzen – gebrauchte die Menschheit hastige Improvisationen von erschreckender Leistungsfähigkeit, Geräte, welche die Steuerbefehle der Projektoren umkehrten – so daß etwa einer von der Hell Gate-Brücke ins tiefe Wasser sprang – und andere, mit denen die Projektorsignale um 180 Grad phasenverschoben gesendet und damit unwirksam wurden.

Nach neunzig Minuten vernichtete die Menschheit zwei von je drei fliegenden Kugeln, die sie sah, nicht durch genaues Zielen – denn die Menschheit konnte noch nicht auf trägheitslose Wendungen bei sechs Meilen in der Stunde reagieren –, sondern durch eine einfallsreiche Anwendung der Theorie der zufälligen Zahlen, mit der sie Näherungsraketen dort einsetzte, wo die Kugel nicht war, aber fast sicher sein würde – und es nur allzuoft war.

Die Meduse hatte den Erfolg erwartet. Aber, um zusammenzufassen: *diesen* Erfolg? Denn hatte die Menschheit nicht in nur zwei

Stunden und acht Minuten alle betriebsbereiten Instrumente der Invasion der Meduse zertreten – mit Ausnahme von Gurlick, von dem sie nichts wissen konnte?

Diese unglaubliche Art, mit einer einmaligen Abwehr gegen die Meduse, schien auch noch andere einmalige Eigenschaften zu besitzen. Es würde klug sein – mehr: es war unumgänglich – daß man die Erde in sich aufnahm, wo sie Befehlen würde gehorchen müssen.

Daher –

Gurlick.

Sie zog Gurlick wieder ins Vertrauen, erklärte ihm, daß er trotz seines plötzlichen Erwachens nun bereit sei, auf eigenen Beinen zu stehen. Sie beschrieb ihm seinen Auftrag, der Gurlick wie einen Achtjährigen hinter der Scheune zum Kichern brachte, und versicherte ihm, man werde ihm die idealste Gelegenheit verschaffen, die ihre mächtigen Computer herstellen könnten. Es müsse aber schnell gehen – was Gurlick recht war. Er spuckte in die Hände und schnalzte mit der Zunge und zwinkerte obszön, um seine Bereitschaft zu zeigen.

Die Kugel schwebte in Baumwipfelhöhe über dicht bewaldetem Gelände, sank plötzlich herab, gab Gurlick frei und erklärte ihm, er sei auf sich selbst gestellt – sie war nämlich entdeckt worden.

Murrend und brummend duckte sich Gurlick unter den Bäumen und sah, wie die Kugel hinauf- und davonschoß, und einen Augenblick später tauchte eine Hawk-Rakete auf, oder vielmehr ihr Kondensstreifen.

Er sah das Unvermeidliche nicht, hörte es aber, den fernen, leisen Schlag auf dem Dach der Welt, mit dem das Ende der Kugel angezeigt wurde – und wahrscheinlich das Ende aller Artifakte der Meduse auf der Erde.

Er sagte eine nicht wiederzugebende Silbe, setzte sich auf und betrachtete mißmutig die Umgebung. Schließlich stand er auf und begann zu marschieren.

Das menschliche Bienenvolk betrachtete staunend sich und seine Leistungen, seine Gewinne, Verluste und seine neue Art.

Als erstes war da die wechselseitige Verständigung – etwas so

Gigantisches, daß nur wenige Gehirne sich das vorher hätten vorstellen können. Keine Analogie reichte aus; keine Vorstellung von unendlichen Telefonvermittlungsstellen, von Vielfachband-Empfängern, konnte die Qualität dieser ungeheuren Erkenntnis auch nur andeuten. Dein Gedächtnis, und seines und seines, und das ihre hinter dem Horizont – alle eure Gedächtnisse sind die meinen.

Mehr: deine persönliche Orientierung im Rahmen deiner eigenen Erfahrungen, dein Ich-in-der-Vergangenheit, ist die meine.

Mehr: deine Fähigkeiten bleiben die deinen – wird aus großer Musik etwas Geringes, wenn sie gemeinsam genossen wird? – aber deine Empfindlichkeit für dein spezielles Thema ist jetzt die meine, und dein Stolz auf dein Hervorragen ist der meine.

Mehr: obwohl an den Organismus gebunden, bin ich, ist die Menschheit wie nie zuvor. Wenn der Mensch Forderungen an mich hat, gebe ich mich dem Zweck des Menschen völlig hin. Sonst bin ich, in den weiten, weiten Grenzen des Wohls der Menschheit, ein frei Handelnder wie nie zuvor; ich bin ich in größerem Maße und mit geringerer Behinderung von innen und außen, als es je zuvor möglich gewesen ist.

Denn fort, endgültig fort, sind die Teufel und Leiden des Einzelmenschen, die uns, in seltsamen Kombinationen, in der Vergangenheit geplagt haben: der Mich-mag-keiner-Teufel, der Wenn-sie-nun-dahinterkommen-Teufel, die beiden Teufelchen Die-belügen-mich und Die-wollen-mich-hereinlegen; fort, endgültig fort ist Dazu-habe-ich-keinen-Mut, und Die-lassen-mich-nicht, und Mich-hätte-keiner-lieb-wenn-man-das-wüßte.

Zusammen mit den Teufeln und Leiden verschwand anderes – Dinge, die während der ganzen Menschheitsgeschichte als entscheidende thematische Schlüssel für die Strukturen von Leben und Kultur gegolten hatten.

Wenn etwas Reales verschwindet, ein Felsblock oder ein Baum oder eine Handvoll Wasser, gibt es Donner und Wind und andere Gewalt, je nachdem, welche Form die verschwundene Masse hatte. Oder wenn ein großer Mann abgeht, gibt es in dem Ansturm, das Vakuum seiner Funktionen auszufüllen, eine ungeheure Verwirrung.

Aber die Dinge, die jetzt verschwanden, bewiesen ihre Unwirklichkeit durch die ungestörte Stille, mit der sie verschwanden. Zölle, Steuern, Grenzen, Haß und Argwohn von Menschen gegenüber Menschen, und die Sprache selbst – außer als Bestandteil einer Kunst – zusammen mit allen Schwierigkeiten der Verständigung zwischen und in den Sprachen.

Kurz, entfernt waren die Jauchedrüse der Menschheit, die Ausscheidungen, die ihren Körper seit der Geburt vergiftet hatten, das Anständige wie Überleben und Liebe zu Habgier und Lust verzerrend, die Leistung – ›ich habe gebaut‹ – in Position – ›ich habe Macht‹ verwandelnd.

Soviel zum neuen Zustand der Menschheit. Was ihre Fähigkeiten anging, so waren sie einfach begründet und gerade ausgerichtet. Es gibt stets viele Wege, irgend etwas zu erreichen, aber nur einer davon ist auch wirklich der beste. Welcher der beste ist – das ist der Ursprung aller Streitigkeiten bei der Produktion beliebiger Dinge, der Erzeuger von Parteien unter den Konstrukteuren, der Hauptfeind von Geschwindigkeit und Leistungsfähigkeit.

Aber als die Menschheit eine Gesamtheit wurde und wenn sie etwas brauchte – wie etwa die Umstellung der schnellen Rakete –, dann wurde das Erforderliche ohne Rücksicht auf Stolz oder Gewinn erzeugt, ohne überflüssige Umwege, ohne zwischenpersönliche Reibungen irgendwelcher Art. Die Entscheidung wurde getroffen, die Aufgabe bewältigt.

In diesen ersten, zu Kopf steigenden Augenblicken, wurde alles und jedes verwendet, was zur Verfügung stand – aber mit Präzision. Später – nach Minuten gerechnet – improvisierte man weniger, gestaltete man vollkommenere Instrumente aus dem vorhandenen Material. Und noch später – nach Stunden gerechnet, gab es volle Produktion neuer Konstruktionen. Die Menschheit gebrauchte nun genau das richtige Werkzeug für das, was sie zu tun hatte . . . Und in ihr floß jeder einzelne, fand Freiheiten, zu sein, zu handeln, Bereicherung und Vergnügen zu ernten wie nie zuvor.

Was war es, das Dimity Carmichael schon immer gebraucht hatte? Jetzt konnte sie es tun.

Ein junger Italiener, Guido, erwartete die Ankunft des größten lebenden Geigers aus einem Land hinter dem nun verschwundenen Eisernen Vorhang; danach würden sie für immer zusammenbleiben und arbeiten.

Die Eltern eines kleinen Jungen namens Henry überdachten, wie die ganze Welt es tat, was mit ihm geschehen war und warum, und wie ausgeschlossen es war, daß sich so etwas je wiederholen konnte. Opfer mußte es von Zeit zu Zeit geben, selbst jetzt, aber nie mehr ein nutzloses. Jeder wußte nun, wie aus persönlicher Erinnerung, wie brennend Henry in jenem Aufblitzen größter Qualen hatte leben wollen.

Die ganze Erde nahm teil an den religiösen Erfahrungen, die Mbala und Nuyu erlebt hatten. Was sie ihnen genau gebracht hatten, war nicht von Bedeutung; die Tatsache ihrer Frömmigkeit war das Wesentliche, an ihr konnte man teilhaben.

So war die Menschheit, als sie ein Ganzes wurde – eine wunderbare Einheit, im Gleichgewicht, selbstgenügsam und herrlich lebendig. Eigentlich schade, daß ein solches Kunstwerk in dieser Form nur für so kurze Zeit existieren sollte ...

Gurlick, allein unter den Menschen vom menschlichen Ganzen isoliert, Mitglied eines anderen, spürte davon nichts. Er stapfte wütend und von seinen Trieben gepeitscht durch den Wald. In sich nahm er die Meduse wahr, beobachtend, rechnend – nicht lenkend, weil sie wußte, daß man die Einzelheiten einer solchen Unternehmung dem Gattungsmitglied selbst überlassen mußte. Ohne die fliegenden Kugeln und andere Maschinen konnte sie Gurlick nicht unterstützen.

Gurlick trabte bergab, weil er wußte, daß er früher oder später Weg oder Pfad finden mußte, und verfluchte monoton seinen leeren Magen, die schmerzenden Füße und seine Feinde.

Er hörte Stimmen.

Er blieb stehen, preßte sich an einen Baum und schaute sich um. Zuerst vermochte er nichts zu erkennen, dann hörte er plötzlich in der Nähe ein melodisches Lachen. Er blickte dorthin und sah etwas Blaues aufzucken. Er verließ sein Versteck und huschte von Baum zu Baum.

Es waren drei, Mädchen um die sechzehn, in Shorts und Oberteil, kichernd bei der Aufgabe, in einer kleinen Lichtung ein Feuer anzuzünden. Sie hatten Fische dabei, Hecht und Seeforellen, und eine Bratpfanne und wirkten fröhlich und ganz mit sich beschäftigt.

Gurlick kaute an seiner Unterlippe und fragte sich, was er tun sollte. Er machte sich keine Illusionen über ein offenes Hinaustreten, um sich mit ihnen anzufreunden. Es wäre viel klüger, es anderswo zu versuchen, das wußte er. Andererseits ...

Er hörte Speck brutzeln, sah sich die drei jungen, biegsamen Leiber an, die Fische, die zum Teil schon geköpft und geschuppt waren und stöhnte leise. Da unten gab es zuviel von dem, was er begehrte, als daß er sich abwenden konnte.

Dann drang der Speckduft herauf und kippte seine Vernunft. Er stand auf, war mit drei Sprüngen unten und in ihrer Mitte, stöhnend und geifernd. Ein Mädchen sprang nach rechts davon, das andere nach links, das dritte fiel ihm schreiend in die Hände, fiel unter ihm zu Boden.

»Sei bloß still«, keuchte er und versuchte die sich verzweifelt Wehrende festzuhalten. »Ich tu' dir nichts, wenn du – uh!«

Er wurde von einer der Geflohenen umgestoßen, die ihn mit einer harten Schulter gerammt hatte. Er starrte hinauf zu dem zweiten Mädchen, das weggelaufen und zurückgekommen war, einen großen Stein mit beiden Händen erhoben. Sie ließ ihn heruntersausen; er traf Gurlick am linken Jochbein und an der Nasenwurzel und füllte die Welt mit Sternen und grellen Schmerzpunkten.

Er kippte um, wackelte mit dem Kopf, tastete in seinem Gesicht herum, versuchte etwas zu sehen und die Übelkeit zu verscheuchen, und als er endlich wieder sehen konnte, war er allein mit dem Lagerfeuer, der Bratpfanne, den Fischen.

»Drecksluder, kleine«, knurrte er und hielt sich das Gesicht. Er starrte seine Hände an, mit Spuren von seinem eigenen Blut, drehte sich im Kreis herum, hockte sich dann ans Feuer, griff nach zwei ausgenommenen Fischen und warf sie in die Pfanne.

Nun, wenigstens soviel war ihm geblieben.

Er hatte vier Fische gegessen und briet noch zwei, als er wieder Stimmen hörte, einen Mann: »Wohin jetzt? Da?«, und die Antwort eines Mädchens: »Ja, wo der Rauch aufsteigt.«

Natürlich ... natürlich hatten sie Hilfe geholt! Gurlick verfluchte sie alle und lief bergab, fort von den Stimmen. Das hatte er tüchtig vermasselt. Überall würde man ihn suchen. Er mußte von hier fort.

Einmal entdeckte er in einiger Entfernung zwei Männer. Der eine hatte eine Flinte, der andere ein Fernglas. Gurlick versteckte sich entsetzt zwischen einem Baum und einem Felsblock und wartete, bis alles wieder ruhig geworden war. Er stand auf und hörte im selben Augenblick ein Flugzeug. Das Geräusch kam schnell näher, und er sank zurück in sein Versteck, schaute zitternd durch das Laub zum blauen Himmel hinauf. Die Maschine flog direkt über ihm, zu langsam, niedrig – ein Hubschrauber. Er entfernte sich und flog nach Norden.

In seinem Stolz stand für ihn fest, daß es nur um Gurlick ging, um nichts anderes, und in seiner Unwissenheit war er überzeugt davon, daß man ihn gesehen hatte.

Der Hubschrauber verschwand endlich, und die murmelnde Stille des Waldes kehrte wieder. Er hörte hinter und über sich einen Ruf und hastete davon. Er holte Atem und sah wieder den Mann mit der Flinte links von sich, floh nach rechts.

So gejagt und verfolgt erreichte er das Ufer.

Da war ein Weg und niemand zu sehen; und es war warm und sonnig und friedlich. Langsam legte sich Gurlicks Panik, und ein tiefes Pulsieren der Erwartung begann ihn zu erfüllen. Er war entkommen, er hatte seine Feinde abgehängt, und nun sollten sie sich vorsehen!

Der Weg führte näher zum Seeufer. Hier standen Erlen dicht beieinander, und es roch nach Moos. Die Schatten wurden ein wenig dunkler, und da am Weg lag es, das kleine Bündel Stoff, hellrot, schimmernd schwarz, dünn und weiß mit Spitzen . . .

Gurlick hörte auf zu gehen und zu atmen, bis sein Brustkorb schmerzte. Dann ging er langsam vorbei an dieser unfaßbaren, unmöglichen Realisierung seines Traums und trat zu dem Gebüsch am Wasser.

Sie war da draußen – *sie*.

Er gab ein scharfes, wortloses Geräusch von sich und trat vor, durch die Büsche. Sie drehte sich im Wasser um und sah ihn mit runden Augen an.

Emanzipiert jetzt, frei, zu tun, was sie immer hatte tun wollen, und wobei sie ohne Furcht und Zögern sein mußte; nackt in der Sonne zu schwimmen, sicher und furchtlos, schamlos; ganz in sich ruhend, in der Matrix der Menschheit, und allem, was bekannt war, stand Dimity Carmichael, die eigentlich Salome C. hieß, im Wasser, unter der Sonne, auf und sagte: »Hallo, Hübscher.«

So endete die Menschheit in ihren planetarischen Grenzen; so endete die selbstgenügsame, selbst-bewußte Gattungs-Einheit, die für so kurze Zeit fähig gewesen war, bis zu den Enden ihrer Welt ihr vielfältiges Selbst zu spüren. Das Ende kam einige Stunden, nachdem der Hubschrauber – derselbe, der sie am Ufer abgesetzt hatte – Salome Carmichael abholte, was in dem Augenblick geschah, als Gurlick sich verdrückt hatte. Gurlick hatte ihn gesehen, vom Gebüsch aus, in dem er schuldbewußt kauerte. Als er verschwunden war, stand er langsam auf und ging zurück zum See. Er kauerte nieder, den Rücken an einen Baum und starrte die Szenerie an.

Hier war es geschehen, auf dem Moos.

Da drüben hatte das kleine Bündel gelegen, so sauber, so weich, so rot, schwarz, weiß. Das Seltsamste, was ihm in seinem ganzen Leben zugestoßen war, hatte sich hier ereignet, seltsamer als das Erscheinen der Meduse, seltsamer als die Fabrik ohne Leute oben im Gebirge, seltsamer sogar als die überwältigende Tatsache dieses Ortes, daß sie hiergewesen war, des unglaublichen Zufalls all dessen in seinem Traum. Und das Seltsamste von allem war, daß sie hier aufgeschrien hatte, und daß er dann sanft gewesen war.

Er war sanft und zärtlich gewesen mit ganzem Herzen und Hirn und Körper, für kurze Zeit durchflutet, zerschmolzen, fortgeschwemmt von Sanftheit. Keine runzlige Rosine aus dem Weltraum, keine Vorstellung wie das Vorhandensein eines einzelnen lebenden Wesens, so groß, daß es zwei Galaxien und Teile einer dritten durchdrang, konnte so schockierend fremdartig für ihn sein, für alles, was er darstellte und je gewesen war, wie diese Flut von Zärtlichkeit.

Das mikroskopisch kleine Samenkorn mußte sein ganzes Leben verkrustet in ihm gelegen haben, niemals auf irgend etwas stoßend, sei es groß oder klein, was es bis zur Reifung hätte erwärmen können. Nun war es aufgeplatzt, hatte ihn aufgebrochen, und er war schockiert, erschüttert, aufgeweicht wie nie zuvor in seinem mißhandelten Dasein.

Er kauerte am Baum und betrachtete das Moos und den See und die Stelle, wo das Rote und Schwarze und Weiße gelegen hatte, und fragte sich, warum er weggelaufen war. Er fragte sich, wie er sie hatte gehen lassen können. Die Zärtlichkeit verzehrte ihn selbst jetzt noch ... er mußte etwas finden, wo er sie niederlegen konnte, aber es würde für ihn niemand anderen, niemand und nichts geben, zu dem er zärtlich sein konnte, nirgends auf der Welt.

Er begann zu weinen. Gurlick hatte immer leicht weinen können, denn seine Tränen waren das einzige Ventil für Angst und Zorn und Demütigung und Gehässigkeit gewesen. Diesmal war es jedoch anders. Es fiel sehr schwer, war äußerst schmerzhaft und qualvoll, und er konnte nicht aufhören, bis er erschöpft und ausgewrungen war. Er kippte um und fiel auf das Moos. Dann schlief er abrupt, und sein geprügeltes Bewußtsein floh davon in die Dunkelheit.

Was fliegt schneller als das Licht?

Tritt her zu mir, Freund, auf diesem Berg, unter dem schwarzen und gesprenkelten Himmel. Welche Sterne kennst du – Polaris? Gut. Und der helle dort drüben, das ist der Sirius. Schau sie dir an: Polaris, Sirius. Schnell jetzt: Polaris, Sirius. Und noch einmal Polaris, Sirius.

Wie weit sie voneinander entfernt sind? Im Buch heißt es, Tausende von Lichtjahren? Wie viele? Zu viele: laß. Aber wie lange brauchst du, um deinen Blick vom einen zum anderen zucken zu lassen und zurück? Eine Sekunde? Beim nächstenmal eine halbe, dann eine Zehntelsekunde? Du kannst nicht sagen, daß zwischen ihnen nichts, überhaupt nichts, geflogen ist. Dein Blick war es, deine Aufmerksamkeit.

Jetzt verstehst du, jetzt hast du die Anfänge des Verstehens dafür, was es bedeutet, einen Teil von dir von Stern zu Stern zu schleudern, so wie du – wenn du es kannst – von Seele zu Seele wandern kannst.

Mit einer solchen Verschiebung, auf einem solchen Weg, kam die Meduse im Augenblick ihrer Vermählung mit der Menschheit. In der ganzen Geschichte der Menschheit ist der bedeutsamste Augenblick – vom Tod abgesehen – der Augenblick der Zellvereinigung, der Augenblick der Durchdringung des Ovums durch den Samen. Aber fast nie wird dieser Augenblick angekündigt, es gibt kein Zeichen dafür: es geschieht lautlos und im Dunkeln, und niemand weiß je davon als die hirnlosen Klümpchen komplexer Gallerte, die beteiligt sind.

Nicht so jetzt; und nie vorher, und nie wieder würde es eine Vermählung mit einer solchen Explosion geben. Eine Mikrosekunde nach der Verschmelzung von Gurlicks verändertem Samen mit dem Ovum eines Menschen schoß die Meduse des Weltraums an ihrem sich zusammenziehenden Faden herunter, bereit, die Menschheit zu erfüllen, ein Pseudopodium aus ihr zu machen, das neueste Mitglied ihres ausgedehnten Korpus.

Aber sie begegnete dem Ausbruch eines Vulkans. Der Meduse blieb keine Mikro-Mikro-Sekunde, um zu begreifen, was mit ihr geschehen war. Sie starb nicht; sie wurde ebensowenig getötet, wie es die Menschheit geworden wäre, hätte sich der Plan der Meduse verwirklichen lassen. Die Menschheit wäre ein Teil des unbegrenzten Wesens geworden.

Aber nun ...

Nein, statt dessen wurde die Menschheit das Wesen; durchflutete es, erfüllte es bis in die äußersten Winkel, durchtränkte seine fernsten Zellen mit dem Selbst der Menschheit. Sterben? Keineswegs; die Meduse war lebendiger als je zuvor, mit einer neuen und anderen Art von Leben, in dem ihre Sklaven befreit, aber ihre Motivationen vereint wurden; wo das Einzelwesen geehrt und geachtet und besonders genährt wurde, an Geist und Körper, und wo, ganz frei, ›will‹ für immer ›muß‹ ersetzte.

Und das alles, weil ein Faktum fehlte: daß ein Einzelwesen Intelligenz existieren konnte, und daß voneinander getrennte Einzelwesen zusammenarbeiten konnten, ohne ein Schwarm zu werden. Denn es gibt auf der Erde keine Struktur, die nicht von Ratten hätte geschaffen werden können, wären die Ratten zentral gelenkt und entsprechend motiviert.

Wie hätte die Meduse das wissen können? Tausende und Abertausende von Gattungen und Kulturen in den Galaxien besitzen denselben technischen Fortschritt wie die Erde und bestehen doch aus Einzelwesen, die nicht höher entwickelt sind als Termiten, Halbaffen oder Spitzmäuse. Woher sollte die Meduse wissen, daß ein Menschheits-Ganzes etwas anderes sein würde als eine Super-Ratte?

Die Menschheit hatte die Hindernisse von Sprache und persönlicher Isolierung auf ihrem Planeten überwunden. Sie überwand nun die Barriere der Gattungen, und der Isolierung in ihrem Kosmos. Guido wurden die Kristallsymphonien der schwarzen Planeten hinter Ophiuchus so zugänglich wie der Glaube Mbalas. Charlotte Dunsay konnte, wenn sie über die Welt hinweggriff zu ihrem Mann nach Hobart, Tasmanien, mit ihm einen Dreifach-Sonnenaufgang im Mittelpunkt des großen Orion-Nebels genießen.

Wie ein Mensch das Wesen eines anderen hier auf der Erde zu teilen vermochte, so konnten beide, und vielleicht ein kleines Kind mit ihnen, ihr innerstes Selbst mit einem uralten kontemplativen Bewußtsein verschmelzen, das in einem brüllenden Methan-Katarakt am Gestein klebte, oder mit körperlosen Lebensformen in die Lüfte steigen, wo sie in den oberen Schichten der Atmosphäre eines dichten Planeten geboren wurden.

So endete die Menschheit, um als Einheit wiedergeboren zu werden; so endete diese Einheit, um zum Sternmenschen zu werden, zum unmeßbaren, grenzenlosen, wachsenden; Schöpfer von Musik jenseits aller Musik, Poesie über den Worten, und voller Staunen, voller Anbetung.

So endete auch Gurlick, der Isolierte, allein unter den Menschen nicht zur Mitgliedschaft in der Verschmelzung der Menschen zugelassen, voll von einem dampfenden Nebel, schimmernd mit dem Flackern von Haß und dem sanften Glanz der Korruption, Angehöriger von etwas anderem als der Menschheit. Denn während die Menschheit ihn und seinen Traum hatte lesen und zu seiner Erfüllung durch den Wald führen können, war sie nie fähig gewesen, sein Bewußtsein zu erreichen, blockiert wie es war von den Denkspuren der Meduse.

Diese Spuren waren aber noch geöffnet, und als die Menschheit die Meduse wurde, flutete sie hinab zu Gurlick und hieß ihn willkommen. *Komm!* rief sie und wirbelte ihn hinauf, zeigte und teilte mit ihm ihre Freude und Kraft und den Stolz, überschüttete ihn mit Wundern, sagte: *Wir* geben ihm das Recht, alles zu betrachten, und zu sagen *Ich*.

Und mehr: Man hatte ihm ein Königreich versprochen, und nun hatte er es, denn schon der Schatten eines Wunsches genügte, ihn erfüllt zu sehen.

Und einen Augenblick lang hatte die Menschheit verwirrt gestutzt. Denn Gurlick, betäubt und passiv, hatte einen Wunsch, hatte ihn und bekam ihn.

Gewiß, nichts von alledem hätte ohne ihn geschehen können. Man hatte eine Schuld abzutragen. Man trug sie ab.

Man belohnt einen Katalysator nicht damit, daß man ihn, den Unveränderlichen, in etwas anderes verwandelt. Also – man nehme ihm Hunger und Armut – von Körper und Seele – Entbehrung und Qual und Demütigung, und man nimmt ihm den Kern seines Wesens – seinen einzigen Anspruch auf Überlegenheit.

Verlang nicht, daß er zu den Sternen hinausblickt und sich an den Festen von Giganten beteiligt. Bedank dich nicht, behandle ihn nicht, und vor allem, nimm ihm nicht seine Gründe, zu hassen: sie sind sein Leben geworden.

Und so lange er lebte, würde es eine Ecke in der Großstadt geben, mit schäbigen Straßen und Abgasen, mürrischen Passanten und rücksichtslosen Autofahrern; feuchte, unerträgliche Hitze und bittere Kälte; und Bars, wo Gurlick den Kopf hineinstecken und um ein Glas Schnaps winseln konnte, wo ihn die Barmänner hinausschickten in die Nässe, mit seinem Haß, zurück zu einem Lastwagenwrack auf einem Schrottplatz, wo er im Dunkeln liegen und seinen Traum träumen konnte.

»Schweinehunde«, konnte Gurlick im Dunkeln murmeln ... glücklich. »Gemeine Schweinehunde.«

ENDE

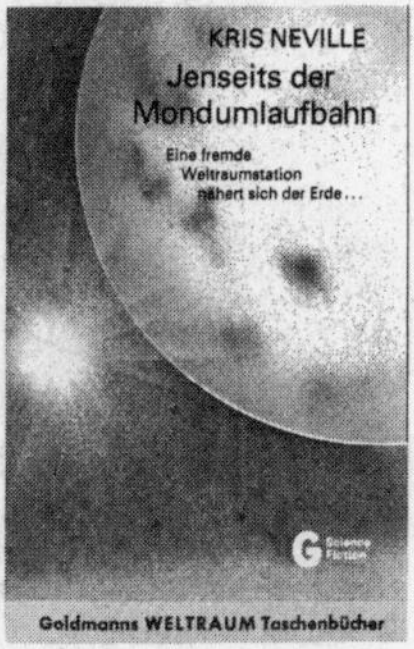

Kris Neville
Jenseits der Mondumlaufbahn
Utopisch-technischer Roman
160 Seiten. Band 0160.

Jenseits der Umlaufbahn des Mondes befindet sich eine gigantische Weltraumstation, besetzt mit außerirdischen Lebewesen. In ihrem Zentrum leben rund tausend männliche und weibliche mutierte Wesen. Ihnen wurde der Haß gegen alles Menschliche eingeimpft. Denn bald sollen sie sich auf die Erde begeben und ihr Vernichtungswerk beginnen ...

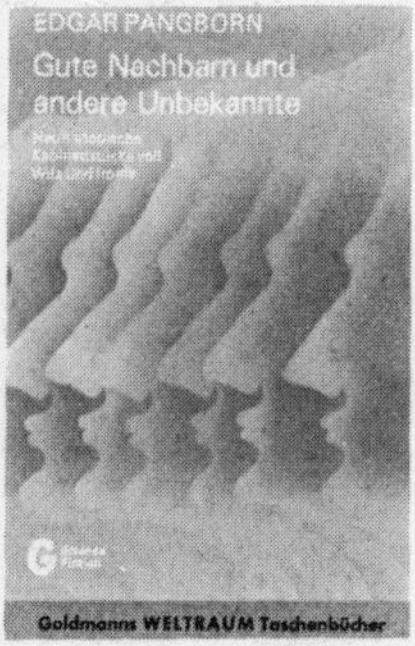

Edgar Pangborn
Gute Nachbarn und andere Unbekannte
Utopisch-technische Erzählungen
160 Seiten. Band 0161.

Neun utopische Kabinettstücke voll Witz und Ironie. Edgar Pangborn stellt das Seltsame dem Alltäglichen gegenüber und reißt den Leser hinein in eine neue, kaum veränderte Wirklichkeit. In allen Erzählungen bleibt er mit beiden Füßen auf der Erde, und doch enthält jede ein gerüttelt Maß an gespenstischer, ironischer und mitunter mystischer Magie.

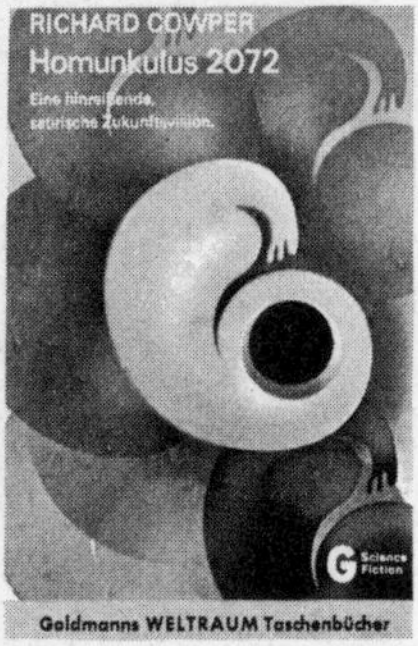

Richard Cowper
Homunkulus 2072
Utopisch-technischer Roman
160 Seiten. Band 0162.

Es ist das Jahr 2072. Eine Biologin hat vier Embryos künstlich aufgezogen und durch ein Nervengas der Erinnerung beraubt. Alvin, einer der vier, hat Zukunftsvisionen und wird zusammen mit seinem ›Arbeitskollegen‹ Norbert, einem Schimpansen, nach London geschickt. Dort erleben sie die merkwürdigsten Abenteuer in einer total überbevölkerten, computerisierten Welt.

Verehrter Leser,
senden Sie bitte diese Karte ausgefüllt an den Verlag. Sie erhalten kostenlos unsere Verlagsverzeichnisse zugestellt.

WILHELM GOLDMANN VERLAG · 8 MÜNCHEN 80

Bitte hier abschneiden

Diese Karte entnahm ich dem Buch ______________________

____

Kritik + Anregungen ______________________

____

____

____

____

____

____

____

____

Ich wünsche die kostenlose und unverbindliche Zusendung des Verlagskataloges und laufende Unterrichtung über die Neuerscheinungen des Wilhelm Goldmann Verlages.

Name ______________________

Beruf ______________ Ort ______________

Straße ______________________

Ich empfehle, den Katalog auch an die nachstehende Adresse zu senden:

Name ______________________

Beruf ______________ Ort ______________

Straße ______________________

Goldmann Taschenbücher sind mit über 4000 Titeln die größte deutsche Taschenbuchreihe. Jeden Monat etwa 25 Neuerscheinungen. Gesamtauflage über 138 Millionen.

Aus dem WILHELM GOLDMANN VERLAG
8 München 80, Postfach 80 07 09 bestelle ich
durch die Buchhandlung

Anzahl	Titel bzw. Band-Nr.	Preis

Datum: Unterschrift:

4807 · 7049 · 3.000

Bitte mit
Postkarten-
Porto
frankieren.

Wilhelm Goldmann Verlag

8000 MÜNCHEN 80

Postfach 80 07 09